우리 앞에 시적인 순간

소래섭 교수와 함께 읽는 일상 속 시 이야기

우리 앞에 시적인 순간

소래섭 지음

"소설처럼 살다가 시처럼 죽고 싶다."

오래전 어느 문학 동아리의 홍보 문구에서 접한 말입니다. 문학에 대한 갈증과 평범하지 않은 삶에 대한 욕망을 이보다 절묘하게 표현하기도 쉽지 않을 것입니다. 그러나 따지고 보면 소설 아닌 삶이 어디 있으며, 시 아닌 죽음이 어디 있겠습니까. 우리네 어머니나 할머니와 한 시간만 대화를 나눠 보면 대하소설을 너끈히 쓰고도 남을 이야기가 흘러나옵니다. 장례식장은 또 어떻습니까. 곳곳에서 들리는 슬픈 곡소리는 간절한 바람을 담은 주문(呪文)이자 랩 음악으로 최초의 시와 다를 바 없습니다.

우리가 보낸 하루 또한 마찬가지입니다. 그 속에는 소설만큼 흥미진진한 이야기가 있고 시적인 것과 마주치는 무수한 순간이 있습니다. 우리의 하루는 충분히 소설적입니다. 넘치도록 시적입니다. 그런데도 우리는 그러한 사실을 눈치채지 못하는 경우가 많습니다. 시란 시집 속에만 있다고 생각하거나 한가할 때나 읽는 것이라고 생각하기 때문입니다. 오늘도 어제와 같은 하루였다고, 누구나 겪는 흔한 일만 가득한 하루였다고 생각하기 때문입니다.

이 책은 그러한 생각을 바꾸기 위해 연재했던 글들을 수정하고 보완한 것입니다. 조금만 주의를 기울이면 하루에도 무수히 시적인 것들과 만날 수 있으며, 그러한 만남으로 인해 어느 누구의 삶도 결코 평범하지 않다고 이야기해 주고 싶었습니다. '인생 술집'과 '인생 영화'가 있는 것처럼, 이 책을 통해 '인생 시'를 발견하게 된다면 좋겠습니다. 인생이 이미 시였다는 사실까지 깨닫게 된다면 더할 나위 없이 기쁘겠습니다.

책이 나오기까지 많은 분들이 도와주셨습니다. 마땅히 그분들의 이름을 불러 드려야 할 것입니다. 《고교 독서평설》의 경희원 씨, 해냄출판사의 정기현 씨, 고맙습니다. 이제 막 글자를 익히는 데 재미를 붙인 아들 녀석이 언젠가 이 책을 보게 될 것입니다. 그때쯤이면 녀석도 자신으로 인해 제 인생이 더 시적으로 변했다는 사실을, 함께 보낸 하루하루가 시처럼 아름답다는 사실을 알게 되리라 믿습니다.

2017년 9월
소래섭

차례

1 장

시인의 눈으로 깨어나기

경이로울 것이라곤 없는 시대에
나는 요즈음 아침마다
경이와 마주치고 있다.

이른 아침 뜰에 나서면
창밖 화단의 장미 포기엔
하루가 다르게 꽃망울이 영글고,

산책길 길가 소나무엔
새순이 손에 잡힐 듯
쑥쑥 자라고 있다.

해마다 이맘때면 항다반으로 보는
이런 것들에 왜 나의 눈길은 새삼 쏠리는가.
세상에 신기할 것이라곤 별로 없는 나이인데도.

— 김종길, 「경이로운 나날」

아침의 노래

예전에 살던 동네에 낯선 간판이 새로 걸렸습니다. 거기에는 '시인의 방'이라고 적혀 있었습니다. 시를 공부하는 제게는 호기심과 상상력을 자극하는 이름이었습니다. 제아무리 유명한 시인이라도 미용실이나 통닭집처럼 번쩍이는 간판을 내거는 경우는 보지 못했습니다. 간판을 내건 것으로 보아 상점 같기는 한데 도무지 그 정체를 알 수 없었습니다. 시를 좋아하는 주인이 차린 술집이라고 보기에는 입구가 너무 초라했고, 시인들이 묵는 여관이라고 보기에는 규모가 너무 작았습니다. 도저히 궁금증을 참을 수 없어 문을 열고 들어간 순간, 전혀 예상하지 못한 풍경이 펼쳐졌습니다. '시인의 방'은 놀랍게도 점집이었습니다.

당황한 나머지 황급히 그 방을 빠져나왔습니다. 그리고 한참을 생각했습니다. 도대체 왜 그 점쟁이는 '철학관'이나 '역술원' 따위의 이름 대신 '시인의 방'이라는 간판을 내걸었던 것일까요? 아마 그곳의 주인이 시인이었을지 모릅니다. 점치는 사람이라고 해서 시를 쓰지 못할 이유는 없으니까요. 아니면 그 주인이 시의 역사에 관해 꽤나 깊이 알고 있는 사람일지도 모릅니다. 본래 시는 고대의 주술사나 예언자 들에게서 시작되었다는 의견이 있습니다. 미르체아 엘리아데(Mircea Eliade)라는 종교학자는 샤머니즘에서 접신 직전의 도취 상태가 서정시의 보편적인 원천이 되었을 것이라고 지적합니다. 신과 소통하기 위해 주술사들은 일상적인 정신 상태에서 벗어나야 하고, 신과 소통이 이루어지면 신의 언어를 인간에게 들려줍니다. 바로 그 언어가 서정시의 기원이라는 것입니다. 이렇게 보면 현대의 모든 시인은 고대 주술사의 후예들이고, 이 시대의 모든 점쟁이는 시의 비밀을 아는 사람들이라고 말할 수 있습니다.

물론 제 추리는 사실과 동떨어진 것일 수 있습니다. 아마 그 주인은 사람들의 시선을 끌고 점집을 고상하게 포장하기 위해서 그런 간판을 내걸었을지도 모릅니다. 진실이 무엇이든, 저는 그 간판을 통해서 깨달음을 얻었습니다. 그것은 바로 시가 우리 일상에서 그리 멀리 있지 않다는 사실입니다. 대개 사람들은 시는 시집 속에만 있고, 시집은 도서관이나 서점에만 있다고 생각합니다. 그래서 시를 자신의 삶과 무관하거나 쉽게 접하기 어려운 것으로 여깁니다. 그러나 시는 시집 속에만 있는 것이 아니고 시인이 쓴 것만이 시가 되는 것도 아닙니다. 시는 인터넷을 떠돌기도 하고, 신문이나 TV의 짧은 광고 문구에도 시라고 볼 만한 것들이 많습니다. 또한 '시인의 방'이 허름한 동네에도 있는 것처럼 우리 주위에는 시인이라고 부르고 싶은 사람들도 있고, 가끔씩 자신도 모르게 시인처럼 말하는 사람도 있습니다.

설사 시집도 잘 읽지 않고 주위에서 시인을 찾기 어렵다 하더라도 여전히 시는 우리 가까이에 있습니다. 시가 될 수 있는 시적인 것들, 시로 담아내기에 충분한 시적인 순간들이 일상에 널려 있기 때문입니다. 시인이라고 해서 보통 사람들과 다른 일상을 살아가는 것은 아닙니다. 시인이 본 것은 누구라도 볼 수 있고, 시인이 느낀 것은 누구든지 느낄 수 있습니다. 비록 시적인 것을 시로 창작해 시집으로 펴내지는 못하더라도 시적인 것을 느끼고 말하는 것은 얼마든지 가능합니다. 시인에게 일상이 시적인 것들로 가득하듯 평범한 사람들의 하루 또한 시적인 것들로 충만합니다. 우리의 하루가 시적인 것으로 둘러싸여 있다는 사실을 눈치채고 시인처럼 일상에서 시적인 것을 발견하려고 노력한다면, 시가 도서관과 서점이 아니라 우리 곁에 있다는 것을 깨닫게 될 것입니다.

우리의 하루가 시적인 것에 둘러싸여 있다는 사실을 알게 되면 많은 것이 달라질 수 있습니다. 먼저 시를 대하는 시선이 바뀔 것입니다. 흔하게 볼 수 있는 것을 낯설어하거나 두려워하는 사람은 없습니다. 시를 어디서나 볼 수 있는 전자제품이나 자동차 같은 것이라고 여긴다면 시를 즐기는 일도 어렵지 않습니다. 이론과 공식만을 외우는 식의 수학 공부는 도무지 왜 배워야 하는지 의문이 들 때가 많지만, 일상 속에 숨어 있는 수학의 원리를 발견하면 수학 공부도 즐겁고 유익해집니다. 그와 마찬가지로 일상에 숨어 있는 시적인 것을 발견하면 시를 읽는 일이 즐거워지고 시를 통해 얻는 것 또한 풍부해집니다. 그뿐만이 아닙니다. 일상에서 시적인 것을 발견하는 능력을 갖추면 삶이 통째로 바뀔 수도 있습니다. 시집이나 영화에서만 보았던 시적인 순간을 실제로 경험한다면 지금까지와는 다른 삶이 펼쳐질 것입니다. 왜 살아야 하는지, 어떻게 살아야 하는지 분명히 깨닫게 될 것이고 자신의 삶을 더 사랑하게 될 것입니다. 그리고 그때쯤이면 우리 모두 '시인의 방'이라는 간판을 내걸어도 될 것입니다.

아침, 시적인 것들의 향연

하루의 시작은 아침입니다. 또 가장 분주한 것도 아침입니다. 눈을 뜨자마자 등교와 출근 준비로 온 가족이 허둥대기 일쑤입니다. 그러다 보니 침착하게 아침을 느낄 겨를도 없고 아침이 얼마나 시적인지 생각해 볼 여유도 없습니다. 그렇다면 어떻게 해야 할까요? 한때 유행했던 말처럼 '아침형 인간'이 되면 가능할까요? 아마 어려울 것입니다. 아침형 인간이란 이른 아침에 하루의 일과를 시작해 아침 시간을 활용함으로써 성공적인 삶을 영위할 수 있도록 노력하는 사람을 일컫는 말입니다. 즉, 아침형 인간은 아침을 느끼고 아침의 여유를 즐기는 사람이 아니라 일찍 일어나 아침부터 일하는 인간을 말합니다. 아침이 얼마나 시적인지 느끼기 위해서는 일찍 일어나는 것보다 잠시라도 아침을 응시하고 생각할 수 있는 마음의 여유가 더 중요합니다. 그런 여유가 있을 때 아침은 우리에게 어떤 이미지로 선명하게 다가올 것입니다.

아침에 관한 시라면 많은 이들이 박남수의 「아침 이미지 1」을 떠올릴 것입니다. 오래전부터 교과서에 수록되면서 널리 알려진 작품입니다. 이 작품은 제목 그대로 아침의 이미지를 담고 있습니다. 아침이 되면 어둠이 물러가면서 사물들이 점차 모습을 드러냅니다. 시인은 그것을 '낳는다'라는 말로 표현합니다. '어둠이 사물을 낳는다'라는 것은 바꾸어 말하면 '사물이 어둠 속에서 탄생한다'는 것입니다. 시적인 생각 속에서 사물이 어둠 속으로 사라지는 것은 그것들이 죽는 것과 같습니다. 반대로 어둠이 가시고 사물이 모습을 드러내는 것은 죽었던 사물이 다시 태어나는 것과 같습니다. 상식적인 생각 속에서는 매일 같은 모습인 사물이, 시적인 생각 속에서는 매일 죽음과 탄생을 반복하고 있는 것으로 드러납니다. 그러므로 시적인 생각 속에서 아침은 놀랍고 위대한 순간입니다. 아기가 태어났을 때 부모를 비롯한 모든 사람들은 생명의 신비에 놀라워하며 무한한 기쁨에 휩싸입니다. 한 생명이 태어나는 순간도 그러할진대, 모든 사물이 탄생하는 순간은 어떻겠습니까? 마치 그것은 신이 우주를 창조한 순간처럼 위대하고 황홀한 순간이 아닐 수 없습니다. 시인은 '낳는다'라는 말을 통해 평범한 아침 풍경을 우주가 창조되던 순간에 비견할 만한 시적인 순간으로 변모시키고 있는 것입니다.

어둠이 물러가면서 태어난 사물들이 조금씩 몸을 움직이기 시작합니다. 시인은 그것을 사물들이 "노동의 시간을 즐기고 있다"라고 말합니다. 시인은 이 말을 통해 노동에 관한 상식적인 생각을 비틀어 버립니다. 대개 사람들은 노동이라고 하면 힘겹고 고통스러운 것만을 생각합니다. 그러나 모든 노동이 그러한 것은 아닙니다. 갓 태어난 아기는 소리 내어 울기도 하고 활개를 펴며 꼼지락거리기도 합니다. 아마도 아기에게는 그것도 노동일 테지만, 그 노동은 결코 괴롭지 않습니다. 그것은 생명을 위한 노동이자 우주의 순리에 화답하는 노동이기 때문입니다. 아침을 맞은 사물의 노동 또한 마찬가지입니다. 그것은 새로운 우주의 탄생을 위한 잔치를 맞아 즐기는 춤처럼 기쁨의 노동입니다. 이렇게 보면 등교나 출근을 위한 준비 또한 즐거운 노동에 속할 것입니다. 인간 또한 그러한 노동을 통해 새로운 우주의 탄생에 참여하고 있기 때문입니다.

아침을 맞아 벌이는 잔치에 태양이 빠질 리 없습니다. 시인은 그러한 태양의 모습을 "금으로 타는 태양의 즐거운 울림"이라는 선명한 이미지로 제시합니다. 시각적 이미지를 청각적 이미지로 전이시킨 공감각적 표현을 통해 시인은 우주 탄생이라는 잔치의 순간을 더 실감나게 재현합니다. 공감각적 이미지는 멋들어진 표현을 위해서만 사용되는 것은 아닙니다. 여러분도 잔치에 참여했던 순간을 떠올려 보시기 바랍니다. 잔치의 떠들썩한 분위기는 시각과 청각 등 여러 감각을 통해 느낄 수 있습니다. 그런데 여러 감각들이 한꺼번에 느껴지기 때문에 잔치에서 느낀 감각을 따로 분리하고 구별하기는 쉽지 않습니다. 또 하나의 감각만으로 잔치의 분위기를 온전히 재현하기도 어렵습니다. 이럴 때 유용한 것이 공감각적 이미지입니다. 공감각적 이미지는 여러 감각을 한꺼번에 제시함으로써 온갖 감각이 한데 어울려 있던 순간을 재현하기에 적합합니다.

흔히 소중한 것을 황금에 비유합니다. 또 여러 문화에서 황금은 태양이나 성스럽고 영원한 것들을 의미하기도 합니다. 이 작품에서도 태양은 마치 신처럼 묘사되고 있습니다. 개벽, 즉 새로운 우주를 창조하고 난 후에 지상을 굽어살피는 신처럼 태양은 지상의 잔치를 축복하고 있습니다.

이렇듯 아침이면 한바탕 잔치가 열립니다. 몸과 마음을 깨어나게 만드는 이미지의 향연이 펼쳐집니다. 그러한 잔치와 향연을 느낄 수 있는 사람이야말로 아침에서 시적인 것을 발견할 수 있는 사람입니다.

16

저는 그러한 사람을 '아침의 인간'이라고 부르고 싶습니다. 아침의 인간은 아침형 인간과 다릅니다. 아침형 인간이 일찍 일어나는 사람을 가리키는 말이라면, 아침의 인간은 아침을 느끼고 그 의미를 발견할 수 있는 사람을 말합니다. 그래서 아침의 인간에게 언제 일어났는지는 중요하지 않습니다. 아침의 인간에게 아침은 그것이 몇 시이든 눈을 뜬 순간이고, 세상이 새롭게 창조되었음을 알게 된 순간입니다.

경이를 느끼는 바로 그 순간

매일 아침마다 새로운 세상이 열린다는 것을 알아차리는 사람은 드물지만, 새해가 되면 누구나 탄생과 출발의 의미를 되새기게 됩니다. 오세영 시인의 「새해 아침」은 그러한 특별한 아침의 분위기와 의미를 드러내고 있습니다. 이 작품에서 시인은 "하늘은 이미 어제의 하늘이 아니다", "들은 이미 어제의 들이 아니다", "바다는 이미 어제의 바다는 아니다"처럼 '어제의 ~는 아니다'라는 말을 반복합니다. 시인은 그러한 반복을 통해 하늘과 들과 바다가 새롭게 탄생했다는 사실을 강조합니다. 특히 이 시에서 흥미로운 것은 "내일이 오늘인 이 아침"이라는 표현입니다. 사람들은 항상 내일을 꿈꿉니다. 내일이 오늘보다는 더 긍정적인 방향으로 달라져 있을 것이라고 믿습니다. 시인은 사람들이 꿈꾸는 그러한 변화가 바로 새해 아침인 오늘 일어나는 것이라고 말합니다. 그래서 우리는 새해 아침이 되면 괜스레 마음이 설레고, 알 수 없는 먼 항구를 향해 배를 띄울 만큼 희망을 품습니다.

이 작품에서 시인은 새해 아침을 맞아 세상이 새롭게 탈바꿈했다고 말하고 있지만, 사실 「아침 이미지 1」에서 살펴본 것과 같이 세상은 매일 아침 새로운 얼굴을 드러냅니다. 그러므로 1월 1일 하루만이 아니라 매일 아침마다 세상이 새롭게 태어나는 시적인 순간을 경험할 수 있습니다. 아침의 인간은 그러한 사람을 말합니다. 모든 아침을 새해 아침처럼 느낄 수 있는 사람, 매일 아침마다 희망과 설렘을 느낄 수 있는 사람이 바로 아침의 인간이자 시적인 것들에 둘러싸여 있는 인간입니다. 그래서 아침의 인간에게는 정확히 몇 시부터 몇 시까지가 아침인지 따위는 중요하지 않습니다.

첫머리에 소개한 「경이로운 나날」에서 시인은 아침마다 경이와 마주치고 있다고 말합니다. 경이(驚異)란 놀랍고 신기한 것을 말합니다. 시인은 아침마다 장미가 꽃피고 소나무 새순이 자라는 것을 경이로운 눈길로 바라봅니다. 「아침 이미지 1」에서 '즐거운 노동'과 '지상의 잔치'로 묘사한 것들이 이 작품에서는 더 구체적인 이미지를 통해 드러나고 있습니다. 시인은 그것이 항다반(恒茶飯)으로 보던 것들, 즉 밥과 차처럼 늘 익숙한 풍경이었음에도 불구하고 새롭게 눈길이 쏠린다고 말합니다. 이 작품은 시인이 여든이 넘은 나이에 펴낸 시집에 실려 있습니다. 여든이면 세상의 갖은 풍파를 견뎌 낸 나이입니다. 맞이한 아침만 해도 수만 번이 넘습니다. 그런데 시인은 그 나이가 되어서야 아침이 경이롭다는 사실을 발견했다고 말합니다. 여든이 넘어서야 그는 아침의 인간으로 다시 태어난 것입니다.

흥미로운 것은 "경이로울 것이라곤 없는 시대에/ 나는 요즈음 아침마다/ 경이와 마주치고 있다"는 구절에서 '아침'을 점심이나 저녁으로 바꾸어도 시의 내용에는 큰 차이가 없다는 것입니다. 세상이 복잡해지다 보니 잠들고 일어나는 시간도 사람마다 제각각입니다. 정오쯤에 깨어나 이른바 '아점'을 먹는 사람도 있고, 야간 일을 마치고 남들 출근하는 시간에야 잠드는 사람도 있습니다. 그런 사람들에게는 아침을 느낄 겨를이 없을 것만 같습니다. 그러나 그들에게도 아침이 있고, 그들 또한 아침의 인간이 될 수 있습니다. 이 작품에서 아침이라는 시어를 점심이나 저녁으로 바꾸어도 상관없는 것은, 아침을 아침이게 하는 것이 시간이 아니라 경이를 느끼는 순간이기 때문입니다. 점심에도 장미꽃은 피어 있고, 저녁에도 소나무 새순은 자랍니다. 장미꽃과 새순을 경이의 눈길로 바라보는 순간, 즉 '즐거운 노동'과 '지상의 잔치'를 느낄 수 있는 순간은 시간에 관계없이 모두 아침입니다.

　오늘은 내일이 되고, 또다시 아침이 찾아올 것입니다. 우주가 탄생하는 시적인 순간이, 이 글에서 소개한 세 편의 시가 여러분을 둘러싸게 될 것입니다. 그러니 등교나 출근 준비를 멈추고 잠깐이라도 주위를 둘러보시기 바랍니다. 즐거움과 설렘과 경이를 만끽하시기를.

함께 읽으면 좋은 시

• 문태준, 「아침을 기리는 노래」 아침은 누구에게나 공평하다고, 눈부신 이미지로 말하다.
• 이상국, 「아침 시장」 삶이 지루할 때마다 아침 시장을 찾아야 할 이유.
• 정현종, 「아침」 운명을 믿는 사람도 새겨들을 말, '아침에는 운명 같은 건 없다.'

서울에 살면

태양도 배달 온다

구름도 배달 온다

바람도 배달 온다

나는 오늘 창문을 열고

퀵 서비스로 도착한 눈보라를 풀어 본다

정오엔 삼척에 사시는

엄마가 보낸 깊은 바다가 도착했다

여기가 깊은 바닷속 어느 집 안방이냐

심해에서 온 게들이 두 눈을 껌벅였다

잠결에도 들리는

집 앞에 오토바이 멈추는 소리

누군가 겨울밤을 집집마다

부려 놓고 가는 소리

아무도 받아 주지 않자

택배 꾸러미를 박차고 나온 초승달이

미끄덩거리며 비상계단을 오르는 소리
식반을 머리에 인 아저씨가
빈 그릇 내놓으라
주먹으로 대문을 쾅쾅 두드리는 소리

— 김혜순, 「배달의 기수」

돈으로 환산할 수 없는 것

지난 2010년 통계청이 발표한 우리나라의 도시화율은 82%입니다. 도시화율이란 전체 인구 중 도시 인구의 비율을 말하며, 도시 인구란 행정 구역상 '동'에 살고 있는 사람을 가리킵니다. 요즘에는 행정 구역상 '리'에 속하지만 도시와 다를 바 없는 생활 환경을 갖추고 있는 곳도 꽤 많아서 실제 도시화율은 통계청의 수치보다 조금 높다고 봐야 합니다. 이렇게 보면 우리 국민 열 명 중 아홉 명은 도시에 살고 있는 셈입니다. 홍콩과 싱가포르처럼 도시화율이 100%인 도시 국가를 제외하면 한국은 일본과 더불어 아시아에서 도시화율이 높은 나라에 속합니다.

통계 수치에서 확인할 수 있듯이 요즘은 도시에서 일생을 보내는 사람이 대부분입니다. 도시에서 나고 자라다 보면 도시에 산다는 것과 그렇지 않은 것의 차이를 느끼기 어렵습니다. 도시화가 급격히 진행되던 시기에 시골에서 도시로 거처를 옮긴 이들을 제외하면 도시와 시골의 차이를 뚜렷하게 인식할 수 있는 사람은 드뭅니다. 명절 때 친척 집을 찾거나 여행차 시골 마을에 들를 때 그런 차이를 느끼기도 하지만 금세 무뎌지는 것이 보통입니다. 오히려 도시가 아닌 곳에서 산다는 것을 상상하기 어려운 사람이 더 많은 게 현실입니다.

그러나 도시화가 막 시작될 무렵의 사람들은 생각이 달랐습니다. 그들에게 현대 도시의 삶은 화려하고 편리한 동시에 낯설고 두려운 것이었습니다. 시골에서 도시로 진출한 사람들은 새로운 삶의 방식에 적응하느라 애를 먹었습니다. 마치 낯선 이국땅에 처음 발을 디뎠을 때의 심정이 그와 비슷할 것입니다. 세상에는 신기하고 편리한 것들이 가득하지만 그것들에 적응하는 데는 상당한 시간이 필요합니다. 굳이 옛날로 거슬러 올라갈 필요도 없습니다. 요즘도 지방의 작은 도시에 살다 서울 같은 대도시에 가면 낯설어 하는 사람이 꽤 많으니까요. 도시도 규모에 따라 삶의 방식이 많이 다르기 때문이죠.

도시와 시골의 삶은 많이 다릅니다. 그 가운데 하나가 도시에서는 낯선 사람을 수없이 만난다는 것입니다. 인구가 많지 않은 곳에서는 낯선 사람을 만나는 일이 드뭅니다. 어르신들이 과거를 회고하는 말 중에 "옆집 숟가락 개수까지 안다"라는 말이 있습니다. 동네 규모가 작고 이웃끼리 많은 것을 나누다 보니 한 가족처럼 가깝게 지냈다는 뜻이죠. 그와 달리 대도시에서는 이웃에 누가 살고 있는지 모르는 경우도 있습니다. 또 하루에도 수많은 낯선 사람을 만납니다. 전철이나 버스를 탔을 때, 거리를 걷거나 백화점에서 쇼핑할 때 마주치는 수많은 사람은 대부분 모르는 사람입니다.

낯선 사람을 만나는 일은 때로 우리를 설레게 합니다. 처음 만나는 사람이 어떤 인물일지 상상하는 것은 낯선 곳으로 여행을 떠날 때처럼 두근거리는 일이죠. 그러나 하루에도 수없이 많은 낯선 사람과 마주쳐야 한다면 설렘보다는 피곤이 엄습합니다. 만원 전철을 탔을 때를 떠올려 보세요. 일면식도 없는 사람과 얼굴이 거의 닿을 듯한 자세로 꽤 오랜 시간 동행하는 일은 무척 불편합니다. 어떤 표정과 태도를 보여야 할지 난감한 마음에 얼른 그 상황에서 벗어나기만을 바라게 됩니다. 그래서 전철과 버스에서는 스마트폰에 열중하거나 눈을 감고 조는 편이 훨씬 낫습니다. 낯선 사람과는 시선을 교환하지 않는 편이 더 마음 편하니까요.

이와 관련해 게오르그 지멜(Georg Simmel)이라는 독일의 사회학자는 대도시에 특징적으로 나타나는 현상을 '둔감함'이라고 지적했습니다. 대도시에 사는 사람들은 너무 많은 감정적 자극에 혹사당해서 새로운 자극에 대한 반응 능력이 떨어지는 둔감한 모습을 보입니다. 강력한 자극에 노출되면 웬만한 자극에는 무덤덤해지는 것과 비슷하죠. 그래서 도시에서 살아가기 위해서는 '속내 감추기'라는 정신적 태도가 요구됩니다. 만약 무수한 사람과 쉴 새 없이 만날 때마다 매번 내적인 반응을 보여야 한다면 사람들은 혼란스럽고 피곤해질 것입니다. 사람들이 전철과 버스에서 스마트폰에 열중하거나 조는 척하는 것도 '속내 감추기'의 한 방법입니다.

지멜에 따르면 도시인들이 가진 둔감함의 본질은 사물의 차이에 대한 마비 증세입니다. 도시인들은 사물의 차이가 지니는 의미나 가치를 잘 인식하지 못하고, 나아가 사물 자체를 공허한 것으로 받아들인다는 뜻입니다. 지멜은 그러한 증세가 나타나게 된 주된 원인으로 대도시에 침투한 화폐 경제를 지목했습니다. 돈은 사물의 다양성을 균등한 척도로 재고, 모든 질적 차이를 양적 차이로 표현합니다. 이로써 돈은 사물의 핵심과 고유성, 특별한 가치, 비교 불가능성을 가차 없이 없애 버리죠. 예컨대 A와 B라는 친구가 생일 선물로 공교롭게도 똑같은 모자를 선물했다고 칩시다. 두 개의 모자에는 각각 친구를 생각하는 A와 B의 마음이 담겨 있기 때문에 질적으로 차이가 있지만, 화폐 경제에서는 가격이 같다면 두 모자는 아무런 차이도 없는 것으로 취급됩니다.

시적인 것들을 발견하기 위해 가장 먼저 해야 할 일은 지멜이 지적한 둔감함에서 벗어나는 것입니다. 같은 모자라도 A가 선물한 것과 B가 선물한 것의 차이를 인식할 수 있어야 합니다. 대도시에 살면 어쩔 수 없이 둔감함에 익숙해지지만, 그러한 상태에만 빠져 있다면 주위의 시적인 것들에 눈뜨기 어렵습니다. 이와 달리 시인은 도시에 살면서도 예민한 감각을 유지하고 있습니다. 그래서 시인에게는 아침부터 시작되는 낯선 사람과의 만남도 얼마든지 시적인 것이 될 수 있습니다.

아침을 배달하는 소리

중학교 때 김동환 시인의 「북청 물장수」라는 시를 처음 접했습니다. 작품 전반에 깔려 있는 청각적 이미지가 선명하게 느껴지기는 했지만 물장수란 직업은 생소했습니다. 상하수도 시설이 잘 갖춰진 환경에 살던 저로서는 물을 배달해 먹는다는 것이 봉이 김선달 시절의 이야기처럼 멀게만 들렸죠. 그런데 오히려 요즘에는 물장수가 그리 낯설지 않습니다. 커다란 생수통을 나르는 배달부도 심심찮게 볼 수 있고 편의점에서는 외국에서 수입했다는 비싼 생수도 파니까요.

사실 「북청 물장수」는 물장수가 사라져 가던 시절의 작품입니다. 이 작품이 발표된 1924년은 상수도 시설이 정비되고 수도에 계량기가 설치되면서 물장수들이 몰락하기 시작한 때입니다. 물장수는 1800년대 전후에 등장한 것으로 알려졌으며, 1908년 수도가 보급되기 전까지 서울에서 물장수를 직업으로 삼았던 이는 2천 명 정도였다고 합니다. 그 당시 서울의 인구는 23만여 명이었고, 이 가운데 상업에 종사하는 사람은 1만 3천여 명이었습니다. 즉, 서울에서 장사하는 사람 수의 15%를 차지할 만큼 물장수는 흔한 직업이었습니다. 특히 함경북도 북청 출신의 물장수가 많았는데, 이들을 '북청 물장수'라고 불렀습니다. 그러다 1920년대 중반부터 물장수의 수는 급격히 줄기 시작했고 1970년대 초반에 명맥이 완전히 끊겼습니다. 그런 까닭인지 이 작품에서 물장수를 바라보는 시선에는 반가움과 안타까움이 함께 묻어 있습니다. 또 김동환 시인의 고향이 함경북도 경성이었다는 점을 고려하면 이 작품에 고향에 대한 그리움이 담겨 있음을 느낄 수 있습니다.

「북청 물장수」에서 물장수는 매일 아침을 소리로 열어 주는 존재입니다. 아직 잠자리에 있는 사람들에게 물장수가 맨 물동이의 삐걱거리는 소리가 들려옵니다. 이어 물을 퍼붓는 소리가 들리고, 다시 삐걱삐걱 소리를 내며 물장수가 사라집니다. 마치 자명종처럼 물장수는 매일 같은 시각에 자신만의 소리로 사람들을 깨어나게 합니다. 그런데 물장수가 내는 소리는 자명종 소리처럼 날카롭고 신경질적이지 않습니다. 그 소리는 단번에 사람을 깨우는 험악한 소리가 아니라 서서히 커지는 발걸음 소리처럼 사람들을 조금씩 깨어나게 만들고 찬물이 쏟아지는 것처럼 마음과 몸을 상쾌하게 해 줍니다. 그리고 사람들이 깨어나면 슬그머니 사라짐으로써 누구나 자연스럽게 아침을 맞도록 유도합니다.

과학 기술이 발달한 요즘에는 물장수의 소리를 흉내 낸 '인공 지능 알람'을 만들 수도 있을 것입니다. 그러나 그 소리가 북청 물장수의 소리처럼 기다려지지는 않을 듯합니다. 언제나 얼마든지 들을 수 있는 소리와 아침에 잠깐 들을 수 있는 소리는 다릅니다. 또 북청 물장수의 소리에는 찬물의 시원함과 함께 아침을 배달하는 사람의 온기가 담겨 있습니다. 그래서 그 소리는 "가슴을 디디면서" 나는 소리마냥 마음을 두근거리게 하는 힘이 있죠. 시인이 사라져 가는 물장수를 다시 기다리는 이유도 그 때문일 것입니다. 그에게 물장수는 물뿐만 아니라 사람의 온기와 아침의 활력을 배달하는 사람이니까요.

물장수는 보기 힘들지만 요즘도 아침을 깨우는, 아침을 배달하는 사람들이 있습니다. 우유 배달부, 신문 배달부가 바로 그러한 이들이죠. 조현설 시인의 「신문 배달 소년」이란 작품도 청각적 이미지가 풍부합니다. 물장수나 신문 배달부나 주로 청각을 통해 느끼는 대상이기 때문에 그럴 것입니다. 북청 물장수가 발걸음 소리, 물동이의 삐걱대는 소리, 물을 쏟아 붓는 소리로 다가온다면, 조현설 시인의 작품에서 신문 배달부는 계단을 쿵쿵 뛰어오르는 소리와 신문을 던질 때 나는 '툭' 소리로 느낄 수 있습니다. 별다를 것 없는 흔한 소리들이지만 시인은 그 소리를 민감하게 포착해 의미를 부여합니다. 시인은 그 소리가 밤새 있었던 소식들이 자신에게 다가오는 소리와 같다고 말합니다.

아침마다 새로운 세상을 창조하는 아침 햇살처럼 배달부가 던지고 간 신문은 신선한 새 소식을 선물합니다.

요즘에는 텔레비전이나 인터넷과 같이 빠르고 편리한 매체가 많아서 신문의 가치가 예전 같지 않습니다. 그런데 희한하게도 신문보다 효율적인 매체는 훨씬 늘어났지만 사람들은 예전보다 새로운 소식에 더 둔감해졌습니다. 뉴스의 홍수 속에서 길을 잃고, 무엇이 자신에게 의미 있는 소식인지 분별하기 어려워졌죠. 어쩌면 텔레비전이나 인터넷 속에는 배달부가 전하는 아침을 여는 소리가 담겨 있지 않기 때문인지도 모릅니다. 「신문 배달 소년」에서 계단을 '쿵쿵' 뛰어오르는 소리와 신문을 '툭' 던지는 소리는 신문 배달부가 내는 소리인 동시에 새 소식을 기대하는 가슴이 울리는 소리입니다. 그래서 신문은 둔감해진 우리의 몸과 마음을 아침 햇살처럼 깨웁니다. 이처럼 사소한 일에도 가슴이 '쿵쿵'거릴 수 있다면, 낯선 풍경도 '툭' 하고 마음에 얹힐 수 있다면, 우리는 도시인의 둔감함으로부터 벗어날 수 있을 것입니다.

태양과 구름을 배달합니다

앞에 소개한 김혜순 시인의 「배달의 기수」는 물장수와 신문 배달 소년을 비롯한 모든 배달원들을 위한 시입니다. 우리 겨레를 '배달민족'이라고 합니다. 배달은 '밝은 산'이라는 뜻의 상고 시대 고유어에서 유래한 말입니다. 한자의 음을 빌려 '배달(倍達)'로 적기도 하고, 한자의 뜻을 빌려 '백악(白岳)' 혹은 '백산(白山)'으로 적기도 하죠. 최근에는 유독 배달 문화가 발달한 우리나라의 특성을 가리키는 우스갯소리로 쓰이기도 합니다. 이 작품의 제목인 '배달의 기수'는 원래 1975년부터 국방부가 제작한 홍보 영상물의 명칭이었습니다. 국군의 활약을 영웅적으로 그려 낸 이 프로그램은 1989년까지 의무적으로 방송됐으나 군 생활의 긍정적인 면만 일방적으로 부각시킨다는 비판을 받고 폐지되었습니다. 그 뒤 개그 프로그램에서 이를 패러디해 거리를 누비는 배달원들을 가리키는 말로 쓰기도 했죠. 이 작품에서도 각종 배달원을 가리키는 말로 쓰이고 있습니다.

「배달의 기수」에서도 청각적 이미지가 두드러집니다. 3연에는 각종 배달원들이 내는 소리가 가득합니다. 흔히 들을 수 있는 소리들이지만 시인의 예민한 감각 속에서 그 소리들은 새로운 의미를 지니게 됩니다. 특히 "택배 꾸러미를 박차고 나온 초승달이/ 미끄덩거리며 비상계단을 오르는 소리"라는 구절에 눈길이 갑니다. 분명히 택배 꾸러미에 담긴 것은 어떤 물건입니다. 그러나 시인은 거기에 담긴 것이 평범한 물건이 아니라 누군가 보내온 초승달이라고 말합니다. 이 작품에서 배달되는 것은 물건이 아니라 그 물건이 속해 있던 자연 전체입니다. 어머니가 보낸 게 상자 속에는 바다가 담겨 있고, 또 어떤 상자 속에는 태양과 구름과 바람이 담겨 있습니다. 물장수와 신문 배달부가 전하는 것이 물건이 아니라 아침과 새 소식인 것처럼, 이 작품 역시 택배를 통해 전달되는 것이 그저 물건만은 아니라고 말합니다.

사물의 차이에 마비된 도시인들의 둔감한 시선 속에서 그것들은 물이고, 신문이고, 게일 뿐입니다. 그러나 둔감함에서 깨어난 시선 속에서는 수돗물과 물장수가 길어 오는 물이 같을 리 없습니다. 홈쇼핑에서 파는 게와 바닷가에 사는 어머니가 보낸 게 사이에는 측정이 불가능할 만큼의 차이가 있죠. 이 작품에서 시인이 배달원들을 '배달의 기수'로 치켜세우는 것은 그러한 까닭입니다. 그들은 돈으로 환산되어 고유성을 잃어버린 물건들이 아니라, 돈으로는 쉽게 표현할 수 없는 독특하고 특별한 것들을 전달하는 사람입니다. 태양과 구름과 바람의 가치를, 어머니가 보낸 바다의 가치를 어느 누가 돈으로 환산할 수 있을까요? 아마 화폐 경제에 익숙한 도시인들이라도 그 가치를 돈으로 환산할 엄두는 쉽게 내지 못할 것입니다.

도시에 사는 우리는 오늘 하루도 수많은 소리와 낯선 얼굴을 만나게 될 것입니다. 또 음식을 배달해 먹고, 기다리던 택배를 받게 될 수도 있습니다. 가끔은 휴대전화를 내려놓고 전철이나 버스 안의 풍경에도 눈길을 보내기 바랍니다. 택배 상자 안에서 돈으로 환산할 수 없는 것들을 발견해 보기 바랍니다. 거기에 시가 있습니다.

함께 읽으면 좋은 시

• 김희업, 「눈보라 퀵써비스」 살아 있음을 증명하기 위해서라면 위험하지만 멈출 수 없다.
• 박찬일, 「리어카 인생 50년이면」 이러지도 못하고 저러지도 못할 때 듣는 아버지의 말.
• 복효근, 「쟁반탑」 석가탑이나 다보탑보다 아름다운 탑을 배달하는 부처들.

오징어는 낙지와 다르게

뼈가 있는 연체동물인 것을

죽도에 가서 알았다

온갖 비린 것들이 살아 펄떡이는

어스름의 해변가

한결한결 오징어 회를 치는 할머니

저토록 빠르게, 자로 잰 듯 썰 수 있을까

옛날 떡장수 어머니와

천하 명필의 부끄러움

그렇듯 어둠 속 저 할머니의 손놀림이

어찌 한갓 기술일 수 있겠는가

안락한 의자 환한 조명 아래

나의 시는 어떤가?

오징어 회를 먹으며

오랜만에 내가, 내게 던지는

뼈 있는 물음 한마디

— 유하, 「죽도 할머니의 오징어」

시적인 순간들로 빛나는 삶

수도권 지하철 4호선에는 '대야미'란 역이 있습니다. 지하철을 타고 지나다 알게 된 그 역의 이름은 생소하면서도 신기했습니다. 무슨 뜻인가 궁금해 한자를 찾아보니 '大夜味'라고 적혀 있더군요. 글자 그대로 풀이하면 '큰 밤의 맛'이라는 뜻입니다. 한자에 포함된 함축적인 뜻을 고려해도 지명이라고 생각하기엔 어려운 이름이었습니다.

서울지하철공사의 설명에 따르면, 역 주변은 산간 지역이라 대체로 논밭이 협소한데 그 사이에 큰 논이 하나 있어서 '한배미' 또는 '큰배미'라 불렸다고 합니다. 여기저기 더 찾아보니 배미는 '두렁으로 둘러싸인 논 하나하나의 구역'을 세는 단위였고, 그 배미를 한자로 적으면 '夜味(야미)'가 되었죠. 즉, 대야미는 '커다란 논 한 구역'이라는 뜻이었습니다.

설명을 들어 보니 고개가 끄덕여지긴 하는데 어쩐지 맥이 빠졌습니다. '밤에 즐기는 큰 재미', '긴 밤에 즐기는 재미', '긴 밤처럼 진한 맛' 정도의 의미를 기대했는데 전혀 다른 뜻이었으니까요. 밤과 재미, 또는 밤과 맛이 어울릴 때의 묘한 느낌. '야미'라는 발음의 느낌은 어쩐지 매혹적입니다. 그러나 서울지하철공사의 친절한 설명은 그런 매력을 산산조각 내고 말았습니다.

그래도 어쩐지 제게 대야미는 '논 한 배미'보다 '밤이 새도록 불타는 축제가 열리는 곳'으로 기억되었습니다. 대야미라는 말이 제가 과거에 경험했던 가장 떠들썩한 장면들을 불러냈기 때문입니다. 어릴 적 보름달 아래서 술래잡기를 했던 일, 백열전구를 켜 놓은 마당에 둘러앉아 술을 마시는 어른들 틈에서 그들의 이야기에 취했던 기억, 무리 속에 끼어 집집마다 들러 인사를 하고 음식을 얻어먹던 풍경 등이 대야미라는 말을 통해 선명하게 떠올랐습니다.

하나의 단어일 뿐이지만 제게 대야미는 시적인 것이었습니다. 음미할 만한 말의 아름다움이 있었고 현실과는 다른 공간을 상상하게 했습니다. 노래하고 춤추던 날의 기쁨을 떠올리게 만들었고, 그렇지 못한 현실을 되돌아보게 했습니다. 미국의 철학자이자 교육자인 맥신 그린(Maxine Greene) 교수는 '널리 깨어 있음'이야말로 예술 작품과의 미적 체험에서 가장 중요한 것이라고 말했습니다. '널리 깨어 있음'이란 현실을 너무나 당연한 것으로 받아들이는 마취 상태에서 깨어나 스스로 더 나은 삶을 향한 상상력을 발휘하는 상태를 말합니다. '대야미'라는 말은 저를 '널리 깨어 있게' 했으니 충분히 시적이고 예술적이었습니다.

때로는 사람을 통해서도 시적인 것을 발견할 때가 있습니다. 20대 후반 무렵의 일입니다. 버스에서 대학 동기를 만났습니다. 그는 도서관에서 공부를 하다 집에 돌아가는 길이라 했죠. 여전히 대학 다닐 때의 모습이었습니다. 그 친구는 꾸밀 줄을 몰랐습니다. 화장을 했던 적은 손가락으로 꼽을 정도였고, 항상 바지에 점퍼 차림이었습니다.

말투와 표정도 그대로였습니다. 저는 그 친구의 느릿느릿한 말투를 좋아했습니다. 한 박자 느린 어눌한 말투에 약간 톤이 높으면서도 비음이 섞인 그윽한 목소리. 그 친구는 성격도 그랬습니다. 지금까지 제가 만난 사람 가운데 누구한테도 미움을 받지 않거나 누구도 미워하지 않을 만한 사람을 꼽으라면 저는 반드시 그 친구를 떠올릴 것입니다. 그런데 그 친구는 엉뚱한 면도 있었습니다. 누구도 생각해 내지 못한 말과 행동으로 친구들을 즐겁게 만들어 주었습니다. 평소엔 어눌하지만 가끔씩 사람을 깜짝 놀라게 하는 사람이었습니다.

대학을 졸업한 후로는 그 친구와 거의 만나지 못했습니다. 그는 대학원에 진학해 고시 공부에 매달리고 있었습니다. 성격도 말투도 여전했지만, 세월의 무게와 고시 공부로 인한 피로가 전보다 야윈 얼굴에 고스란히 드러났습니다. 그 친구는 웃고 있었지만, 그가 겪었을 신산한 세월이 떠올라 마음 한구석이 시렸습니다.

정류장 세 개를 지나는 동안 이런저런 이야기를 나눴습니다. 짧은 시간이었지만 서로에 대한 따뜻한 마음을 확인하기에는 충분한 시간이었습니다. 그런데 제가 먼저 내리려 할 때 그 친구가 건넨 엉뚱한 인사말이 저를 또 깜짝 놀라게 했습니다. 그는 "안녕", "잘 가" 등의 흔한 말 대신 "잘해"라고 말했습니다. 헤어질 때 하는 얘기치곤 무척 낯선 그 말에 저는 답례를 건네지 못하고 빙그레 웃고 말았습니다.

그 친구는 그때 제가 무엇을 하며 어떻게 지내는지 자세히 몰랐습니다. 그런데도 그 친구는 "잘해"라고 말했습니다. 사실 그때는 장차 무엇을 해야 할지 고민하고 있던 시기였습니다. 그런데 그 친구 말을 들으니 문득 잘하고 싶은 생각이 들었습니다. 무엇을 하든 잘해야 할 것

같았습니다. 그리고 저도 누군가와 헤어질 때 그 친구처럼 인사를 건네야겠다고 생각했습니다. 잘해, 잘하세요, 잘해 왔어요, 잘하던데요, 잘해야 해요, 잘할 거라 믿어요, 잘할 수 있죠, 잘할 거죠, 잘할 거면서, 그리고 잘할게요.

시인을 가르치는 사람들

그 친구의 한마디로 인해 저는 조금 달라졌습니다. 저를 생각해 주는 소중한 사람들이 곁에 있다는 사실을 깨달았고, 저 역시 그들에게 소중한 사람이 되기 위해 변화된 삶을 살고 싶어졌습니다. 저를 '널리 깨어 있게' 만든 그 친구 역시 제게는 충분히 시적인 사람이었습니다. 이렇듯 시적인 것들은 가까이 있습니다. 기존 체계와 관습적인 예술에 반발했던 다다이즘의 선구자 트리스탕 차라(Tristan Tzara)는 시의 특성을 '정신의 활동'에서 찾으며 이렇게 말했습니다.

"우리가 시를 사물의 표현 수단으로서 분류하고자 한 것은 오류였다는 사실을 시급히 선언하자. 외형에 의해서 비로소 소설과 구별되는 시는 아무의 흥미도 끌지 않는다. 나는 그러한 시에 대하여 '정신의 활동'으로서의 시라는 것을 대립시킨다. (중략) 지금은 비록 한 행의 시구를 쓰지 않더라도 시인이 될 수 있으며 거리에서나 시장의 구경거리에 있어서도, 즉 어디서나 시적인 특질이라는 것이 존재한다는 사실을 인정할 수 있다."

36

물론 '정신의 활동'만을 두고 시라고 보기는 어렵습니다. 그러나 어떤 것을 시로서 존재하게 하는 시정신이 있으며, '시적인 것'이라고 부를 수 있는 그 정신이야말로 시에서 가장 중요한 요소임은 부정할 수 없습니다.

앞 장에서 소개한 유하 시인의 「죽도 할머니의 오징어」 또한 다다이즘을 주장했던 시인들처럼 시란 무엇인지 묻고 있습니다. 이 작품은 대조를 통해 시를 전개하고 있습니다. 오징어와 낙지, 떡장수 어머니와 명필 아들, 회를 치는 할머니와 시인, 어스름의 해변가와 환한 조명 속의 안락의자, 할머니의 손놀림과 기술 등이 서로 대조를 이루고 있습니다. 이때 대립항의 앞쪽에 있는 것은 모두 긍정의 대상입니다. 해변가에서 회를 치는 할머니와 연관된 그것들은 화자가 부끄러움을 느끼고 자기 성찰로 나아가도록 유도합니다. 그것들이 시인인 화자에게 '시란 무엇인지' 묻고 있기 때문입니다.

화자는 회를 치는 할머니의 손놀림은 기술이 아니라고 말합니다. 현대 사회에서 주로 '기술'로 번역되는 'technic'의 어원은 고대 그리스어 '테크네(techne)'입니다. 그리스에서 테크네는 창조적인 기술 전반을 의미하는 단어이자 예술을 가리키는 말이었습니다. 고대 그리스의 의학자 히포크라테스(Hippocrates)가 남긴 "인생은 짧고 예술은 길다"라는 경구에서 '예술'이 바로 테크네를 번역한 말입니다. 기술은 어떤 이론을 실제로 만드는 수단이나 방법을 의미합니다. 따라서 거기에는 창조성이 끼어들 여지가 많지 않습니다. 그와 달리 예술의 핵심은 상상력과 창조성입니다.

이 작품을 보고 있으면 〈생활의 달인〉이라는 방송 프로그램이 떠오릅니다. 〈생활의 달인〉에 등장하는 달인들은 오랜 세월 노력한 끝에 자신의 분야에서 최고 경지에 오른 인물들입니다. 그런 사람들을 가리켜 장인이라 부르기도 합니다. 그들이 능력을 발휘하는 일은 때로 사소해 보이기도 하지만, 그렇다고 해서 모두가 그런 능력을 갖출 수 있는 것은 아닙니다. 장인의 손끝에서 만들어진 물건에서는 숙련된 기술을 뛰어넘는 무엇인가를 더 느낄 수 있습니다. 아낌없이 모든 것을 쏟아 붓는 정성, 완벽에 대한 고집, 남들과는 다른 독특한 감각 등이 그것입니다. 그래서 그런 물건들은 명품이나 예술 작품 대우를 받으며, 장인은 예술가를 두루 이르는 말로도 쓰입니다. 화자가 보기에 죽도 할머니는 달인이자 장인이고, 그녀의 손놀림은 기술이 아니라 예술입니다.

시는 기술이 아니라 예술이어야 합니다. 환한 조명 아래 안락의자에 앉아서 글쓰기 기술로 만들어 내는 것을 시라고 부르기는 머쓱합니다. "온갖 비린 것들이 살아 펄떡이는" 재료에 "자로 잰 듯" 썰어 내는 손놀림이 가미되어야만 "뼈 있는 물음"을 던지는 시가 탄생합니다. 시인으로 하여금 그런 사실을 깨닫게 했으니, 죽도 할머니 역시 시인입니다. 참으로 시적인 사람입니다.

널리 깨어 있는 법

황지우 시인의 「시에게」라는 작품에도 시인에게 시를 가르쳐 주는 시적인 사람이 등장합니다. 화자는 자신의 "시에 피가 돌고,/ 피가 끓던 시절이 있었"다고 얘기합니다. 피가 돌고 끓는 시란 아마도 감정의 극한에서 터져 나오는 시일 것입니다. 그런 시는 「죽도 할머니의 오징어」에 나오는 "온갖 비린 것들이 살아 펄떡이는" 시와 비슷하지만, 그것만으로는 충분하지 않습니다. 거기에 뛰어난 손놀림이 가미되어야만 온전한 시가 탄생할 수 있습니다. 그렇지 않으면 오히려 시가 사람을 해치거나 재료를 난도질할 수도 있습니다. 서투른 요리사가 연장을 다루다 상처를 입거나 재료를 망쳐 버리는 것과 같은 이치입니다.

화자가 바라는 것은 "상하지 않고도 피가 도는" 시입니다. 다시 요리에 비유하자면, 여러 재료의 독특한 맛을 그대로 보존하면서도, 그것을 한데 모아 또 다른 맛을 만들어 낸 요리라고 할 수 있습니다. 도대체 어떻게 해야 그런 시를 쓸 수 있을까요? 고민에 빠진 화자에게 답을 가르쳐 준 것은 동백 숲이 장관인 골짜기에서 목격한 평범한 장면입니다. 동백꽃은 꽃잎이 하나씩 떨어지며 지지 않고 어느 순간 꽃 전체가 떨어져 버립니다. 그래서 동백꽃이 떨어진 풍경은 붉은 카펫을 깔아 놓은 것처럼 보이기도 합니다. 그렇게 떨어진 동백꽃을 주우러 만삭인 여자가 걸어갑니다. 아마도 그 여자는 뱃속에 있는 생명을 보듬듯 동백꽃을 주워 들었을 것입니다.

떨어진 동백꽃이지만 마치 살아 있는 듯 소중하게 보듬는 여자 후배의 모습에서 화자는 자신이 그토록 찾아 헤매던, "상하지 않고도 피가 도는" 시를 발견합니다. 그 후배가 집어 든 동백꽃은 곧 죽도 할머니가 회를 친 오징어와 같습니다. 그것은 모두 대상의 본질을 훼손하지 않으면서도, 그것이 지닌 아름다움을 더욱 빛나게 하는 손놀림에 의해 완성된 것들입니다. 시도 마찬가지입니다. 삶이 생생하게 담겨 있는 시, 머리가 아니라 가슴으로 쓰는 시가 바로 '온전한 시'이고, 그럴 때 비로소 시는 기술을 넘어 예술이 될 수 있습니다.

오탁번 시인의 「시인」이란 작품에도 시를 가르쳐 주는 사람이 등장하는데, 그 사람은 바로 아이입니다. 엄마가 아이에게 가을이 되면 감이 빨갛게 익는다고 가르쳐 주자, 아이는 엄마에게 달님이 빨갛게 익었다고 가르쳐 줍니다. 엄마는 아이에게 과학적 진실을 가르쳐 주지만, 아이는 엄마에게 은유와 시적 진실을 가르쳐 줍니다. 다시 엄마가 아이에게 똑바른 걸음걸이를 가르쳐 주자, 아이는 엄마에게 생명을 소중히 여기는 걸음걸이를 가르쳐 줍니다. 엄마는 아이에게 일상을 살아가는 법을 가르쳐 주지만, 아이는 엄마에게 '널리 깨어 있는' 법을 가르쳐 줍니다.

이 작품을 통해 우리는 시적인 것들이 무엇인지, 시인이란 어떤 사람인지 알 수 있습니다. 이 작품에 따르자면 우리가 접하는 것은 무엇이든 시적인 것이 될 수 있습니다. 그러나 모두가 시적인 것으로 빛나지는 않습니다. 평범한 것을 시적인 것으로 만드는 시인의 시선에 의해서만 시적인 것이 탄생하죠. 그러면 어떻게 해야 시적인 것을 발견해 내는 시인이 될 수 있을까요? 아이처럼 대상을 다르게 볼 수 있어야 합니다. 달 또한 익을 수 있고, 개미 또한 우리처럼 소중한 생명이라고 생각할 수 있어야 합니다. 그것이 바로 '널리 깨어 있는' 상태입니다.

결국 우리 삶을 시적인 것으로 가득 채우는 사람은 시인이며, 누구나 시인이 될 수 있습니다. 하지만 시인이 못 되면 또 어떻습니까. 시인 엄마나 시인 친구라도 될 수 있다면 우리의 삶은 얼마든지 시적인 것들로 빛날 것입니다.

함께 읽으면 좋은 시

• 오규원, 「버스 정거장에서」·「우리 시대의 순수시」 너무나 충격적이지만, 유쾌·상쾌·통쾌한, 시에 관한 진실.
• 유하, 「흑연과 다이아몬드」 캄캄한 흑연의 운명을 선택한 시인도 다이아몬드를 꿈꾼다.

새벽 시내버스는
차창에 웬 찬란한 치장을 하고 달린다
엄동 혹한일수록
선연히 피는 성에꽃
어제 이 버스를 탔던
처녀 총각 아이 어른
미용사 외판원 파출부 실업자의
입김과 숨결이
간밤에 은밀히 만나 피워 낸
번뜩이는 기막힌 아름다움
나는 무슨 전람회에 온 듯
자리를 옮겨 다니며 보고
다시 꽃 이파리 하나, 섬세하고도
차가운 아름다움에 취한다
어느 누구의 막막한 한숨이던가
어떤 더운 가슴이 토해 낸 정열의 숨결이던가
일없이 정성스레 입김으로 손가락으로
성에꽃 한 잎 지우고

이마를 대고 본다

덜컹거리는 창에 어리는 푸석한 얼굴

오랫동안 함께 길을 걸었으나

지금은 면회마저 금지된 친구여.

— 최두석, 「성에꽃」

꽃미남이 되는 법

난(蘭)을 선물 받은 적이 있습니다. 어느 모임에서 신입 회원을 환영한다며 보냈습니다. 난에 대해 잘 알지 못하는 제가 보기에도 평범했습니다. 독특한 빛깔이 나지도 않았고 모양도 별스럽지 않았습니다. 수묵화에서 보던 전형적인 난의 모습이었습니다. 수십 명에게 똑같이 보낸 난이니 그럴 법도 했습니다. 특별한 의미를 담아서 골랐다기보다는 가격에 맞춰 주문한 티가 역력했습니다.

그래도 제 딴에는 열심히 길렀습니다. 꼬박꼬박 물을 주고 식물 영양제를 꽂아 두기도 했습니다. 어떻게든 오래 살리고 싶었습니다. 불행하게도 제 곁에 왔던 식물들은 모두 수명이 길지 못했습니다. 식물을 기르는 데 정성을 쏟는 편이 아니었습니다. 그렇다고 소 닭 보듯 외면하지도 않았습니다. 햇볕이 잘 드는 곳에 두고 주기적으로 물도 주었지만, 어찌 된 일인지 얼마 지나지 않아 시드는 경우가 대부분이었습니다. 그래서 이번만큼은 꼭 제명대로 살게 하고 싶었습니다.

제 바람이 통했는지 난은 쉽게 시들지 않았습니다. 한 해가 지나도록 여전히 푸른빛을 잃지 않아 안심하고 있을 때쯤 기적 같은 일이 벌어졌습니다. 꽃이 피어난 것입니다. 꽃이 핀 화분을 선물 받은 적은 있었지만, 손수 기르던 화분에서 꽃이 피어나는 모습을 목격한 것은 처음이었습니다. 어찌나 감격스럽던지 사진을 찍어 동네방네 자랑을 했습니다. 같은 화분을 선물 받은 사람 중에 꽃을 피운 이는 저뿐이었습니다. 꽃은커녕 시들어서 이미 버렸다는 사람도 많았습니다. 그런 사실을 확인하고는 더 뿌듯했습니다. 올림픽에서 금메달이라도 딴 듯한 기분이었습니다.

행복한 시간도 잠시, 며칠이 지나자 꽃은 시들기 시작했습니다. 은은한 향기를 내던 꽃잎이 일그러지더니 결국 무참히 떨어져 내렸습니다. 시들고 꺾이는 것이 꽃의 운명임을 알고는 있었지만 제 손으로 피워 낸 꽃이고 보니 허전함이 이루 말할 수 없었습니다. 그제야 비로소 김영랑 시인의 「모란이 피기까지는」이라는 시를 온전히 이해할 수 있었습니다. 그 시를 볼 때마다 마음 한편에는 '꽃 지는 일이 뭐 그리 대수라고 호들갑을 떠나?' 하는 생각이 들었습니다. 아름다움에 과하게 매혹된 유미주의의 전형적 모습이라고 머리로는 이해했지만, 가슴으로 공감하기는 어려웠습니다. 그런데 제가 가꾼 꽃이 지는 모습을 보고 있자니 "삼백예순 날 하냥 섭섭해 우옵내다"라는 표현이 남의 일 같지 않았습니다. 어떤 꽃은 각별하고, 각별한 꽃은 봄을 온통 '찬란한 슬픔'으로 물들일 수 있다는 사실을 그때 알았습니다.

그 난은 몇 년을 더 살다 제 곁을 떠났습니다. 어찌 된 일인지 다시 꽃을 피워 내지는 못했습니다. 꽃을 피우지 못하는 난을 보며 안타까워하고 있을 즈음, 잊지 못할 새로운 꽃을 선물받았습니다. 가르치는 일이 직업인지라 스승의 날 무렵이 되면 제 연구실에도 카네이션 향기가 진동합니다. 제자들의 마음이 담긴 카네이션을 받을 때마다 매우 고맙습니다. 그러나 얼마 지나지 않아 시든 꽃을 버려야 할 때마다 공연히 미안한 마음이 듭니다. 왠지 함부로 버려서는 안 될 것 같아 어떻게 버릴지 고민했던 적도 많았습니다.

그 꽃도 카네이션이었습니다. 풍성한 꽃다발이 아니라 달랑 한 송이 뿐이었습니다. 그러나 여느 카네이션과 달리 그 꽃은 시들지 않았습니다. 생화가 아니었거든요. 조화도 아니었습니다. 제자가 건넨 것은 조그만 액자였습니다. 거기에는 그가 손수 그린 카네이션 한 송이와 '선생님 사랑합니다'라는 글귀가 담겨 있었죠. 살아 있는 꽃이 아닌데도 향기가 진했고 그 어떤 꽃보다 아름다웠습니다. 제자가 그린 꽃은 몇 년째 시들지 않고 제 연구실 책상 위에 놓여 있습니다. 그 꽃을 볼 때마다 수줍게 웃으며 액자를 건네던 제자의 모습이 떠오릅니다. 어떤 꽃은 각별하고, 각별한 꽃은 사람을 꽃보다 아름답게 만들 수 있다는 사실을 그때 알았습니다.

작은 것이 아름답다

누구에게나 각별한 꽃이 있습니다. 세상에는 아름다운 꽃이 수도 없이 많지만, 우리의 삶을 꽃처럼 아름답게 만드는 것은 각별한 꽃입니다. 꽃 가게 주인일지라도 각별한 꽃 한 송이가 없다면 김영랑 시인의 시가 왜 슬프고 아름다운지 이해하지 못할 것입니다. 또 꽃은 화분과 들에만 있는 게 아닙니다. 액자에서 꽃이 피듯 꽃은 삶의 모든 장소에서 피어납니다. 숱한 시인이 꽃을 노래했던 이유도 그러한 까닭입니다. 시인은 모든 대상을 각별한 눈길로 바라보는 사람입니다. 어떻게든 대상과 각별해지려고 노력하는 사람이자, 조그만 아름다움에도 충분히 도취될 준비가 되어 있는 사람입니다. 그래서 시인들은 마치 마술사처럼 기대하지 않았던 것에서 꽃을 피워 냅니다. 한 번도 본 적이 없는 꽃들을 우리에게 선물합니다.

노향림 시인의 「꽃들은 경계를 넘어간다」라는 시가 있습니다. 이 작품에서 화자에게 각별한 존재는 작은 꽃들입니다. 사람들은 크고 화려한 것을 선호하는 경향이 있습니다. 꽃을 대할 때도 그러합니다. 빛깔과 자태가 화려한 꽃일수록 극진한 대접을 받습니다. 그와 반대로 작고 보잘것없는 꽃은 푸대접을 받습니다. 때로는 '꽃'이 아니라 '풀'로 취급되기도 합니다. 그런 편견에 맞서 이 작품의 시인은 단호하게 선언합니다. "세상은 아주 작은 것들로 시작한다"라고.

작은 것이 모여서 큰 것을 이룹니다. 작은 것이 있기에 큰 것들이 크다고 인식될 수 있습니다. 작건 크건 생명의 가치는 동일합니다. 시인의 말처럼 작은 것에도 여린 내면이 있고 차고 맑은 슬픔이 있습니다. 내면과 감정의 크기는 겉으로 드러난 크기와 무관합니다. 아니, 크기를 재는 일 자체가 무의미합니다. 아름다움 또한 마찬가지입니다. 꽃들의 아름다움은 자로 잴 수 없습니다. 비싸다고 더 아름다운 것도 아닙니다. 각별하지 않은 꽃에서는 아름다움을 발견하기 어렵습니다. 이 시를 읽다 보면 작은 꽃들에도 눈길이 갑니다. 시인의 각별한 시선이 우리에게 새로운 꽃을 선물합니다.

작은 것이 아름답다는 선언과 더불어 이 시를 돋보이게 하는 것은 시인의 나지막한 질문들입니다. 첫 번째 질문은 "꽃들이 지면 모두 어디로 가나요"라는 것입니다. 누군가는 흙 속에 묻힌다고, 자연으로 돌아간다고 대답할 것입니다. 그러나 "무슨 경계를 넘어가나요"라는 질문에는 어떻게 답해야 할까요? "무슨 이름으로 묻히나요"라는 물음에는 누가 대답할 수 있을까요? 작은 것을 통해 던지는 질문이 오히려 거대하고 묵직합니다. 그 질문에 답하기 위해서라도 우리는 작은 것들에 한 번 더 눈길을 보내야 합니다. "세상은 아주 작은 것들로 시작"하는 것처럼 묵직한 질문들 역시 작은 것들에서 시작되었을 테니까요.

꽃을 만들어 내는 사람

앞 장에 소개한 최두석 시인의 「성에꽃」에서도 우리는 작고 새로운 꽃과 만날 수 있습니다. 성에꽃은 화분이나 들에 피는 꽃이 아닙니다. 이른 새벽 시내버스에 오른 사람들의 입김과 숨결이 차가운 바깥 공기와 만나 생기는 성에를 시인은 꽃이라고 말합니다. 「꽃들은 경계를 넘어간다」와 같이 이 작품 역시 조그만 꽃, 어쩌면 꽃이라고 부르기에도 민망한 꽃이 기막히게 아름답다고 얘기합니다. 성에꽃에도 여린 내면과 차고 맑은 슬픔이 담겨 있기 때문입니다. 입김과 숨결은 내면의 감정과 통합니다. 작은 꽃들처럼 평범하기 그지없는 서민들의 내면과 감정이 입김과 숨결을 통해 흘러나와 꽃을 만들어 냅니다.

이 작품을 읽고 있으면 정지용 시인의 「유리창」이 떠오릅니다. 입김이 만들어 낸 이미지라는 소재가 동일하고 표현법에서도 「유리창」을 의식한 흔적이 역력하죠. "차가운 아름다움에 취한다"는 구절은 "유리창에 차고 슬픈 것이 어른거린다"는 구절과 유사하고, "일없이 정성스레 입김으로 손가락으로/ 성에꽃 한 잎 지우고"라는 구절은 "열없이 붙어 서서 입김을 흐리우니"라는 구절과 유사합니다. 또 「유리창」이 감정을 직접 드러내지 않고 감각적 이미지를 통해 제시한다는 점에서 지성과 절제가 돋보이는 작품으로 평가받듯이, 이 작품 역시 감각적 이미지를 통해 감정을 절제하고 있는 점이 동일합니다. 감정을 직접 드러내는 말은 없지만 작품을 읽다 보면 성에꽃이라는 이미지에 응축되어 있는 화자의 감정이 어떤 것인지 느낄 수 있습니다.

여러 면에서 「유리창」과 유사하지만 뚜렷하게 다른 점도 있습니다. 「유리창」에서 입김이 만들어 낸 이미지는 작고 연약한 새지만, 이 작품에서는 선명하고 아름다운 꽃입니다. 또 「유리창」의 이미지는 화자 혼자서 만든 것인 반면, 「성에꽃」의 이미지는 여러 사람의 입김이 모여 만들어진 것입니다. 그리움의 대상에도 차이가 있습니다. 「유리창」의 화자가 그리워하는 대상은 시인의 아들이라고 알려져 있습니다. 그러나 「성에꽃」의 화자는 감옥에 갇힌 친구를 그리워합니다. 이러한 차이점으로 인해 이 작품을 읽고 나면 개인의 내면보다 사회로 눈길을 돌리게 됩니다. 한 사람의 "외로운 황홀한 심사"보다는 '막막한 한숨'과 '더운 가슴'을 토해 내는 수많은 얼굴을 떠올리게 됩니다.

"사람이 꽃보다 아름답다"라는 말이 있습니다. 이제 「성에꽃」을 읽은 여러분은 이렇게 말해야 할 것입니다. "사람이 만들어 내는 꽃이야말로 기막히게 아름답다"라고. 또는 "꽃을 만들어 내는 사람이야말로 꽃보다 아름답다"라고.

사람을 꽃에 비유하는 말 중에 '꽃중년'이나 '꽃할배'와 같은 유행어가 있습니다. 그런 말을 들으면 장옥관 시인의 「등꽃 그늘 아래」라는 시가 떠오릅니다. '꽃중년'은 젊고 예쁜 남성을 일컫는 '꽃미남'에서 유래한 신조어입니다. 외모를 가꾸는 데 투자를 아끼지 않고, 유행에 뒤지지 않을 만큼 패션에 대한 관심도 남다른 중년층을 일컫습니다. '꽃중년', '꽃할배' 등의 말 덕분에 중년층과 노년층에 대한 인식이 긍정적으로 변한 점은 환영할 만한 일입니다. 이러한 인식의 변화는 세대 갈등을 줄이는 데에도 어느 정도 기여할 것입니다.

그러나 과연 외모를 가꾸려고 노력해야만 '꽃중년'이 될 수 있는 걸까요? 「등꽃 그늘 아래」에서는 그러한 노력을 하지 않아도 사람은 모두 꽃이라고 말합니다. 이 작품에는 세 종류의 꽃이 등장하는데, 등꽃은 실제 꽃이고 목단꽃과 망초꽃은 사람을 가리킵니다. 묘사된 내용을 짐작해 보면 망초꽃은 젊은 여인, 목단꽃은 노년의 여인인 듯합니다. 서로 다른 모습으로 각자의 일에 열중하고 있지만, 등꽃 그늘 아래에서 화자를 포함한 세 사람은 똑같습니다. 아무런 말도 나누지 않았지만, 화자는 오히려 그러한 '말 없음'으로 인해 세 사람이 똑같은 존재가 되었다고 말합니다. 세 사람이 똑같아졌다고 했으니 다른 두 사람과 마찬가지로 화자 역시 꽃이 된 셈입니다.

아무런 말도 나누지 않았는데 세 사람이 모두 똑같은 존재인 까닭은 그들이 모두 꽃이기 때문입니다. 타인을 꽃으로 대하면 자기 자신도 꽃이 됩니다. 타인에게서 꽃처럼 아름다운 것을 발견할 수 있는 마음이 타인은 물론 자기 자신도 꽃으로 만듭니다. '훅' 끼치는 향기에 발길을 멈추고 주위를 둘러볼 수 있는 여유만 있다면 얼마든지 꽃을 발견해 낼 수 있고 꽃이 될 수도 있습니다. 그런 사람이야말로 진정한 '꽃미남'이자 '꽃중년'입니다.

함께 읽으면 좋은 시

• 공광규, 「모과 꽃잎 화문석」 읽는 이의 마음에도 꽃물이 든다.
• 손택수, 「나무의 수사학」 도시의 나무에게서 배운 불편한 진실.
• 정호승, 「꽃이 진다고 그대를 잊은 적 없다」 꽃처럼 아름다웠던 그들을 위한 추모시.

한겨울 못 잊을 사람하고
한계령쯤을 넘다가
뜻밖의 폭설을 만나고 싶다.
뉴스는 다투어 수십 년 만의 풍요를 알리고
자동차들은 뒤뚱거리며
제 구멍들을 찾아가느라 법석이지만
한계령의 한계에 못 이긴 척 기꺼이 묶였으면.

오오, 눈부신 고립
사방이 온통 흰 것뿐인 동화의 나라에
발이 아니라 운명이 묶였으면.

이윽고 날이 어두워지면 풍요는
조금씩 공포로 변하고, 현실은
두려움의 색채를 드리우기 시작하지만
헬리콥터가 나타났을 때에도
나는 결코 손을 흔들지 않으리.
헬리콥터가 눈 속에 갇힌 야생조들과

짐승들을 위해 골고루 먹이를 뿌릴 때에도……
시퍼렇게 살아 있는 젊은 심장을 향해
까아만 포탄을 뿌려 대던 헬리콥터들이
고라니나 꿩들의 일용할 양식을 위해
자비롭게 골고루 먹이를 뿌릴 때에도
나는 결코 옷자락을 보이지 않으리.

아름다운 한계령에 기꺼이 묶여
난생처음 짧은 축복에 몸둘 바를 모르리.

— 문정희, 「한계령을 위한 연가」

날씨, 신과 자연이 내리는 축복

근대 이전의 우리 역사에서 피해가 가장 막심했던 전쟁이 임진왜란과 병자호란입니다. 1592년 4월 13일 700여 척의 전함에 약 20만의 대군으로 조선을 침공한 일본은 20일 만에 서울을 점령하고 두 달 만에 평양성을 점령했습니다. 압록강변의 의주로 피난한 선조는 명나라에 원군을 요청합니다. 그해 12월 5일, 제독 이여송이 이끄는 명나라 군대 5만 명이 조선을 향해 출병합니다. 이듬해 1월 7일, 조선군과 합세한 명나라 군대는 평양성 공격을 개시합니다.

그런데 놀랍게도 이전까지 막강한 전투력을 자랑하며 승승장구하던 일본군은 별다른 저항도 못한 채 후퇴하고 맙니다. 일본군은 병력, 장비, 전투 경험 등에서 결코 명나라에 뒤지지 않았습니다. 그런데도 갑작스럽게 일본군이 패배하게 된 이유 중의 하나는 날씨였습니다. 당시 일본군에는 겨울에도 기온이 영하로 떨어지는 경우가 거의 없는 일본 남부 출신의 병사들이 많았습니다. 그 병사들은 추위에 익숙하지 않았기 때문에 겨울에는 싸우지 않고 쉬는 것이 당시 일본의 전투 관습이었습니다.

그런 일본군에게 겨울철 평균 기온이 영하 10도에 이르는 평양에서 전투를 치르는 것은 너무나 가혹한 일이었습니다. 게다가 일본군은 겨울이 오기 전에 조선을 점령할 수 있으리라 예상해 여름옷 차림이었던 데다, 이순신 장군에게 보급로를 봉쇄당해 겨울옷을 보급 받을 수도 없는 상태였습니다. 그해 겨울은 유난히 추웠다고 합니다. 명나라보다 추위가 더 무서워 후퇴하던 어느 일본군 병사는 당시 추위를 이렇게 기록했다고 합니다. "동상에 걸린 병사들은 활은커녕 지팡이조차 잡지 못할 정도였고, 막대가 다 된 다리를 몽유병자처럼 질질 끌고 걸어갈 뿐이었다."

혹독한 추위라는 한 가지 이유로 일본군이 패배했다고 볼 수는 없습니다. 이순신 장군을 비롯한 조선 장수들의 활약과 승병을 비롯한 조선 민중의 끈질긴 항쟁 또한 조선을 구한 커다란 힘이었습니다. 거기에 일본군이 미처 예상치 못한 겨울 추위까지 더해지면서 조선은 가까스로 일본을 물리칠 수 있었습니다.

그런데 병자호란 때는 상황이 뒤바뀝니다. 임진왜란 때는 조선에 도움이 되었던 겨울 추위가 이번에는 오히려 독이 됩니다. 추위에 적응이 잘된 청나라 군대 20만 명은 1637년 1월, 얼어붙은 압록강을 건너 조선을 침공합니다. 이들은 만주 북부와 몽골 지방에 살던 기마 민족으로 영하 수십 도의 추위에 단련된 군사들이었습니다. 청나라 군대의 진격이 어찌나 빨랐던지 인조와 조선군 1만 3천 명은 미처 피신도 못하고 남한산성에 갇힌 신세가 되고 맙니다. 그해 겨울에는 추위가 기승을 부려 포위된 병사들은 추위와 굶주림으로 매일 수백 명씩 죽어나갔습니다. 결국 인조는 성문을 열고 왕세자와 함께 청 태종을 향해 이마가 땅에 닿도록 세 번 머리를 조아리며 치욕스럽게 항복합니다.

이렇듯 역사를 살펴보면 날씨가 얼마나 강력한 힘을 지니고 있는지 새삼 깨닫게 됩니다. 아프리카에서 기원한 인류가 전 세계로 퍼져 나가게 된 데에도 날씨의 영향력이 컸고, 여러 문명의 흥망성쇠도 날씨와 무관하지 않았습니다. 먼 옛날의 이야기만도 아닙니다. 요즘도 날씨는 삶에 큰 영향을 미치고 있습니다. 그래서인지 요즘에는 신의 영역이라 간주되었던 날씨를 인공적으로 조절하려는 시도도 이어지고 있습니다. 얼마 전부터 우리나라는 중국에서 날아온 미세먼지의 공포에 시달리고 있습니다. 노약자들은 마스크 없이는 견딜 수 없을 지경입니다. 진원지인 중국의 경우는 그 피해가 더 심각해서 중국 정부는 여러 방법을 고민하고 있다고 합니다. 그중의 하나가 '인공 강우'입니다. 인공적으로 구름을 만들어 비를 뿌리게 하면 미세먼지로 인한 피해를 어느 정도 줄일 수 있을 것으로 기대하고 있다고 합니다.

역사나 지구의 생태뿐만 아니라 날씨는 우리의 하루를 좌우하기도 합니다. 아침에 눈을 뜨자마자 날씨를 살핍니다. 날씨에 따라 복장과 준비물이 달라지고 하루를 시작하는 마음가짐도 달라집니다. 맑은 날씨를 좋아하는 사람도 있고 구름 낀 날이나 비 내리는 풍경을 선호하는 사람도 있습니다. 날씨가 어떤가에 따라 활기하게 하루를 시작할 수도 있고, 무거운 마음으로 하루를 견뎌야 할 수도 있습니다.

눈부신 고립

당연히 예민한 감각을 지닌 시인들에게 날씨는 더없이 훌륭한 소재입니다. 기상 정보 속의 날씨는 몇 가지 기호와 숫자로 표기될 뿐이지만 시인들에게 날씨는 신과 인간, 자연을 생각하게 하는 상상력의 보고입니다. 또한 날씨는 인간의 감정과 깊이 관련되어 있다는 점에서 감정을 주로 다루는 시에서 더욱 중요한 위치를 차지하고 있습니다. 우리가 시를 접할 때 흔히 시간적 배경을 염두에 두고 읽는 것도 그러한 까닭입니다.

첫 장에 소개한 문정희 시인의 「한계령을 위한 연가」는 '한계령'이라는 말을 새롭게 풀이해서 써낸 연가, 즉 사랑의 노래입니다. 한계령(寒溪嶺)은 설악산에 있는 높이 1,004미터의 고개로 영동지방과 영서지방의 분수령을 이루는 곳입니다. 영동지방에서 서울로 갈 때 이용되던 험한 산길로, 조선시대에는 산적들이 많아 해가 지면 고개를 넘지 못할 정도였다고 합니다. 지명의 유래에 관해서는 여러 설이 있는데, 그 중의 하나는 근처에 있는 한계산의 이름을 땄다는 설입니다. 또 다른 설은 신라 마지막 왕의 아들인 마의태자와 관련돼 있습니다. 경순왕이 고려에 항복하자 그에 반대한 마의태자가 이곳 근처로 숨어 들었는데, 그때가 마침 몹시 추운 한겨울이었다고 합니다. 그래서 추운 골짜기란 뜻의 '한계(寒溪)'라는 명칭이 붙었다는 설도 있습니다.

이 작품에서도 한계령은 매서운 폭설이 내리는 곳입니다. 거기에 덧붙여 시인은 '한계'를 어떤 범위의 최대치인 '한계(限界)'로도 규정합니다. 그래서 이 작품에서 한계령은 폭설이 퍼붓는 곳이자 인간이 생존할 수 있는 마지막 한계를 의미합니다. 요즘에 한계령은 국도가 뚫려 있고 관광객도 많이 찾는 곳입니다. 하지만 화자는 한계령에 폭설이 내려 북극이나 남극처럼 외부와 완전히 고립되기를 바랍니다. 폭설에 고립되어 곤란을 겪는 사람들이 보기에는 엉뚱한 바람입니다.

화자가 남들과 다른 바람을 품는 이유는 폭설에 발이 묶이는 것이 '눈부신 고립'을 대면할 수 있는 방법이기 때문입니다. 주위의 모든 것을 덮어 버릴 만큼 눈이 내리면 온 세상이 눈에 반사된 햇빛으로 반짝거립니다. 그러한 광경은 공포스럽기도 하지만 때로는 자연의 힘과 아름다움을 느낄 수 있는 흔치 않은 기회이기도 합니다. 시인을 비롯한 예술가란 결국 이 세상의 모든 아름다움에 관해 이야기하는 사람입니다. 그들은 아름다움을 찾기 위해 어떤 고난도 마다하지 않습니다. 화자가 폭설이 내린 정경을 '동화의 나라'라고 말하고 그 나라에 운명이 묶이기를 바라는 것도 다른 예술가들이 그러하듯 아름다움 속에서 영원히 살고 싶기 때문입니다.

화자가 구조의 손길을 뿌리칠 정도로 고립을 자처하는 또 다른 이유는 고립이 진정한 자신의 모습과 대면할 수 있는 기회이기 때문입니다. 러시아의 대문호 톨스토이는 "고독할 때 비로소 사람은 참다운 자신을 느낀다"라고 말했습니다. 다른 존재들과 어울려 살아가야 하는 것이 인간의 운명이지만, 진정한 자신의 모습과 대면하기 위해서는 고독을 견뎌야 합니다. 스님들이 많은 날을 명상으로 보내는 것도 진정한 자신이나 진리와 마주치기 위해서입니다. 그래서 화자에게 고립은 공포스럽거나 두려운 것이 아닙니다. 오히려 그것은 폭설이 퍼붓는 동안에만 경험할 수 있는 '짧은 축복'입니다.

햇볕을 먹고 살아가는 존재

봄 날씨를 다룬 작품으로는 김광규 시인의 「이른 봄」이라는 작품을 추천합니다. 봄을 느끼게 하는 것들은 많은데, 흥미롭게도 이 작품에서 시인은 옷을 고쳐 입는 청소년들의 모습에서 봄을 실감합니다. 시인은 길거리에서 새 학기를 맞아 몸매가 드러나도록 청바지를 고치고 교복 치마를 줄이는 여중생을 목격합니다. 기성세대들은 몸매가 드러나도록 옷을 고쳐 입는 청소년들을 못마땅하게 여깁니다. 청소년기에는 외모보다 공부에 신경을 써야 한다는 오래된 생각 탓입니다.

그러나 이 작품의 화자는 청소년들의 그러한 모습을 따뜻한 눈길로 바라봅니다. 시인에게 봄은 몸이 드러나는 시기입니다. 겨울옷이 짧고 얇은 봄옷으로 바뀌면서 몸이 드러나는 것처럼, 봄이 되면 겨우내 움츠려 있던 생명이 몸을 드러냅니다. 몸과 마음이 분리되어 있지 않고 둘 다 똑같이 소중한 것이지만, 사람들은 대개 마음보다 몸을 가볍게 여기는 경향이 있습니다. 기성세대들이 치마를 짧게 줄여 입는 청소년들을 보며 인상을 찌푸리는 것도 청소년들이 마음보다는 몸에만 신경 쓰는 것처럼 보이기 때문입니다.

물론 몸에만 몰두해서는 안 되겠지요. 다른 어떤 존재보다 마음의 힘을 높이 평가하기 때문에 인간은 인간다울 수 있습니다. 하지만 「이른 봄」에서 시인이 건네는 말처럼 마음은 혼자 싹트지 못합니다. 게다가 봄은 더 그렇습니다. 봄이 몸과 발음이 유사한 것에 착안해 시인은 봄은 몸이 더 돋보이는 때라고 생각합니다. 청소년 시기는 계절로 치면 인생의 봄입니다. 봄꽃처럼 아름답게 피어나는 시기입니다. 당연히 몸을 보여 주고 싶은 때이고 몸이 돋보이는 때입니다. 치마를 짧게 줄이지 않아도 꽃처럼 아름다운 시절입니다. 그래서 시인은 이렇게 노래합니다. "몸을 보여 주고 싶은/ 마음에서/ 해마다 변함없이 아름다운/ 봄꽃들 피어난다."

여름의 뜨거운 열기를 생생하게 담은 시로는 황인숙 시인의 「아, 해가 나를」이라는 작품을 소개하고 싶습니다. 이 작품은 간결하면서도 감각적인 묘사가 돋보입니다. '아이스케키'를 빨아 먹는 꼬마의 모습이 눈에 잡힐 듯 선명하게 묘사되어 있습니다. 간결한 묘사에 상상력이 보태져 아이스케키를 빨아 먹는 꼬마의 모습은 마치 햇볕을 빨아 먹는 흡혈 식물처럼 묘사되고 있습니다. 모든 것을 시들하게 만드는 한여름의 더위가 오히려 살갗을 탱탱하게 만드는 강력한 힘으로 부각됩니다.

이 작품의 묘미는 바로 그 묘사와 상상력에 있습니다. 식물은 광합성에 의해 생존하므로 "햇볕을 빨아 먹어야" 살 수 있습니다. 동물은 식물을 먹고 살므로 인간을 비롯한 동물 또한 햇볕을 먹고 살기는 마찬가지입니다. 당연한 사실인데도 인간은 햇볕을 먹고 산다는 것을 잊고 삽니다. 인간이 햇볕을 먹는 모습 또한 상상하기 어렵습니다. 그러나 이 작품을 읽으면 인간 또한 햇볕을 먹고 살아가는 존재라는 사실을 생생하게 깨닫게 됩니다. 시인은 아이스케키를 빨아 먹는 꼬마의 이미지를 통해 그러한 모습을 단적으로 제시합니다. '쭉쭉'이나 '탱탱하다'라는 말은 그러한 이미지를 부각하는 데 결정적인 역할을 하고 있습니다.

그런데 꼬마와는 달리 화자는 햇볕을 쭉쭉 빨아 먹지 못하고 있다고 말합니다. 햇볕을 터지도록 빨아 먹던 기억은 오래전의 일이 되고 말았습니다. 화자가 나이를 먹었기 때문입니다. 화자는 이제 해가 자신을 빨아 먹을 지경이라고 말합니다. 꼬마의 살갗이 탱탱한 반면 화자의 살갗은 잔뜩 빨아 먹힌 '아이스케키' 봉지처럼 쪼그라들었습니다. 제목에서 시인이 '아'라는 감탄사를 내뱉고 있는 것도 그러한 까닭입니다. 시인에게 찌는 듯한 여름의 땡볕은 아무런 저항도 못하고 그저 무기력하게 한탄할 수밖에 없는, 시간의 강력한 힘을 상기시킵니다.

아마도 언젠가는 인간이 마음대로 날씨를 조절할 수 있는 날이 올지도 모르겠습니다. 그러나 그런 세상에 사는 것이 지금보다 더 행복할지는 의문입니다. 맑으면 맑은 대로, 눈이 오면 오는 대로, 그것은 신과 자연이 인간에게 내리는 축복입니다. 그 축복을 통해서 세상 만물의 몸과 마음이 자라고 탱탱해집니다. 더러는 몸과 마음이 쪼글쪼글해지는 날도 있지만, 그것 역시 축복이라고 여길 때 몸과 마음이 자라겠지요.

함께 읽으면 좋은 시

• 김광규, 「밤눈」 지독한 추위에 관한 몹시 따뜻한 노래.
• 김근, 「당신의 날씨」 당신의 날씨를 '물은 적 있다 있고 있고만 있다.'
• 황인숙, 「남산, 11월」 11월에도 벌써 춥다는 당신에게.

제 빛남의 무게만으로

하늘의 구멍을 막고 있던 별들, 그날 밤

하늘의 누수는 시작되었다 하늘은 얼마나

무너지기 쉬운 것이었던가 별똥별이

떨어질 때마다 하늘은 울컥울컥 쏟아져

우리의 잠자리를 적시고 바다로 흘러들었다

그 깊은 우물 속에서 전갈의 붉은 심장이

깜박깜박 울던 초여름밤 우리는 무서운 줄도

모르고 바닷가 어느 집터에서, 지붕도 바닥도 없이

블록 몇 장이 바람을 막아 주던 차가운 모래

위에서 킬킬거리며, 담요를 밀고 당기다 잠이 들었다

모래와 하늘, 그토록 확실한 바닥과 천장이

우리의 잠을 에워싸다니, 나는 하늘이 달아날까 봐

몇 번이나 선잠이 깨어 그 거대한 책을 읽고

또 읽었다 그날 밤 파도와 함께 밤하늘을

다 읽어 버렸다 그러나 아무도 모를 것이다 내가

하늘의 한 페이지를 훔쳤다는걸,

그 한 페이지를 어느 책갈피에 끼워 넣었는지를

—나희덕, 「일곱 살 때의 독서」

책이 향하는 곳

제 연구실을 방문한 학생들이 빠뜨리지 않고 하는 질문이 있습니다. "여기 있는 책들을 다 읽으셨나요?" 그러면 저는 매번 똑같이 이렇게 대답합니다. "물론 아니지. 아마도 이 책들을 다 읽었으면 나는 지금보다 더 훌륭한 사람이 되어 있겠지." 제 연구실에는 수천 권의 책이 있는데, 그 가운데 반 이상은 읽지 못했습니다. 그러고도 매달 10여 권의 책을 새로 구입합니다. 새로 구입한 책들 역시 다 읽지 못하죠. 어떤 책은 일부만 읽기도 하고, 어떤 책은 제목과 서문만 훑어보고 책장에 처박아 두기도 하고, 심지어 어떤 책은 몇 년 뒤에야 집어들기도 합니다.

다 읽지도 못할 책을 구입하는 이유는 책에 대한 생각이 바뀌었기 때문입니다. 언제부터인가 처음부터 끝까지 밑줄을 그어 가며 꼼꼼하게 읽는 책들이 줄었습니다. 그 정도로 읽을 만한 가치가 없어서 그런 것은 아닙니다. 오히려 가치가 없다고 느끼는 것은 꼼꼼한 독서법입니다. 이러한 독서법은 세상에 책이 몇 권 없던 공자 시절이나 시험을 치르기 위해 단어 하나까지 외워야 했던 때에나 통했던 방법입니다. 요즘처럼 하루에도 수백 권씩 책이 쏟아져 나오는 시대에 그런 식으로 책을 읽다가는 시류에 뒤지기 십상입니다.

동서양을 막론하고 인류는 오랫동안 책을 신성시하는 태도를 유지해 왔습니다. 책은 심오한 진리를 담고 있으므로 그 진리를 이해하기 위해서는 수십 번 반복해서 읽거나 때로는 무작정 암기해야 한다는 강박 관념이 있었습니다. 마치 보물을 다루듯 정성 들여 꼼꼼하게 읽는 것만이 바람직한 독서법이라는 생각도 그로부터 비롯되었습니다. 이런 방식으로 책을 읽지 않았다면 그 책에 대해 아는 척을 해서는 안 된다는 생각 또한 책을 신성시하는 태도와 관련이 있습니다. 제 연구실에 들른 학생들이 제게 책을 다 읽었느냐고 묻는 이유도 바로 그러한 독서법만을 염두에 두고 있기 때문입니다.

그런데 아이러니한 점은 책을 신성시하는 태도가 오히려 독서를 가로막는다는 사실입니다. 무엇이든 소중하다고 생각하면 함부로 다루지 못하는 법입니다. 낡은 물건은 함부로 다루면서도 고가의 물품은 아기 다루듯 세심하게 관리하는 것이 사람 사는 모양새입니다. 책도 마찬가지입니다. 책은 소중하며 꼼꼼하게 읽어야 한다는 생각이 강할수록 책을 읽기는 더 어려워집니다. 앞부분만 읽고도 이해가 안 되면 자신의 무지를 탓하며 고이 모셔 두기도 하고, 다 읽을 엄두가 안 나 아예 거들떠보지 않는 경우도 있죠. 현대인들의 독서량이 갈수록 줄어드는 데는 여러 이유가 있겠지만, 책을 신성시하는 오랜 전통도 그 이유 가운데 하나입니다.

『읽지 않은 책에 대해 말하는 법(How to Talk About Books You Haven't Read)』의 저자 피에르 바야르(Pierre Bayard)는 책을 신성시하는 태도가 역으로 독서에 장애가 된다고 이야기합니다. 살다 보면 어쩔 수 없이 읽지 않은 책에 대해 사람들과 이야기를 나누게 될 때가 있습니다.

이런 경우 책을 신성시하는 전통에 젖어 있는 사람이라면 당연히 한 마디도 꺼내지 못합니다. 공연히 끼어들었다가 자신의 무식이 폭로되는 것보다는 차라리 입을 다물고 있는 편이 낫다고 생각하죠. 독서광이라 할지라도 읽은 책보다 읽지 않은 책이 훨씬 더 많으므로 이런 상황에 맞닥뜨릴 가능성은 얼마든지 있습니다. 또 이미 읽은 책이라도 책을 완벽하게 이해하는 것만이 바람직한 독서법이라고 생각하면 섣불리 입을 열지 못합니다. 그 책을 온전히 이해했는지 확신이 안 서기 때문이죠.

많은 책에 대해 자연스럽게 이야기를 풀어 놓는 사람을 두고 흔히 교양이 풍부하다고 이야기합니다. 교양을 쌓기 위해 책을 읽어야 한다고도 말합니다. 그러나 피에르 바야르는 책을 많이 읽은 것과 교양이 풍부한 것은 별개라고 보았습니다. 오히려 그는 교양을 쌓았다는 말은 이런저런 책을 읽었다는 것이 아니라, 그 속에서 길을 잃지 않는 것을 의미한다고 말합니다. 주변과 아무런 관계를 맺지 않고 살 수 있는 생명체는 없듯이 책 또한 독립적으로 존재하지 않고 수많은 다른 책과의 관계 속에서 존재합니다. 어떤 책을 읽지 않았다는 사실은 교양인에게 그리 중요하지 않습니다. 비록 그가 그 책의 내용을 정확히 모른다고 하더라도 책의 상황, 즉 그 책이 다른 책들과 관계 맺는 방식은 알 수 있기 때문이죠. 그 관계를 알고 있다면 읽지 않은 책에 대해서도 얼마든지 이야기할 수 있습니다. 오히려 그 책을 읽은 사람보다 더 풍부한 이야기를 들려줄 수도 있습니다.

책을 꼼꼼하게 읽고 정확하게 이해하는 것만이 바람직한 독서법이라고 가르치던 시대는 지났습니다. 미래의 혁신을 위해서는 상상력이 풍부한 창조적 인재가 필요하다는 인식이 사회 전반에 확산되면서 독서 교육에서는 창조적·비판적 읽기를 강조하고 있습니다. 그러나 책을 신성시하는 태도와 창조적·비판적 읽기는 양립하기 어렵습니다. 창조와 비판은 이미 정해진 궤도를 충실히 따르는 것이 아니라 그 궤도에서 이탈하려는 경우에만 가능하기 때문입니다. 변할 수 없는 정답이 있다고 생각한다면 창조와 비판은 설 자리가 없습니다. 창조적이고 비판적인 독서를 위해서는 책의 권위에서 해방되어야 합니다. 책을 만만하게 여길 수 있어야 하고 제멋대로 읽을 수 있어야 합니다. 띄엄띄엄 건너뛰며 읽을 수 있어야 하고, 뒤부터 앞으로 읽을 수도 있어야 하고, 심지어 거꾸로 들고 읽거나 잔뜩 낙서를 하며 읽을 수도 있어야 합니다. 어떻게든 기존의 독서법에서 벗어날 수 있어야 창조와 비판을 위한 정신적 일탈, 즉 '내적 일탈'도 가능해집니다.

모든 것이 책이다

피에르 바야르는 책이란 읽을 때마다 다시 꾸며지는 것이라고 말합니다. 그가 보기에 교양은 책의 내용을 잘 이해하는 사람들이 아니라 책을 통해 자기 이야기를 할 줄 아는 이들에게 주어지는 것입니다. 흔히 사람들은 "책 속에 길이 있다"라고 합니다. 그러나 어떤 책에는 길이 없고, 또 어떤 책에는 길이 매우 많습니다. 그래서 책을 읽으면 오히려 길을 잃어버리기도 하죠. 결국 책 속에서 찾아야 할 것은 '길'이 아니라 '자기 자신'입니다. 책 속에 길이 있다면, 그것은 결국 자기 자신에게로 가는 길입니다. 책은 남의 이야기를 듣기 위해서가 아니라 자신의 이야기를 말하기 위해서 읽는 것입니다. 책을 읽을 때마다 자신의 이야기로 다시 꾸며야 합니다. 이것이야말로 창조적이고 비판적인 독서이며, 그럴 때 비로소 독자는 작가나 예술가가 됩니다. 모든 사람이 작가나 예술가가 될 수 있다면 세상은 더 풍요롭고 행복하고 아름다워질 것입니다.

앞 장에 소개한 나희덕 시인의 「일곱 살 때의 독서」는 독서에 대한 상투적인 생각을 뛰어넘습니다. 요즘에는 책이 종이로만 출판되지 않습니다. 스마트 기기가 늘어나면서 전자책의 수요도 함께 증가하고 있습니다. 어떤 이들은 정보화 사회에서는 통일된 체계로 묶여 있는 정보 다발은 모두 책이라 불러야 한다고 주장하기도 합니다. 이렇게 책의 범위를 확장하려는 관점이 최근에야 등장한 것은 아닙니다. 예로부터 시인들에게는 모든 것이 책이었습니다. 어떤 정보를 전달해 주는 것, 또 다양한 방식의 읽기를 통해서 의미를 해독해야 하는 것이 모두 책이었습니다.

「일곱 살 때의 독서」에서 화자가 어린 시절에 읽었던 책은 파도와 밤하늘입니다. 옛사람들은 별을 통해 항해할 길을 찾고 나아가 미래에 일어날 일마저 예견했습니다. 그들에게 하늘과 별은 세상의 온갖 이치가 담겨 있는 책과 같았습니다. 그러나 언제부터인가 사람들은 밤하늘을 올려다보지 않습니다. 과학책에 실린 그림들을 보며 그것이 별에 관한 전부라고 믿게 되었습니다. 당연히 하늘과 별에 관한 오랜 생

각들도 잊혀졌고 별을 보며 자신에 대해 생각하는 시간도 사라졌죠. 그러나 화자는 일곱 살 때 파도와 밤하늘이라는 거대한 책을 읽었고 그 내용을 고이 간직하고 있다고 말합니다.

화자가 그 거대한 책에서 무슨 내용을 읽었는지는 시에 드러나 있지 않습니다. 하지만 파도와 밤하늘 또한 책이 될 수 있으며, 그것들을 책으로 대하면 오래도록 간직될 진실을 얻을 수도 있다는 사실만은 알 수 있습니다. 아마 우리도 화자처럼 일곱 살 무렵에는 파도와 밤하늘을 책처럼 읽었을 것입니다. 파도와 밤하늘을 바라보며 많은 생각을 했을 것입니다. 다만 지금은 그것들을 까맣게 잊어버렸을 뿐이죠. 그러나 잊었다고 해도 큰 문제는 아닙니다. 다시 그것들을 책으로 대한다면 그때와는 또 다른 진실을 깨우치게 될 테니까요. 파도와 밤하늘뿐만 아니라 모든 것을 책으로 여기면 우리는 더 많은 진실을 발견할 수 있습니다. 종이책만을 읽는 따분한 일상에서 벗어나 더 넓은 세계와 만나게 될 것입니다.

책은 수동문이다

모든 책이 유익하기만 한 것은 아니라는 사실을 일러 주는 시도 있습니다. 이희중 시인의 「말빚」에서 화자는 자신이 읽은 책들로 인해 삶이 어두워졌고 사람들을 만나면서 삶이 비루해졌다고 말합니다. 책에는 진실이 담겨 있을 것이라 믿고, 책과 주변의 사람들이 어떻게 살아야 하는가에 대한 모범을 제시해 주리라 기대했지만, 그 기대는 철저히 어긋나고 맙니다. 책에는 진실이 아닌 허위만이 가득했고, 그런 책을 읽어서는 안 된다는 사실을 사람들은 말해 주지 않았습니다. 화자를 둘러싼 사람들의 침묵으로 인해 그의 삶은 불행해졌고, 그래서 화자는 그 사람들에 대한 분노를 격하게 드러냅니다. 진실은 사라지고 허위만이 횡행하는 시대에 대한 분노와 그런 시대를 살아가는 사람의 상처 입은 내면이 독자의 마음까지 아프게 합니다.

화자의 심정이 이해되면서도 안타까운 이유는 화자가 책과 사람들에게 너무 큰 기대를 품었기 때문입니다. 진리를 담은 책이 있고 인생의 이정표를 제시할 멘토가 될 만한 사람이 곁에 있다는 것은 행복한 일입니다. 그러나 책에 담겨 있는 내용을 완벽히 소화할 수 있는 사람은 아무도 없고, 아무리 훌륭한 사람도 다른 이의 삶을 대신 살아 줄 수는 없습니다. 책과 멘토를 참고할 수는 있겠지만, 참고한 바를 삶 속에 녹여내야 하는 존재는 결국 자신입니다. 또 상황에 따라 책과 멘토의 말을 적절하게 변용해야 할 때도 있습니다. 화자는 사람들로부터 간절히 듣고 싶은 말이 있었다고 말하지만, 그 말은 결국 자기 스스로 찾아내야 합니다.

책에서 진실로 향하는 문을 열어야 하는 것은 결국 자기 자신인데도 「말빛」의 화자는 왜 그러지 못했을까요? 그에 대한 해답의 하나를 유하의 「자동문 앞에서」에서 발견합니다. 이 작품은 자동문으로 상징되는 첨단 문명이 오히려 인간의 능력을 퇴화시킬 수도 있다는 사실을 경고하고 있습니다. 이 작품에 등장하는 키위새는 뉴질랜드의 국조입니다. 새라고 불리지만 날개가 없습니다. 먹을 것이 풍부하고 천

적도 없어 날 필요가 없어지면서 날개가 퇴화하고 말았습니다. 화자는 인간 또한 키위새와 같은 처지가 될 수 있다고 염려합니다. 자동문 때문에 손을 쓸 일이 줄어들면서 언젠가는 손을 잃을 수도 있고, 그러면 정작 필요한 순간에는 스스로 문을 열 수 없을지도 모른다고 말합니다.

물론 화자의 말에는 과장이 섞여 있습니다. 문을 여는 일 외에도 손을 써야 하는 일은 많으므로 손이 퇴화되는 일은 없겠지요. 그러나 첨단 문명으로 인해 인간의 능력 중 일부가 퇴화하고 있는 것은 사실입니다. 예컨대 요즘은 모든 사람이 길 도우미, 즉 내비게이션으로 길을 찾게 되면서 기억력과 길 찾기 능력이 감퇴되었다고 합니다. 내비게이션 이외에도 수많은 스마트 기기를 사용하면서 정신적 능력뿐만 아니라 육체적 능력 또한 예전 같지 않습니다. 이대로 오래 시간이 흐른다면 날개를 잃어버린 키위새처럼 인간 역시 상상할 수 없는 전혀 다른 모습이 되어 있을지도 모릅니다. 열 수 없는 문 앞에서 "키위키위" 울고 있는 인간의 이미지는 현대 문명의 어두운 면에 대한 강력한 경고가 아닐 수 없습니다.

이 작품을 '책'과 연관시켜 읽을 수도 있습니다. 사람들은 자동문처럼 책을 읽기만 하면 원하는 답을 얻을 거라고 기대합니다. 책을 통해 손쉽게 다른 세상과 만날 수 있다고 생각합니다. 그러나 책에서 의미를 찾아내려 적극적으로 노력하지 않으면 결코 원하는 결과를 얻을 수 없습니다. 책을 통해 만나게 될 또 다른 세상은 결국 자기 자신을 향해 있습니다. 각각의 책이 자신의 일부를 내포하고 있으며 자신에게 길을 열어 줄 수 있다는 사실을 아는 사람이 바로 훌륭한 독자입니다. 그래서 책 이야기가 아닌 자기 이야기를 하는 것, 혹은 책들을 통해 자기 이야기를 하는 일이 중요합니다. 책을 잘못 읽는 것보다 책을 통해 자기 자신을 오독하는 것을 두려워해야 합니다.

책은 자동문이 아니라 스스로 열어젖혀야 하는 수동문입니다. 그래서 스마트 기기와 달리 책을 읽으면 읽을수록 인간의 능력은 퇴화하지 않고 발달합니다. 세상의 수많은 책과 만나 보시기 바랍니다. 그리고 잊지 마세요. 여러분 또한 누군가에게는 한 권의 책이라는 사실을.

함께 읽으면 좋은 시

• 기형도, 「흔해빠진 독서」 자조와 위악과 회의로 가득하지만, 이상하게 매력적이다.
• 박현수, 「빛나는 책」 지하철에서 읽는, 사람이라는 책.
• 유춘희, 「온유한 독서」 나는 어떤 책인지 묻게 된다.

2 장

숨은 얼굴을 찾아서

금성라디오 A504를 맑게 개인 가을날

일수로 사들여 온 것처럼

오백 원인가를 깎아서 일수로 사들여 온 것처럼

그만큼 손쉽게

내 몸과 내 노래는 타락했다

헌 기계는 가게로 가게에 있던 기계는

옆에 새로 난 쌀가게로 타락해 가고

어제는 카시미롱이 들은 새 이불이

어젯밤에는 새 책이

오늘 오후에는 새 라디오가 승격해 들어왔다

아내는 이런 어려운 일들을 어렵지 않게 해치운다

결단은 이제 여자의 것이다

나를 죽이는 여자의 유희다

아이놈은 라디오를 보더니

왜 수련장은 안 사 왔느냐고 대들지만

―김수영, 「금성라디오」

보이면 안 되는 라디오

공부가 무엇보다 우선이었던 중·고등학교 시절, 학생은 물론 교사와 학부모까지 고심하게 했던 논란이 있었습니다. 그것은 바로 '공부할 때 라디오를 듣는 것이 공부에 도움이 되는가, 아니면 방해가 되는가' 하는 것이었죠. 한편에서는 라디오 소리가 주변의 소음을 막고 정서를 안정시켜 집중력을 높일 수 있다고 주장했습니다. 그 반대 측에서는 라디오에서 나는 소리가 오히려 집중력을 흩뜨려 학습 능률을 떨어뜨린다고 주장했죠. 어디에나 있게 마련인 절충파는 라디오로 무엇을 듣느냐에 따라 도움이 될 수도 있고 그렇지 않을 수도 있다는 의견을 제시했습니다.

그때나 지금이나 명확한 결론은 없지만, 저는 도움이 된다는 입장을 지지했습니다. 공부에 도움이 된다고 확신했거나 그 효과를 몸소 체험해서 그랬던 것은 아닙니다. 부모님 눈치가 보여 텔레비전을 마음대로 보지 못하고 지금처럼 MP3나 스마트폰도 없었던 그때, 라디오는 도무지 끝이 보이지 않던 공부를 함께했던 친구이자 휴식 같은 존재였습니다. 라디오는 지금의 인터넷처럼 세상의 모든 이야기를 전해 주었고 스마트폰처럼 세상의 모든 음악을 들려주었죠. 학생들만 그런 것이 아니었습니다. 사무실, 공장, 부엌 등 여러 곳에서 사람들은 라디오를 통해 세상과 만났습니다.

한때는 라디오가 몰락할 것이라는 예견도 있었습니다. 텔레비전을 비롯한 영상 매체가 득세할 때의 일이었죠. 인간의 감각 중에서 가장 많은 정보를 받아들이는 것은 시각입니다. 소리만 들리는 라디오는 시각과 청각을 동시에 자극하는 영상 매체의 경쟁 상대가 되지 못할 것으로 보였습니다. 더 많은 감각적 자극을 바라는 것이 인간의 보편적인 욕망이니까요. 실제로 라디오의 인기는 차츰 시들해졌고, 이 무렵 영국의 2인조 록 그룹 '버글스(The Buggles)'는 〈Video Killed the Radio Star(비디오가 라디오 스타를 죽였어)〉라는 노래를 발표해 인기를 모았습니다. 1981년 미국에서 24시간 음악 방송 전문 채널로 탄생한 MTV는 첫 방송에서 버글스의 노래를 내보냈습니다. 텔레비전이 라디오에 내리는 사망 선고였습니다.

하지만 라디오는 죽지 않았습니다. 1990년대 들어 라디오는 대반격을 준비했습니다. 채널별로 전문 프로그램을 집중시켜 차별화를 시도했고, 청취자의 유형과 방송 시간대에 따라 다양한 프로그램을 마련했습니다. 예전처럼 라디오 수신기를 사용하는 사람은 줄었지만 스마트폰이나 컴퓨터를 이용해 라디오를 듣는 사람이 대폭 늘었습니다. 학창 시절의 제가 그랬던 것처럼, 여전히 영상 매체에 접근하기 어려운 사람들에게 라디오는 없어서는 안 될 친구이자 소통의 도구입니다.

라디오의 부활은 반가운 일이지만 아쉬운 점도 있습니다. 라디오가 영상 매체에 대응하기 위해 시도하고 있는 '보이는 라디오' 때문입니다. 라디오는 본래 소리에 의존하는 청각 매체입니다. 그래서 라디오는 영상 매체보다 상상력을 더 자극하고, 논리보다는 감정적이고 정서적인 접근을 유도합니다. 미디어학자 마셜 매클루언(Marshall Mcluhan)은 "라디오가 잠재의식의 심층에 작용한다는 점에서 고대 부족의 뿔피리나 북과 본질이 유사하다"고 말한 바 있습니다. 라디오에는 인간과 사회를 감동의 소용돌이로 몰아넣는 힘이 있습니다. 논리적이고 중립적인 눈에 비해 귀는 감정적이고 주관적이기 때문이죠.

그러므로 '보이는 라디오'는 라디오의 본질과 거리가 멉니다. 시각적인 방식을 활용함으로써 영상 매체와의 경쟁에서 뒤처지지 않을지는 몰라도 라디오가 가진 고유의 강점은 오히려 사라지게 됩니다. 이는 장기적으로 보면 라디오의 독자성을 위협하는 결과로 이어질 것입니다. 이를 모를 리 없는 방송사에서도 '보이는 라디오'를 전면적으로 도입하지 않고 드문드문 선보이고 있습니다. 그나마 다행이라고 해야 할까요. 소리가 보이지 않는 것이듯 라디오도 보이지 않아야 합니다. 라디오마저 보이게 된다면 영상 매체로 인해 가뜩이나 좁아든 인간의 상상력은 더 협소해질 테니까요.

지름신을 물리치는 법

첨단 기술 덕분에 인간은 윤택하고 편리한 삶을 누리게 되었습니다. 그러나 기술의 발전이 항상 긍정적인 것만은 아닙니다. '보이는 라디오'가 그러한 것처럼 기술의 발전은 때로 어떤 가치들을 망각하게 만들고 인간을 어느 한쪽으로만 치우치게 합니다. 비단 라디오에만 해당되는 이야기는 아닙니다. 스마트폰, SNS와 같은 도구 또한 유익한 면과 해가 되는 면이 동시에 있습니다. 시인들이 전혀 시적일 것 같지 않은 라디오를 언급하는 이유도 그러한 까닭입니다.

앞에 소개한 김수영 시인의 「금성라디오」는 새 라디오를 산 뒤의 느낌을 담은 작품입니다. 라디오 하나 장만한 것이 뭐 대수라고 시까지 쓰나 생각할 수도 있겠지만, 이 작품이 발표된 1966년에는 사정이 달랐습니다. 시에 등장하는 '금성라디오 A504'는 한때 사치품 단속 목록에 오를 정도로 첨단의 고가 장비였습니다. 'A504'는 1959년 금성사에서 만든 최초의 국산 진공관 라디오 'A501'의 후속 제품이었습니다. 모델명 'A501'에서 A는 교류 전원(AC)의 첫 글자, 5는 채택된 진공관 수, 01은 국산 제1호라는 뜻이었죠. 국산이라 수입보다는 저렴했지만, 그 당시 라디오의 가치는 요즘의 수백만 원짜리 최신 텔레비전과 맞먹었습니다.

그런데 일수, 즉 할부로 이른바 '신상'의 전자 제품을 구입하고도 화자는 설레고 기쁜 기색이 아닙니다. 오히려 그는 새로운 기계로 인해 자신의 몸과 노래가 타락했다고 생각하죠. 그에게 라디오는 기계이자 자신의 몸과 같습니다. 기계도 언젠가는 낡고 망가집니다. 화자는 그렇게 낡고 망가져 구석으로 밀려나는 기계의 모습을 타락이라고 말합니다. 그러므로 새 기계를 들여오는 일은 자신의 몸 또한 늙고 타락했음을 확인하는 것과 같습니다.

기계에 기댈수록 몸의 수고는 덜겠지만, 역으로 말하면 몸의 역할은 줄어드는 셈입니다. 많은 SF 영화에서 기계 문명이 발달한 미래 세상을 어둡게 그리는 이유도 기계가 인간을 대신할수록 인간의 지위가 위협받을지 모른다는 두려움 때문입니다. 인간의 지위를 위협하는 것은 기계만이 아닙니다. 이 작품에서 '새 이불'이나 '새 책'은 라디오와 더불어 물질문명을 상징합니다. 기계를 비롯한 물질문명에 의존할수록 오히려 인간의 육체는 타락한다는 것이 시인의 생각입니다.

흥미로운 점은 시인이 물질문명으로 인해 몸뿐만 아니라 노래도 타락했다고 말한다는 사실입니다. 여기서 노래는 시이자 시인의 정신으로 보아야 할 것입니다. 본래 시는 노래였고, 노래는 인간의 정신이 고도로 응축된 창조물이니까요. 시인은 육체와 정신이 분리되어 있지 않다고 생각합니다. 물질문명에 길들여진 몸이 타락하는 만큼 정신도 함께 타락하죠. 그래서 이 작품 역시 김수영 시인이 다른 시에서 드러낸 것과 같은 자기 성찰이 담겨 있습니다. 시류에 영합하거나 가족의 행복만을 추구하는 세속적 욕망에 안주하지 않고, 시를 통해 비판과 저항을 멈추지 않으려는 강렬한 의지가 담겨 있습니다. 여러분도 '신상' 물건에 마음이 흔들릴 때면 김수영 시인처럼 자문해 보기 바랍니다. 그것이 자신을 '승격'시킬 것인지, 아니면 '타락'시킬 것인지. 그러면 소위 말하는 '지름신의 강림'도 물리칠 수 있을 것입니다.

세상은 무서운 것일까, 우스운 것일까

라디오를 통해 세태를 성찰하는 작품으로는 장정일 시인의 「라디오와 같이 사랑을 끄고 켤 수 있다면」도 있습니다. 누구나 알고 있듯이 이 시는 김춘수 시인의 「꽃」을 패러디한 작품입니다. 김춘수 시인의 「꽃」이 존재의 본질에 대한 통찰과 유의미한 존재가 되고 싶다는 소망

을 담고 있다면, 이 작품은 '존재'의 자리를 '사랑'으로 대체하고 있습니다. 이러한 패러디가 가능한 까닭은 사랑이야말로 존재의 본질과 마주치는 순간이기 때문입니다. 사랑은 혼자서는 할 수 없으므로 반드시 어떤 관계를 동반하고, 관계의 정립을 위해서는 상대방의 존재를 인식하는 과정이 필수적입니다. 이제 막 연애를 시작한 이들이 김춘수의 「꽃」을 즐겨 인용했던 이유도 이 작품이 말하는 바가 사랑에 빠진 그들의 심정과 꼭 닮았기 때문입니다.

그런데 장정일은 꽃을 라디오로 대체함으로써 원작과는 전혀 다른 사랑 이야기를 들려줍니다. 피고 지는 것을 통제할 수 없는 꽃과 달리 라디오는 원할 때 끄고 켤 수 있습니다. 단추를 누르는 간단한 동작만으로도 그것이 가능하죠. 시인은 사랑도 라디오처럼 손쉽게 작동시킬 수 있다면 어떨까 생각해 봅니다. 본래 사랑은 감정적인 측면이 강해서 이성의 통제를 쉽게 벗어납니다. 사랑의 불길은 제멋대로 타올랐다가 예측할 수 없는 순간에 사그라지고 맙니다. 도무지 시작과 끝을 가늠할 수 없는 것이 사랑입니다. 그런데 만약 시인의 바람대로 사랑을 라디오처럼 끄고 켤 수 있다면 사랑은 '3분 요리'처럼 간편해질 것입니다. 짝사랑으로 괴로워하지 않아도 될 테고, 이별 후에도 남는 사랑 때문에 아파할 일도 없습니다.

그러나 사랑이 라디오처럼 통제 가능하다면 과연 행복하기만 할까요? 감정의 흔들림이나 여운 없이 단추 하나로 작동이 가능하다면 그것이 과연 사랑이라고 말할 수 있을까요? 결코 아닐 것입니다. 인간은 기계가 아니니까요. 인간은 이성적인 동물이지만 따뜻한 피가 흐르는 감정의 동물이기도 합니다. '보이는 라디오'가 라디오가 아니듯, 감정이 없는 인간은 인간이 아닙니다. 여태껏 사랑의 감정을 기계처럼 자유자재로 통제할 수 있는 인간은 존재한 적이 없습니다. 그래서 이 작품은 깊은 교감 없이 가볍게 만났다 헤어지는 요즘 젊은이들의 '인스턴트식 사랑'에 대한 풍자로도 읽힙니다. 라디오처럼 사랑하고 싶다는 바람과, 라디오처럼 사랑하는 세태에 대한 비판이라는 이중적 의미를 담고 있는 셈이죠.

오탁번 시인의 「마흔아홉의 까마귀」에도 라디오가 등장합니다. 화자는 목뼈가 어긋나 병원에 입원한 마흔아홉 살의 문학 교수입니다. 병원에서 그가 할 수 있는 일은 꼼짝 않고 누워 있는 게 전부죠. 가끔은 나와는 상관없이 세상이 잘도 돌아간다는 생각이 들 때가 있습니다. 실연의 상처로 혼자 아파하고 있을 때, 하던 일을 억지로 그만두었지만 달리 할 일이 없을 때, 병원에 입원해 종일 누워 있는 것이 전부일 때 그런 생각이 엄습합니다. 목뼈가 어긋난 것처럼 입원으로 인해 삶이 중단되었다고 느끼는 화자에게 라디오는 아무 일 없다는 듯 부산한 세상의 이야기를 들려줍니다. 여기저기 고통을 호소하는 화자의 처지는 아랑곳하지 않고 라디오는 "너무너무 곱지요? 아침노을이 멋있죠?"라고 말하는 간호사처럼 엉뚱한 말을 쏟아 냅니다.

이런 상황을 시인은 김소월의 시 「가는 길」을 인용해 단적으로 제시합니다. 「가는 길」에서 화자는 이별한 이에 대한 그리움으로 갈까 말까 망설이고 있는 반면, 까마귀는 해 진다며 갈 길을 재촉하고 강물은 무심하게 흘러갑니다. 인간의 그리움과 미련이 자연의 무심함과 대조를 이루면서 화자가 놓여 있는 상황의 비극성이 강조되죠. 「마흔아

84

홉의 까마귀」에 나오는 화자의 사정도 마찬가지입니다. 병원에 입원한 화자는 '자기 공명 영상 필름' 판독 결과에 따라 엇갈릴 운명을 기다리느라 심사가 복잡합니다. 그러나 라디오는 환자의 사정에는 무심한 채 제 이야기를 늘어놓는 상담으로 가득하죠. 상담을 받는 이들에게 라디오는 소통의 도구일 테지만, 화자에게는 세상과 격리된 처지를 확인하는 '까마귀' 같은 것일 뿐입니다.

그렇다고 이 작품에서 라디오가 부정적으로만 드러나는 것은 아닙니다. 화자는 라디오에서 우연히 들은 웃음거리를 예민하게 포착해 자신의 정서와 삶에 대한 깊은 통찰을 제시합니다. 바로 "이 세상은 무서운 것일까 우스운 것일까"라는 질문입니다. 복잡다단한 자신의 처지와는 상관없이 굴러가는 세상은 무섭기도 하고, 우습기도 할 것입니다. 자신만 홀로 버려진 것 같아 무섭기도 하고, 엉뚱하고 사소한 일에 집착하는 세상을 보면 우습기도 할 테니까요. 여러분은 어떻습니까? 세상은 무서운 것인가요, 우스운 것인가요? 아니면 또 다른 무엇인가요? 여러분도 라디오를 들으면서 그 해답을 찾아보시기 바랍니다. 단, 반드시 '보이지 않는 라디오'를 들으시기 바랍니다. '보이는 라디오'에서는 보이는 것만을 좇느라 좀처럼 생각할 겨를이 없을 테니까요. 세상의 진실과 시적인 것들은 항상 보이지 않는 것들 속에 더 많이 있습니다.

함께 읽으면 좋은 시

• 심재휘, 「라디오를 닮는다」 고장 난 라디오처럼 아플 때가 있다.
• 정일근, 「라디오」 라디오를 켜는 시간.
• 하재연, 「라디오 데이즈」 라디오가 유일한 숨구멍이던 시절의 기억.

어린 시절 공을 차며 내가
중력의 세계에 속해 있다는 걸 알았다.
내가 알아야 할 도덕과 의무가
정강이뼈와 대퇴골에 속해 있다는 것을,
변동과 불연속을 지배하려는
발의 역사가 그렇게 길다는 것을,
그때 처음으로 알았다.

초록 잔디 위로 둥근 달이 내려온다.
달의 항로를 좇는 추적자들은
고양이처럼 예민한 신경으로 그 우연의 궤적을
좇고, 숨어서 노려본다.
항상 중요한 순간을 쥔 것은
우연의 신(神)이다. 기회들은
예기치 않은 방향에서 왔다가
이내 다른 곳으로 가 버린다.
굼뜬 동작으로 허둥대다가는
헛발질한다. 헛발질 : 수태(受胎)가 없는 상상 임신.

내 발은 공중으로 뜨고
공은 떼구르르르 굴러간다.

마침내 종료 휘슬이 길게 울린다.
우연을 필연으로 만드는 연금술사들은
스물두 개의 그림자를
잔디밭 위에 남긴 채 걸어 나온다.
오, 누가 승리를 말하는가,
이것은 살육과 잔혹 행위가 없는 전쟁,
땀방울과 질주, 우연들의 날뜀,
궁극의 평화 이외에는 아무것도 아니다.

―장석주, 「축구」

둥근 공은 쓰러지지 않는다

요즘처럼 모든 사람이 스포츠에 열광하게 된 것은 역사적으로 그리 오래되지 않았습니다. 불과 100년 전만 하더라도 우리 조상들은 운동은 노비나 하는 일이라고 여겼습니다. 19세기 말 고종 황제는 땀을 뻘뻘 흘리며 테니스 라켓을 휘두르는 미국인들을 보며 "어찌 저런 일을 하인들에게 시키지 않고 귀빈들이 하느냐"라며 안타까워했다고 합니다.

우리 역사에서 스포츠에 대한 관심이 높아진 것은 1930년대입니다. "건강한 신체에 건강한 정신이 깃든다"라는 격언이 소개된 때도 이 무렵이었죠. 지독하게 추웠던 1933년 겨울,《동아일보》는 청소년들의 스포츠 열풍을 독려하며 이렇게 말했습니다. "건전한 정신은 건전한 신체에 머무른다는 것은 평범하나 변치 않는 진리다. 교육의 청소년들아, 겨울은 모름지기 강하(江河)에 산악(山岳)에 닿아라. 대자연의 위력에 접촉해 보아라. 그리고 그 힘을 체험하라."

그런데 엄동설한에 청소년을 밖으로 내모는 근거로 사용된 저 격언은 사실 와전된 것입니다. 저 격언은 고대 로마 시인인 유베날리스(Juvenalis)의 풍자시에서 유래했는데, 원래 문장은 "건전한 육체에 건전한 정신까지 깃들면 바람직할 것이다"였습니다. 그는 정신 수양은 등한시한 채 신체 단련에만 몰두하는 당시 로마인들의 행태를 비꼬기 위한 의도에서 이렇게 말했다고 합니다. 그런데 어쩐 일인지 창조적 오독의 전형적인 사례라고 할 만한 저 격언은 아직까지 만고불변의 진리로 통용되고 있습니다. 1930년대나 지금이나 누구도 저 격언의 진실 여부에 대해서 의심하지 않죠.

현대인들은 직접 운동을 하는 것만큼 스포츠 관람에도 열광합니다. 봄부터 가을까지 거의 매일 프로 야구 경기가 열리고 주말에는 프로 축구 경기가 펼쳐집니다. 가을부터 이듬해 봄까지는 배구와 농구가 그 자리를 대신합니다. 이런 종목들 못지않게 요즘에는 피겨 스케이팅, 리듬 체조, 골프와 같은 스포츠도 전 국민의 관심거리입니다. 여러 포털 사이트에는 각종 스포츠에 관한 소식들이 실시간으로 올라옵니다. 스포츠가 없다면 우리의 하루는 퍽 심심할지도 모르겠습니다.

여러 스포츠 가운데 축구는 우리 국민들이 가장 열광하는 종목입니다. 특히 4년마다 열리는 월드컵은 전 국민이 즐기는 축제로 자리 잡았죠. 그러나 월드컵을 부정적으로 보는 시선도 만만치 않습니다. 우리의 경우에도 그랬습니다. 2002년 한일월드컵을 앞두고 국내에서도 찬반양론이 격렬하게 대립했죠. 찬성 측에서는 월드컵이 올림픽 이상의 지구촌 축제로서 경제적 파급 효과가 엄청나고 국가 이미지 제고에도 톡톡히 기여할 것이라고 주장했습니다. 심지어 어떤 이는 민족주의를 넘어 축구에 의해 감성적 연대의 세계화가 실현된다는 점에서 월드컵을 '세계 평화를 위한 인류의 제전'이라고 치켜세웠습니다. 그러나 반대 측에서는 월드컵이 국민의 눈과 귀를 가리는 3S 정책의 산물일 뿐이라고 주장했습니다. 떠들썩한 열기 속에는 경쟁만을 앞세우는 신

자유주의와 타민족을 배척하는 민족주의의 교묘한 결탁이 은폐되어 있다고 말했죠.

찬반양론 모두 일리가 있습니다. 그래서 여전히 대규모의 스포츠 경기를 유치하려 할 때마다 세계 곳곳에서 양쪽이 대립합니다. 다만 스포츠를 비롯한 대중문화를 바라보는 시선이 조금 달라질 필요는 있습니다. 월드컵에 사회적 갈등을 은폐하기 위한 지배층의 의도가 담겨 있으며 광적인 열기 속에 야만적인 민족주의가 담겨 있다고 비판하기는 쉽습니다. 그러나 대중은 주어진 이미지들을 수동적으로 소비하지 않습니다. 대중은 때로 그것을 변형시키고 재가공합니다. 따라서 우리가 주목해야 할 것은 월드컵과 같은 대규모 이벤트의 본래 의도가 아니라 대중이 그것을 즐기는 방식입니다.

월드컵과 같은 대규모 이벤트들은 민족주의, 국가주의, 상업주의가 대중에게 제공하는 잔칫상일지 모릅니다. 남이 차려 놓은 잔칫상을 제 것인 양 우쭐해 하는 것은 우스운 일이지만, 주어진 잔칫상이라 해서 즐기지 못할 이유도 없습니다. 오히려 한 걸음 더 나아가 그들의 잔치를 우리의 잔치로 만들어야 합니다. 요란한 볼거리 속에 가려진 불순한 의도를 비틀어 새로운 의미를 부여할 때 월드컵과 같은 이벤트들은 화합의 축제로 거듭날 수 있습니다.

우리 국민은 실제로 2002년에 월드컵을 그런 식으로 즐겼습니다. 모든 사람이 광장에서 하나가 되어 축제를 즐긴 경험은 사회 전반에 커다란 변화를 불러일으켰고, 그 영향은 아직까지 지속되고 있습니다. 선수든 관중이든 승패에 집착하면 스포츠의 아름다움과 즐거움은 날아가 버립니다. 그때 스포츠는 오히려 대립과 갈등의 원인이 되죠. 네덜란드의 전설적인 축구 스타 요한 크루이프(Johan Cruyff)는 이렇게 말했습니다. "아름답게 이겨야 한다." 정정당당하게 최선을 다하는 스포츠는 예술과 다를 바 없습니다. 스포츠라는 예술을 자기 방식대로 즐길 때 우리는 매일 축제를 벌이듯 살아갈 수 있습니다.

승패를 넘어서 평화로

앞에 소개한 장석주 시인의 「축구」라는 시는 축구라는 스포츠의 성격을 단적으로 드러내는 작품입니다. 1연에서 시인은 축구가 발로 하는 경기라는 사실을 상기시킵니다. 인간은 도구를 사용하는 존재라는 점에서 다른 동물과 구별되는데, 도구를 다룰 때 주로 손을 사용합니다. 손을 쓰면 발에 비해 더 정교하게 도구를 다룰 수 있습니다. 그래서 대부분의 스포츠는 손을 사용해 "변동과 불연속"을 제어하려 합니다. 배구에서는 손을 쓰고 야구에서는 방망이를 써서 공이라는 물체를 마음먹은 대로 통제해야만 승리할 수 있습니다.

그와 달리 축구에서는 손보다 훨씬 둔한 발을 사용해 다루기 쉽지 않은 둥근 공을 지배해야 합니다. 가장 사용하기 어려운 물체와 가장 무딘 신체 기관을 사용하는 것이 축구의 매력입니다. 통제하기 어려운 것들을 이용하는 만큼 예측은 빗나가기 일쑤지만, 그런 이유로 사람들은 더 축구에 열광합니다. 변동과 불연속을 통제하기 어렵기 때문에 약체로 평가 받던 팀이 강팀에 승리를 거두는 일이 가장 빈번하게 일어나는 스포츠가 축구입니다.

시인은 가장 무딘 신체를 사용해 도구를 지배하려는 축구의 속성에서 인간이 이룩한 문명에 대한 성찰을 이끌어 냅니다. 문명이라는 것은 결국 변동과 불연속을 통제하는 기술을 발전시켜 온 역사입니다. 자연의 변동과 불연속을 통제하기 위해 각종 기술을 발전시키면서 인간은 안정적인 삶을 확보할 수 있었습니다. 교통 신호는 변동과 불연속으로 인한 사고를 방지하기 위한 것이고, 사회 복지 제도는 태어나서 죽을 때까지 일어날 수 있는 여러 상황에 대비하기 위한 것이죠. 그러므로 가장 다루기 어려운 도구를 가장 무딘 신체로 통제하려는 축구는 변동과 불연속을 통제하려는 인간의 의지가 극한으로 표현된 스포츠라고 할 수 있습니다.

시인이 "오, 누가 승리를 말하는가"라고 묻는 것도 그러한 까닭입니다. 모든 스포츠가 그렇듯 축구에서도 승패는 부차적인 것입니다. "더 높이, 더 빨리, 더 멀리"라는 올림픽의 구호는 스포츠의 본질이 인간의 한계를 극복하려는 것임을 단적으로 드러냅니다. 축구도 마찬가지입니다. 축구는 변동과 불연속을 통제함으로써 우연을 필연으로 바꾸려는 인간의 노력이 얼마나 눈물겹고 아름다운지를 보여 주는 스포츠입니다. 또 이 작품에서 노래하는 것처럼 그러한 노력을 통해 인간이 얻고자 하는 것은 "궁극의 평화"입니다. 문명도 축구도 모두 평화를 위한 도구일 뿐입니다. 평화를 얻을 수 있다면 승패는 중요하지 않습니다.

장석주 시인은 축구에서 승패보다 중요한 것이 있다고 말하지만, 사실 승패에 초연해지기는 쉽지 않습니다. 자기가 응원하는 팀이 지기를 바라는 사람은 아무도 없을 테고, 그 팀이 패배했을 때 아무런 감정도 느끼지 못하는 사람도 없을 테니까요.

축구를 즐기는 법

응원하는 팀이 패배해 실망과 분노에 빠진 사람들에게는 박노해 시인의 「패배 메시지」를 들려주면 좋겠습니다. 박노해 시인은 패배 또한 메시지가 있다고, 즉 의미가 있다고 말합니다. 그 메시지란 '다시 시작해야 한다는 것'과 '새로운 시작은 전과 달라야 한다는 것'입니다. 월드컵 16강에 진출하지 못해도 축구는 계속되고 4년 뒤에 월드컵은 다시 열립니다. 패배로 인해 위축되거나 자포자기한다면 다시 패배가 돌아올 뿐입니다. 패배한 이에게 부정과 비판만을 일삼는 행위는 그 사람을 영원한 패배자로 만드는 것과 같습니다. 4년 뒤의 승리를 위해서는 다시 시작할 수 있는 용기와 다르게 시작하려는 고민이 필요합니다. 그 용기와 고민을 응원하는 것이 진정한 팬의 자세입니다.

물론 이 작품은 스포츠에서의 패배 이상을 말하고 있습니다. 시인은 세계를 변화시키고 싶어 하고, 그러한 노력이 좌절되었을 때 어떻게 해야 하는지를 "긍정을 통한 부정"이라는 말로 압축합니다. 다시 시작하기 위해서는 '긍정'이 필요하고, 다르게 시작하기 위해서는 '부정'이 필요하다는 것이 시인이 말하고자 하는 최종 메시지입니다. 그러나 세계의 변화 같은 거창하고 숭고한 목적을 품고 있지 않은 사람이라도 이 작품에서 메시지를 얻을 수 있습니다. 살다 보면 숱하게 패배를 경험하게 되는 것이 인생이니까요. 그때마다 "긍정을 통한 부정"이라는 패배의 메시지를 떠올려 보기 바랍니다. 그러면 더 이상 패배가 두렵지 않을 것입니다.

박노해 시인의 '패배 메시지'를 이해했다면 정현종 시인이 「떨어져도 튀는 공처럼」에서 말하고자 하는 바도 어렵지 않게 알 수 있습니다. 떨어지는 것은 추락하는 것이고, 추락은 패배와도 같은 말입니다. 박노해 시인은 "긍정을 통한 부정"이라는 패배의 메시지를 잘 읽어야 패배로부터 일어설 수 있다고 말했습니다. 그와 마찬가지로 정현종 시인은 공과 같은 존재가 되어야 떨어져도 다시 튀어 오를 수 있다고 말합니다.

공은 둥글기 때문에 쓰러지지 않습니다. 쓰러진다는 말은 위아래가 분명히 구분되는 존재들에만 쓸 수 있는데, 공은 위아래를 구분할 수 없습니다. 또 공은 떨어지는 만큼 튀어 오릅니다. 더 많이 추락할수록 더 많이 튀어 오릅니다. 물론 모든 공이 튀어 오르는 것은 아닙니다. 튀어 오르려면 탄력이 있어야 합니다. 탄력은 물리학적으로 '탄성체가 외부의 힘에 대항하여 본래의 형태로 돌아가려는 힘'을 뜻하고, 비유적으로는 '상황에 따라 알맞게 대처하는 능력'을 뜻합니다.

그러므로 공과 같은 존재란 둥글고 탄력이 있는 상태를 말합니다. 모나지 않고 마음이 열려 있어 융통성이 있는 사람이 공과 같은 사람입니다. 그러한 사람은 박노해 시인의 말처럼 위축되거나 자포자기하지 않습니다. 또 극단을 선택하지도 않고 변화를 두려워하지도 않습니다. 시인은 그러한 사람이야말로 "탄력의 나라의 왕자"라고 말합니다.

축구는 공 하나만 있으면 할 수 있고 경기 규칙도 무척 단순한 스포츠입니다. 그러나 축구의 단순함 속에는 깊고 많은 메시지가 담겨 있습니다. 문명의 의미, 평화의 의미, 패배의 의미, 공의 의미 등 셀 수 없이 많은 의미가 축구에 녹아 있습니다. 그러한 의미들을 음미하면서 축구를 즐길 때 축구는 평화와 즐거움을 선사하는 스포츠가 될 수 있습니다. 또 축구를 보는 재미도 한층 더 쏠쏠해질 것입니다.

함께 읽으면 좋은 시

• 김광규, 「오뉴월」 승부와 관계없이 아름다운 것들이 있다.
• 오탁번, 「똥볼」 사전에는 없지만 동네 축구에는 널렸다.
• 이근배, 「날개가 없어도 공은 난다」 공[球]에서 나서 공(空)으로 돌아가다.

나는 새장을 하나 샀다
그것은 가죽으로 만든 것이다
날뛰는 내 발을 집어넣기 위해 만든 작은 감옥이었던 것

처음 그것은 발에 너무 컸다
한동안 덜그럭거리는 감옥을 끌고 다녀야 했으니
감옥은 작아져야 한다
새가 날 때 구두를 감추듯

새장에 모자나 구름을 집어넣어 본다
그러나 그들은 언덕을 잊고 보리 이랑을 세지 않으며 날지
않는다
새장에는 조그만 먹이통과 구멍이 있다
그것이 새장을 아름답게 하는 것인지도 모른다

나는 오늘 새 구두를 샀다
그것은 구름 위에 올려져 있다
내 구두는 아직 물에 젖지 않은 한 척의 배,

한때는 속박이었고 또 한때는 제멋대로였던 삶의 한 켠에서

나는 가끔씩 고집 센 내 발을 위로하는 것이다

오래 쓰다 버린 낡은 목욕통 같은 구두를 벗고

새의 육체 속에 발을 집어넣어 보는 것이다

— 송찬호, 「구두」

구두에 관한 세 가지 명상

몇 년 전에 겪은 일입니다. 식당에서 저녁을 먹고 나오려는데 아무리 찾아도 구두가 없었습니다. 주인을 불렀더니 다른 손님이 바꿔 신고 간 것 같다고 했습니다. 그 사람이 식당 앞 건물에서 일한다고 해 찾아갔더니 퇴근하고 없었습니다. 결국 그 사람의 구두를 신고 식당을 나설 수밖에 없었습니다. 발 크기가 비슷해서 헐겁거나 조이는 느낌이 없는데도 왠지 그 구두는 어색하기만 했습니다. 남의 구두를 신고 있자니 걸음걸이만 어색해지는 것이 아니라 일에도 집중할 수가 없었습니다. 견디다 못해 퇴근을 서둘렀습니다. 집에 돌아와서도 날이 밝는 대로 구두 바꾸러 갈 생각만 하며 일찍 잠을 청했습니다.

저는 구두를 고르는 데 신중한 편입니다. 오래 신고 있어도 발이 편한지를 최우선으로 따집니다. 모양새도 예쁘면 좋고 통풍이 잘되면 더욱 좋습니다. 그러나 세 가지 기준을 만족시키는 구두를 찾는 것은 쉬운 일이 아닙니다. 발이 작은 편이라 마음에 쏙 드는 구두도 사이즈가 없어 구하지 못할 때가 많습니다. 구두 매장 순례는 기본이고, 한번은 거금을 들여 발 모양에 꼭 맞게 만들어 준다는 맞춤 수제 구두를 마련한 적도 있습니다.

어떤 물건이든 하나를 오래 사용하는 편입니다. 마음에 드는 음악이 있으면 백 번이고 천 번이고 질릴 때까지 듣습니다. 음악뿐만 아니라 옷이나 필기구 같은 사소한 것들까지도 오래 사용할 수 있는 것들을 선택합니다. 그러다 보니 질기고 멋스러운 몇몇 브랜드를 애용합니다. 정리 정돈에 서투른 탓인지 물건이 많아지면 번잡스럽고 간수하는 데 애를 먹습니다. 무엇이든 하나일 때가 속 편합니다.

구두도 그렇습니다. 저는 구두 한 켤레를 1년 내내 신습니다. 전문가의 견해에 따르면, 두세 켤레를 번갈아 신는 것이 구두와 사람 모두에게 좋다고 합니다. 그 말을 따라 두 켤레를 장만한 적도 있지만, 역시나 그 가운데 한 켤레만을 신었습니다. 사람과의 만남도 그런 듯합니다. 발에 꼭 맞는 구두처럼 마음에 쏙 드는 사람을 만나면 한동안 그 사람으로부터 헤어나기 어렵습니다. 물론 그런 사람을 만나기란 발에 꼭 맞는 구두를 찾는 일보다 몇 배는 더 힘든 일입니다.

할 수 없이 다음 날 아침엔 신발장에 처박아 두었던 여벌 구두를 신고 나섰습니다. 식당에 전화를 했더니 그 사람은 출근 전이라고 했습니다. 혹시 그가 제 구두가 마음에 들어 바꾸지 않으려고 출근하지 않는 것은 아닐까, 아니면 그 구두를 신고 멀리 출장이라도 간 것은 아닐까 등의 온갖 상상을 하다가 일단 식당에 들러 그 사람의 구두를 맡겼습니다. 제 것이 아닌 것을 신고 있으면 왠지 제 구두가 더 오래도록 돌아오지 않을 것 같았습니다. 여벌 구두를 신고 하루 종일 바쁘게 돌아다녔습니다. 잘 신지 않던 것이라 발걸음뿐만 아니라 마음도 내내 무거웠습니다.

저녁이 되어서야 구두를 되찾을 수 있었습니다. 그런데 어찌 된 일인지 그 구두는 예전보다 더 묵직했습니다. 날아갈 듯 가벼웠던 느낌은 간데없고 자석처럼 땅에 달라붙는 것 같았습니다. 잠깐 신어 본 그 사람의 구두가 매우 가벼웠기 때문인지, 하루 신었던 여벌 구두의 느낌에 벌써 익숙해졌기 때문인지, 아니면 그 사람이 진짜로 내 구두에 자석을 붙여 놓기라도 한 것인지, 온갖 생각이 다 들었습니다.

처음 그 구두를 신었을 때에도 약간은 낯설었을 것입니다. 제아무리 맞춤 구두라도 피부와 가죽이 원래 하나였던 것처럼 꼭 맞을 리는 없습니다. 그 구두가 내 몸 같았던 이유는 구두가 내 발에 맞춰 변했고 내 몸 또한 구두에 맞춰 변했기 때문입니다. 한쪽의 일방적인 변화만으로는 온전히 하나가 될 수 없습니다. 되찾은 구두가 낯설었던 까닭 또한 구두도 나도 하루 동안 변했기 때문은 아니었을까요.

자신도 함께 변할 각오를 하지 않는 한, 몸에 꼭 맞거나 마음에 쏙 드는 것들을 찾아낼 수 없습니다. 사람들 사이의 관계는 더욱 그렇습니다. 누군가에 자신을 맞춰 가려는 배려와 용기가 없다면, 상대방도 같은 마음일 테니 항상 그저 그런 사람들만을 만나게 되지 않을까요? 더구나 사람이란 구두보다도 백배는 더 자주 변하는 법이니 백배는 더 많이 변할 각오를 하지 않는다면 이상적인 관계란 불가능하지 않을까요?

타인과 관계를 맺는다는 것, 특히 한 사람과 사랑에 빠진다는 것은 자신은 물론 타인의 존재를 함께 변형시키는 일입니다. '나'와 '너' 가운데 한쪽이 다른 쪽에 일방적으로 끌려가는 것이 아니라 '나'와 '너'의 중간쯤에서 서로 만나는 것이 사랑입니다. 사람들이 흔히 오해하는 것과 달리 사랑은 '나'와 '너'가 하나가 되는 일이 아닙니다. 사랑은 '나'도 '너'도 아닌, '나'이면서 동시에 '너'인 상태가 되는 것입니다.

물론 누군가는 원래 모습 그대로 인정해 주는 것이 최선의 관계가 아니겠느냐고, 그것이야말로 '쿨'하고 세련된 것이 아니겠느냐고 반문할 수도 있겠습니다. 그러면 저는 이렇게 되물어야겠습니다. 구두는 신어야 하지 않느냐고. 당신은 편한 구두를 신고 싶지 않으냐고.

도대체 사람과 구두를 비교하는 게 가당키나 한 일이냐고 되물으면, 저는 또 이렇게 말하겠습니다. 당신도 밥 먹다가 구두 한번 바뀌어 보라고. 그것이 얼마나 낯설고 신기한 일이며 별생각을 다 하게 만드는지 아느냐고.

자유를 위해 구속을 택하다

앞에 소개한 송찬호 시인의 「구두」는 쉽지 않은 시입니다. 낯선 이미지들을 결합하고 있기 때문입니다. 따라서 역으로 구두가 어떤 이미지들과 결합되어 있는지 살펴보면 이 작품에도 한결 쉽게 접근할 수 있습니다.

이 시에서 구두의 이미지는 새장과 감옥의 이미지와 결합되어 있습니다. 새장이나 감옥에는 모두 구속과 억압의 이미지가 있습니다. 인간은 구두 덕분에 더 안전하고 자유롭게 움직일 수 있습니다. 구두로 인해 더 멀고 위험한 곳에도 갈 수 있죠. 그런 면에서 구두는 인간의 자유를 확장시켰습니다. 그러나 발의 입장에서 보면 그렇지도 않습니다. 발은 손과 달리 대부분 구두에 갇혀 있습니다.

그런 구두를 위로하기 위해 화자는 새장에 모자나 구름을 넣어 봅니다. 모자나 구름에는 자유의 이미지가 있습니다. 구름은 어디든지 자유롭게 흘러갑니다. 그리스 신화에서 제우스의 아들이자 여행의 신인 헤르메스는 날개 달린 모자와 신발을 착용하고 있습니다. 화자는 구두에 신화적 이미지를 부여합니다. 그러나 화자의 바람은 실현되지 않습니다. 새장에 갇힌 것들은 구속에 길들여진 탓에 자유를 누리려 하지 않기 때문이죠.

낯선 이미지를 결합하여 화자가 말하고자 하는 바는 무엇일까요? 발은 구두에, 새는 새장에 갇혀 있듯이 따지고 보면 인간 역시 어딘가에 갇혀 살아갑니다. 세상에는 눈에 보이지 않는 감옥들이 있습니다. 말과 행동을 통제하는 수많은 규칙과 항상 오가는 공간들이 그렇습니다. 다만 인식하지 못할 뿐, 눈에 보이지 않는 여러 감옥을 전전하며 사는 것이 인간입니다.

그런 감옥을 인식할 때마다 인간은 자유를 꿈꿉니다. 새 구두를 사면 어디론가 떠나고 싶고 일상을 벗어나고 싶은 욕망에 사로잡히는 것처럼, 인간은 문득문득 자유에 대한 갈증을 느낍니다. 화자는 자유와 구속 사이를 오가며 사는 것이 인간의 삶이라고 생각합니다. 그리고 자유와 구속의 모순이 하나로 통합되어 있는 것이 '구두'라고 말합니다. 날개 달린 신발과 새장의 이미지가 그렇게 해서 만나고 있습니다.

익숙해진다는 것과 변화한다는 것

신발을 통해 삶을 들여다보는 또 다른 작품으로는 서정주의 「신발」이 있습니다. 이 작품은 노년의 화자가 유년 시절을 회고하면서 삶을 성찰하는 작품입니다. 화자는 어린 시절 아버지가 사 준 새 신발을 잃어버립니다. 당연히 아버지는 새 신발을 다시 사 주셨겠죠. 그런데 새 신발을 대하는 화자의 말이 독특합니다. 화자는 그것을 '대용품'이라고 표현합니다. 대용품이란 말 그대로 어떤 물건을 대신하는 것을 의미합니다. 원하는 물건을 구할 수 없을 때 어쩔 수 없이 선택하는 거죠. 그래서 대용품은 본래 원하던 물품을 완벽하게 대신할 수는 없습니다.

화자의 말과 달리, 잃어버린 신발과 새 신발은 대용품의 관계라고 보기 어렵습니다. 신발은 평생 사용할 수 있는 것도 아니고 똑같은 신발을 구하는 것도 그리 어려운 일은 아닙니다. 그런데도 왜 화자는 새 신발을 대용품이라고 말하는 것일까요? 심지어 예순이 될 때까지 수없이 많은 새 신발을 신었을 텐데도 그 모두가 대용품이라고 말하고 있을까요? 화자가 왜 그런 생각을 하는지가 이 작품을 이해하는 열쇠입니다.

우리가 새 신발을 사는 경우는 두 가지입니다. 신발이 낡았거나 신발을 잃어버렸을 때입니다. 그런데 낡은 신발과 잃어버린 신발은 다릅니다. 낡은 신발은 쓸모가 없으나 잃어버린 신발은 그렇지 않습니다. 낡은 신발은 의도적으로 버리는 것이라 없어도 미련이 남지 않지만, 잃어버리는 것은 자의에 의한 일이 아니라서 자책과 미련을 동반합니다. 화자가 새 신발을 대용품이라고 말하는 이유는 잃어버린 신발에 대한 미련이 강하게 남아 있기 때문입니다.

그 까닭은 무엇일까요? 그것이 '어린 시절'에 잃어버린 신발이기 때문입니다. 이 시에서 어렸을 때 잃어버린 신발은 순수하고 행복했던 유년 시절을 대변합니다. 사람들은 대부분 유년 시절을 행복한 시기로 기억하지만, 그때로 돌아갈 방법은 없습니다. 화자가 예순이 넘을 때까지 신었던 새 신발들을 유년 시절에 잃어버린 신발의 대용품이라고 말하는 이유가 여기에 있습니다. 인생의 황금기는 유년 시절이었고, 그 이후의 인생은 어떻게든 유년 시절을 회복하려는 몸짓에 불과하다는 것이 삶에 대한 화자의 통찰입니다.

화자의 통찰은 우리를 쓸쓸하게 합니다. 인간은 태어나자마자 죽어가고 있다는 말처럼 삶은 나이를 먹을수록 퇴락해 가는 것일 뿐이라는 사실을 깨닫게 하니까요. 그렇지만 한편으로는 평생 순진무구한 삶을 추구했던 화자의 인생이 떠오르기도 합니다. 잃어버린 신발이라서 더 미련이 남듯이, 인생이 쇠락해 가는 것이라는 깨달음은 찬란하던 시절로 되돌아가고 싶은 욕망을 부채질하기도 하니까요.

오래 사용하던 것을 잃었을 때 읽을 만한 시로는 고운기 시인의 「익숙해진다는 것」도 좋습니다. 이 작품은 오래되고 익숙한 것들에 대한 생각을 뒤집는 작품입니다. 오래된 것들은 익숙합니다. 바지, 칫솔, 구두, 빗처럼 매일 사용하는 것들이 그렇고, 매일 지나는 길과 오랜 시간을 함께한 가족이 그렇습니다. 따지고 보면 우리의 일상은 새로운 것들보다 오래된 것들에 둘러싸여 있습니다. 때로는 따분하다고 불평을 늘어놓기도 하지만, 오래되고 익숙한 것들로 인해 삶은 평화롭습니다. 화자의 말을 빌리자면 그런 것들에 우리를 "맡기고" 살아갑니다.

그러나 익숙한 구두를 평생 신을 수는 없듯이 언젠가는 익숙한 것들과 결별해야 할 날이 옵니다. 더 익숙해진다는 것은 어쩌면 바꿔야 할 때가 가깝다는 말인지도 모릅니다. 그러므로 인간은 오래되고 익숙한 것들 못지않게 바꾸고 멈추는 것들 속에도 자신을 맡기고 삽니다. 익숙한 것들과 바꾸고 멈추는 것들이 공존하는 가운데 살아가는 것이 인생입니다.

화자는 "익숙해지다 바꾼다"고 말하지만, 사실 익숙해진다는 것과 바꾼다는 것은 대립의 관계가 아닐 수도 있습니다. 앞서 구두를 잃어버린 경험에서 깨달았듯이, 익숙해진다는 것은 바뀐다는 것이기도 합니다. 어떤 사물에 익숙해진다는 것은 그 사물과 자신이 모두 변화하는 경험입니다. 그러므로 완벽하게 익숙한 상태란 어쩌면 더 이상 바뀔 필요가 없을 만큼 하나가 된 상태, 즉 바뀌는 것이 멈춘 상태일 수도 있습니다.

얼마 전에 저도 새 구두를 장만했습니다. 익숙해진다는 것과 변화한다는 것에 대해, 자유와 억압에 대해, 버리고 잃어버린 구두들에 대해다시 생각해 보았습니다. 새 신발을 샀을 때뿐만 아니라 그런 생각에빠질 기회는 언제든지 있습니다. 신발은 매일 신어야 하니까요.

함께 읽으면 좋은 시

• 마종기, 「익숙지 않다」 사는 일, 아무리 애를 써도 익숙해지지 않는 일.
• 이장욱, 「신발을 신는 일」 제대로 신었구나 생각했는데 신발 속에 무엇인가 있다.
• 허형만, 「뒷굽」 뒷굽은 왜 한사코 한쪽으로만 기울어지는가.

남몰래 연애도 하고 술도 마시고 울기도 했을

그 여자 앵커는 이제 결혼한다

그녀는 나를 TV의 광활한 세계로 인도해 주었으므로

차마 그녀를 미워하지 못하고 채널만 자주 바꾼다

동물의 세계, 비욘드 미스터리, 스포츠 세상, 을

넘나들 수 있는 초능력을 준 건 리모컨이 아니다

그녀는 나의 사상계의 확장이었다

두뇌 용량이 나보다 배나 클 것 같은 벤처 기업 사장은 TV
에서 그녀와 키스했다

나는 저녁을 먹다가 숟가락을 내려놓고 급한 대로 짧은 이
별시를 한 편 썼다

잘 살아라, 이젠 내가 너를 보낸다,

네가 나를 떠나는 게 아니라 내가 너를 보내는 것이다

시저보다는 로마를…… 그리고 나는 여자 앵커보다 TV를
더 사랑해야 한다

그러나 그녀는 결혼을 하지 말았어야 했다

요리를 하다가, 빨래를 하다가, 애를 낳고, 남편을 출근시키
고, 아이들을 대학에 보내고, 서둘러 늙고 병들고, 어느 날은
가장 좋아하는 연속극을 놓치고 황망히 소파에 앉아
　그녀는 TV를 떠나서 정말 행복할 수 있을까?

　주일 아침, 나는 이제 그녀가 없는 TV의 채널을 돌리며
　TV를 예배한다, TV를 더 깊이 파고들어 간다
　그리고 이전보다 더욱 그녀를 걱정한다
　나를 그녀에게 인도해 준
　TV에 대한 최소한의 양심과 책임
　그것이 그녀의 불행까지 시청해야 하는 독실한 TV 시청자
의 몫인 것이다
　TV가 나를 알아주지 않는다고 해서 TV를 원망하는 것은
TV의 뜻이 아니다

　　　　　　　　—최금진, 「시청자가 TV를 사랑해야 하는 이유」

텔레비전을 사랑하는 방법

있어도 괴롭고 없어도 괴로운 것들이 있습니다. 텔레비전도 그 가운데 하나입니다. 제 또래 세대는 '텔레비전 키즈'로 자랐습니다. 귀하디귀한 흑백텔레비전을 구경하러 동네를 떠돌던 전 세대와는 달리, 제 또래들은 자기 집에서 편하게 컬러텔레비전을 시청할 수 있었습니다.

텔레비전이 있었기에 평생 갈 일 없는 세상도 접할 수 있었고, 절대 만날 일 없는 온갖 사람을 만났습니다. 책의 권위가 사그라지지 않은 시대를 살았지만 텔레비전 대신 책을 권할수록 텔레비전에 대한 갈증은 더욱 깊어졌습니다. 책보다 텔레비전이 몇 배는 더 재미있었으니까요.

텔레비전이 책보다 훨씬 재미있는 이유는 텔레비전이 이미지를 전달하는 매체이기 때문입니다. 책을 읽으려면 문자를 익혀야 합니다. 그다음에는 읽어 낸 문자를 이해하기 위해 오랜 시간에 걸쳐 '문자 해독 능력[literacy]'을 키워야 합니다. 그와 달리 텔레비전 속의 이미지는 직관적입니다. 특별한 교육을 받지 않아도 누구나 그 의미를 파악할 수 있습니다. 문자가 발명된 이후 문자는 특권층의 전유물이 된 반면, 이미지는 민중과 가까웠던 이유도 바로 그 때문입니다. 어른보다는 아이들이 텔레비전에 더 빠져드는 것도 문자와 이미지의 대립 관계를 생각하면 당연한 일입니다.

그러나 텔레비전 키즈에게도 텔레비전이 마냥 환영할 만한 대상은 아닙니다. 1980년대가 되면서 텔레비전 보급률은 80%를 넘어섰지만 텔레비전이 있다는 것과 이를 마음대로 볼 수 있는 것은 달랐습니다. 텔레비전 키즈의 부모 세대에게 텔레비전은 자녀의 앞길을 가로막는, 더 정확하게는 입시 공부를 방해하는 최대의 장애물이었습니다. 끼니도 거른 채 만화 영화에 빠져 있는 자녀를 식탁으로 호출하거나, 드라마에 몰입해 있는 아이를 책상으로 내몰면서 부모 세대들은 매번 똑같이 말했습니다. "텔레비전은 바보상자야!" 그 말을 어찌나 많이 듣고 자랐던지 이제 부모가 된 텔레비전 키즈 역시 자녀가 텔레비전에 빠져드는 일을 경계하고, 심지어 집에서 텔레비전을 없애기도 합니다.

텔레비전이 바보상자라는 말은 실험을 통해 증명된 바 있습니다. 미국의 심리학자 허버트 크루그먼(Herbert Krugman)은 1971년 텔레비전을 시청하는 동안 뇌에서 어떤 일들이 일어나는지 실험했습니다. 텔레비전을 시청할 때에는 주로 알파파 상태의 뇌파가 출현한 반면, 책을 읽을 때에는 베타파가 나타났습니다. 알파파는 정신이 안정되거나 이완된 상태에서 발생하고, 베타파는 주로 학습이나 과제에 집중한 상태에서 나타납니다. 크루그먼의 실험은 텔레비전을 시청할 때 사람들의 사고 능력이 사라진다는 사실을 보여 주었습니다. 텔레비전을 본다고 해서 지능 지수가 현저히 낮아지는 것은 아니지만 순간적으로는 바보와 같은 상태가 되고, 그것이 쌓이면 지적 능력 또한 퇴화될 수 있다는 거죠.

물론 실험 결과를 반대로 해석할 수도 있습니다. 크루그먼의 실험은 사람들이 텔레비전에 빠져드는 이유 하나를 설명하고 있습니다. 텔레비전을 보고 있으면 알파파의 영향이 강해져서 심신이 편안한 상태가 됩니다. 학습이나 과제는 스트레스를 유발하지만, 텔레비전은 스트레스를 해소합니다. 적당한 스트레스는 삶의 활력이 된다고 하지만 그것은 어디까지나 적당할 때의 이야기입니다. 삶을 위협할 수도 있는 과도한 스트레스를 해소하는 가장 간편한 방법 가운데 하나가 텔레비전을 켜는 일입니다. 여행과 운동을 비롯한 각종 취미 생활도 스트레스를 해소하는 좋은 방법이지만, 그보다는 텔레비전을 시청하는 것이 훨씬 쉽고 돈도 덜 듭니다.

게다가 텔레비전이 우리에게 아무런 이득도 주지 않는 바보상자에 불과하고 텔레비전 시청 외에 다양한 스트레스 해소책을 즐길 여유가 있다 하더라도, 이미 텔레비전 없이 살기는 불가능한 세상이 되었습니다. 그동안 텔레비전은 다양한 방향으로 진화했습니다. 영화에 비해 열세였던 화질과 화면 크기를 고해상도 기술과 대형화를 통해 극복했고, 라디오에 뒤떨어졌던 이동 편의성을 DMB를 통해 향상시켰습니다. 최근에는 IPTV로 진화해 정보 전달의 쌍방향성을 구현하는 듯한 모양새를 취함으로써 텔레비전이 시청자를 수동적으로 만든다는 비판에도 맞서고 있죠. 그 결과 예전에는 텔레비전에서 멀어지기 위해 수상기만 버리면 되었지만, 이제는 정보 습득과 소통을 위한 매체 전체를 버려야 하는 상황에 처했습니다.

텔레비전을 떠나 행복할 수 있을까

텔레비전은 세탁기나 냉장고 같은 전자 제품과는 다릅니다. 텔레비전을 시청한다는 것은 텔레비전 속의 세상과 만나는 일이고, 그 만남을 통해 자기 자신을 만들어 가는 일입니다. 텔레비전을 어떻게 이용하느냐에 따라 우리는 지금과 전혀 다른 사람이 될 수도 있습니다. 그런 면에서 텔레비전은 전자 제품이 아니라 책과 같은 것으로 간주해야 합니다. 어떤 책을 어떻게 읽느냐가 때로는 한 사람의 인생을 결정하기도 하듯이 텔레비전은 매혹적인 동시에 위험한 책과 같습니다.

앞에 소개한 최금진 시인의 「시청자가 TV를 사랑해야 하는 이유」는 어느 텔레비전 앵커의 결혼을 소재로 텔레비전이 우리 삶에 어떤 의미가 있는지 이야기하고 있습니다. 화자는 여자 앵커 때문에 텔레비전에 빠져들었고 그로부터 헤어 나올 수 없게 되었다고 말합니다. 누구나 비슷한 경험이 있을 것입니다. 텔레비전의 세계로 인도한 인물이 여자 앵커뿐만 아니라 배우, 가수, 모델 등 다양하다는 점만 차이가 있죠.

이 작품에서 눈에 띄는 것은 냉소적 어조입니다. 화자는 현실을 있는 그대로 이야기하는 척하지만, 그 이면에는 현실에 대한 씁쓸한 감정과 비판이 담겨 있습니다. 화자는 여자 앵커 때문에 텔레비전을 보게 되었고 그로 인해 사상계가 확장되었다고 말합니다. 그 여자 앵커가 진행하는 여러 프로그램을 시청하다 보니 이전에는 관심을 두지 않던 많은 것에 대해 알게 되었다는 거죠. 텔레비전이 많은 정보를 제

공해 주는 것은 사실이며, 언뜻 보기에 이는 긍정적으로 보입니다.

그러나 문제는 '사상계의 확장'이 능동적인 것이 아니라는 점입니다. 화자는 텔레비전에서 자기가 원하는 정보를 자발적으로 습득해 사고의 폭을 넓힌 것이 아니라 여자 앵커가 인도하는 대로 따랐을 뿐입니다. 정보를 많이 습득하는 것은 이로운 일이지만, 자신에게 필요한지 여부를 따지지 않은 채 흡수한 정보들은 쓸모없는 것이 더 많습니다. 또 남이 던져 주는 정보를 무비판적으로 흡수하다 보면 결국 그 정보 제공자의 시각에 종속되는 결과를 낳게 됩니다.

텔레비전에 매몰된 바보가 될수록 텔레비전에서 벗어나는 일은 더 어렵습니다. 화자는 텔레비전에 중독된 시청자를 종교를 맹목적으로 믿는 신도에 비유합니다. 여자 앵커가 결혼하면서 화자는 더 이상 텔레비전에서 그녀를 볼 수 없게 되었지만, 여전히 화자는 텔레비전에서 헤어 나오지 못합니다. 화자는 "TV에 대한 최소한의 양심과 책임" 때문에 여자 앵커가 나오지 않는데도 텔레비전을 더 열심히 본다고 말합니다. 그러나 이는 텔레비전에서 빠져나오지 못하는 사람들의 자기 합리화에 대한 냉소일 뿐입니다. 사람에 이끌려 텔레비전에 빠져들었지만 결국에는 사람보다 텔레비전을 더 숭배하는 상황이 되어 버린 것입니다.

화자는 "그녀는 TV를 떠나서 정말 행복할 수 있을까?"라고 묻습니다. 이 질문은 '그녀'를 향한 것이기도 하지만 '시청자'를 향한 것이기도 합니다. 화자는 텔레비전에 나오는 사람들이나 시청자 모두에게 텔레비전으로 인해 정말 행복해졌는지 묻습니다. 화자는 종교적 메시지를 패러디해 "TV가 나를 알아주지 않는다고 해서 TV를 원망하는 것은 TV의 뜻이 아니다"라고 말합니다. 종교는 인간을 행복하게 만들 수 있지만 종교에 대한 맹목적 믿음은 인간과 사회를 불행으로 인도합니다. 텔레비전 또한 다르지 않습니다.

거부할 수 있어야 주인이다

텔레비전과 비슷한 경험을 제공하는 것으로 영화를 들 수 있습니다. 영화는 텔레비전과 마찬가지로 2차원의 동적인 이미지를 통해 정보를 전달합니다. 그래서 영화 관객은 텔레비전 시청자와 비슷한 경험을 하게 됩니다. 이와 관련된 작품으로 황지우 시인의 「새들도 세상을 뜨는구나」를 들 수 있습니다.

이 작품을 이해하기 위해서는 1980년대 초라는 발표 시기를 염두에 두어야 합니다. 그 당시는 군사 독재 정권 치하였습니다. 비민주적인 방법으로 정권을 장악한 군사 독재 정권은 자신들에 대한 비판과 저항을 강압적인 방식으로 억눌렀습니다. 과도하고 정당하지 못한 폭력을 행사하는 것은 물론, 사상과 언론마저 강력하게 통제했습니다. 이 작품에 나오는 것처럼 모든 영화가 시작되기 전에 관객에게 애국가를 듣도록 강요한 것도 그러한 통제 방법 가운데 하나였죠.

얼마 전 이 작품 속 상황과 유사한 장면이 영화에 등장한 적이 있습니다. 영화 〈국제시장〉에서 아내와 다툼을 벌이던 남자 주인공은 국기 하강식에 맞춰 애국가가 울리자 벌떡 일어서서 '국기에 대한 경례'를 합니다. 공원에 있던 다른 사람들도 태극기를 향해 일어서고 국기에 대한 예를 갖추지 않는 사람에게 따가운 눈총을 보냅니다. 이 장면은 개인의 사적인 영역이 국가의 이름으로 억압되는 모습을 보여 주고 있습니다. 국가에 대한 맹목적인 복종이 한 개인의 내면과 신체에 각인되면 애국가만 들어도 벌떡 일어서는 반사적 행동으로 이어지게 됩니다.

「새들도 세상을 뜨는구나」에서 관객도 애국가가 시작되자 일어서서 경례를 하고 애국가가 끝나자 자리에 앉습니다. 애국가가 연주되는 동안 스크린에는 자유롭게 날아가는 새 떼의 모습이 비칩니다. 그 장면은 아름다운 국토와 자유가 넘치는 국가의 모습을 보여 주기 위해 삽입되었을 것입니다. 그러나 정작 애국가를 듣는 관객은 자유롭지 못합니다. 관객은 스크린에 비친 새 떼처럼 자유롭기를 동경하지만, 그들의 행동은 애국가에 의해 통제되고 있습니다.

텔레비전이나 영화 같은 미디어와 관련해 이 작품에서 알 수 있는 것은 두 가지입니다. 첫째, 미디어에 비친 모습들은 실제인 동시에 환상이라는 점입니다. 미디어는 실제를 보여 주는 듯 보이지만 그것은 이미 어느 정도 조작을 거친 것들입니다. 미디어가 보여 주는 이미지에는 그것을 만든 사람의 관점과 시각이 녹아 있습니다. 스크린 속의 새 떼는 자유롭게 날아가지만 관객은 애국가가 끝나면서 주저앉듯이, 미디어가 보여 주는 것과 현실 사이에는 항상 거리가 있습니다.

둘째, 미디어는 지배자가 피지배자를 억압하는 도구로 악용될 수 있다는 점입니다. 미디어는 지배자가 자신이 원하는 바를 피지배자에게 강요하는 수단이 될 수 있습니다. 그래서 미디어를 통해 전달되는 내용을 무비판적으로 흡수하면 지배자에게 농락당할 수 있습니다. 애국심은 국가의 존립을 위해 꼭 필요한 가치이지만, 이 작품에서 보는 바와 같이 정의롭지 못한 집단에 의해 강요된 애국심은 국민의 기본권을 억압하는 수단이 됩니다.

텔레비전과 관련된 가장 흥미로운 작품으로는 박남철 시인의 「텔레비전 1」을 들 수 있습니다. 이 작품을 두고는 논란이 분분합니다. 제목과 비어 있는 사각형이 전부인 이 작품을 두고 어떤 이는 언어가 없으므로 시가 아니라고 주장합니다. 시란 언어를 통한 예술이라는 점에서 그러한 주장은 일리가 있습니다. 그러나 근대의 자유시가 어떠한 형식 실험도 수용한다는 점을 고려하면 이 작품을 시로 볼 수도 있습니다.

시로 볼 것이냐에 대한 판단은 잠시 접어 두고 이 작품을 감상해 볼까요? 그런데 감상할 것이라고는 텅 빈 사각형밖에 없으니 어떻게 해야 할까요? 이런 경우에는 먼저 시인의 의도를 짐작해 보는 것이 작품을 감상하는 방법입니다. '텔레비전'이라는 제목 아래 텅 빈 사각형만을 그려 놓은 시인의 의도는 무엇일까요? 어떤 사람은 텔레비전이 인간을 머리가 텅 빈 바보로 만든다는 점을 강조하기 위함이라고 해석합니다. 또 다른 이들은 텔레비전에는 어떤 내용이라도 담길 수 있다는 점을 보여 주기 위해서라고 풀이하기도 합니다. 텔레비전의 의미와 가치는 정해져 있지 않고, 시청자가 텔레비전을 어떻게 활용하느냐에 따라 달라진다는 것을 알려 주기 위한 의도라고 이야기하는 사람도 있죠. 모두 그럴듯한 해석입니다. 그 밖에도 다양한 해석이 가능합니다. 제목과 도형뿐인데도 여러 해석이 가능하고, 그러한 해석을 통해 텔레비전의 의미와 가치에 대해 생각하게 한다는 점에서 이 작품은 흥미로운 작품입니다.

있어도 괴롭고 없어도 괴로운 것들을 소유하는 가장 현명한 방법은 그것과 함께 살아가는 방법을 익히는 일입니다. 텔레비전을 충분히 즐기되 그것에 압도당하지 않는 법, 즉 텔레비전의 노예가 아니라 주인이 되는 방법을 연마해야 합니다. 주인으로 살기 위해서는 어떤 것을 소유할 능력뿐만 아니라 그것을 거부할 능력 또한 갖춰야 합니다. 텔레비전을 켜는 일은 누구나 할 수 있지만, 욕망을 억누르고 텔레비전을 끄는 일은 자신의 삶을 통제할 수 있는 주인으로 사는 자만이 할 수 있습니다.

텔레비전은 바보상자일 수도 있고, 아닐 수도 있습니다. 그러나 텔레비전을 볼 필요가 없을 때에도 끄지 못하는 사람은 바보가 될 확률이 높습니다.

함께 읽으면 좋은 시

• 김중일, 「재의 텔레비전」 '코알라 코뿔소 코끼리 코가 시큰한 이름들'을 부르는 재미가 있다.
• 박남철, 「텔레비전 2」 텔레비전에 볼 것이 없던 시절이 있었다.
• 함민복, 「오우가―텔레비전 1」 텔레비전의 노예를 향한 통렬한 풍자.

바퀴는 몰라

지금 산수유가 피었는지

북쪽 산기슭 진달래가 피었는지

뒤울안 회나무 가지

휘파람새가 울다 가는지

바퀴는 몰라 저 들판

노란 꾀꼬리가 왜 급히 날아가는지

바퀴는 모른다네

내가 우는지 마는지

누구를 어떻게

그리워하는지 마는지

그러면서 내가 얼마나 고독한지

바퀴는 모른다네

바퀴는 몰라

하루 일 마치고 해질녘

막걸리 한 잔에 붉게 취해

돌아오는 원둑길 풀밭
다 먹은 점심 도시락 가방 베개 하여
시인도 눕고 선생도 눕고 추장도 누워

노을 지는 하늘에 검붉게 물든 새털구름
먼 허공에 눈길 던지며
입에는 삘기 하나 뽑아 물었을까
빙글빙글 토끼풀 하나 돌리고 있었을까
하루해가 지는 저수지 길을
바퀴는 몰라

이제 바퀴를 보면 브레이크 달고 싶다
너무 오래 달려오지 않았나

─윤재철, 「이제 바퀴를 보면 브레이크 달고 싶다」

지하철에서의 하루

저마다 지하철을 기다리며 무료한 시간을 보내는 방법이 있을 것입니다. 요즘에는 대부분 스마트폰에 열중합니다. 더러는 신문을 보기도 하고 의자에 앉아 잠을 청하거나 선 채로 조는 사람도 있습니다. 어떤 이들은 지나가는 멋진 이성을 힐끔거리기도 합니다.

승강장 벽면에 붙어 있는 광고물, 시나 수필과 같은 글이 담긴 액자를 살펴보는 경우도 있습니다. 거기에는 대부분 고단한 삶을 헤쳐 나갈 용기와 위로를 주는 글들이 실려 있습니다. 가끔은 그런 글들에서 미처 생각하지 못한 삶의 진실을 발견하기도 합니다. 그런데 그런 글 중에는 조금 황당한 내용도 있습니다. 한번은 이런 내용을 본 적이 있습니다.

만약 당신이 "힘들어 죽겠네"라고 말한다면, 신은 "어! 그래, 정말 힘든 것이 뭔지 모르는 모양이군!" 하면서 더 큰 고통을 내릴 것이다. 당신이 '정말 행복하군' 하고 생각한다면, 신은 '정말 행복한 것이 뭔지 모르는군' 하면서 더 큰 행복을 내릴 것이다. 고로 매사에 감사하고 행복하게 생각해야 한다.

그럴듯합니다. 삶의 고통만을 생각하며 힘겨워 할 것이 아니라, 조그만 일에도 감사하며 살아야 한다는 충고 또한 고개를 끄덕거리게 합니다. 그러나 생각해 보면 이 글은 조금 이상하기도 합니다. 이 글을 내건 곳이 기독교 계통 선교 단체이기 때문입니다. 이 글에 따르면 신은 인간의 편이 아니라 인간을 골려 주려는 장난꾸러기입니다. 완전무결하며 절대 선(善)을 대표하는 기독교의 신과는 다른 모습입니다. 오히려 여기에 등장하는 신은 그리스 로마 신화에 나오는 신들처럼 인간을 닮았습니다. 이기적이고, 남을 시기하거나 골탕 먹이고, 때로는 바람도 피우는, 인간과 다를 바 없는 신입니다. 이 글의 작가가 기독교인이 아닐 수도 있지만, 기독교 단체에서 이런 내용을 내걸었다는 것은 조금 우스운 일입니다. 사람들에게 감동적인 메시지를 전달하려는 데에만 치중한 나머지, 이 글에 나오는 신이 자신들이 믿는 신과 다르다는 사실은 깜빡했던 모양입니다.

가끔은 싱거운 웃음을 유발하기도 하지만, 지하철 게시물에는 삶의 지독한 진실을 담은 내용이 많습니다. 그중에 기억에 남는 것 하나를 요약하자면 이렇습니다.

토끼와 놀고 있던 아이가 엄마에게 물었다. "토끼를 한번에 사로잡아 힘을 못 쓰게 하려면 어디를 잡아야 하나요?" "목덜미나 귀를 잡으면 된단다." 아이를 바라보던 엄마가 물었다. "그런데 애야, 사람을 사로잡으려면 어디를 잡아야 할까?" 아이는 대답을 하지 못한다. 엄마도 답을 가르쳐 주지 않는다. 아이는 어른이 되고, 어머니가 돌아가시고 나서야 답을 깨닫는다. 답은 바로 '마음'이다.

이 글을 적절하게 압축하면 한 편의 시가 될 것입니다. 짤막하면서도 묵직한 진실을 담고 있기 때문이죠. 누구나 살다 보면 깨닫게 되듯, 이 세상에서 가장 어려운 일 중의 하나는 사람의 마음을 붙잡는 일입니다. 물건은 손이나 기계를 이용하면 단단히 움켜쥘 수 있지만 사람의 마음은 그렇지 않습니다. 마음이란 것은 공기나 물과 같아서 잡았다 싶은데도 스르르 손아귀를 빠져나갑니다. 오히려 사로잡으려 애쓰지 않을 때 마음은 공기나 물처럼 우리 곁에 자연스럽게 존재합니다. 너무 단단히 조이거나 독점하려 하면 저만치 달아나 버립니다.

심지어 마음의 향방은 그 마음의 주인조차 알지 못하는 경우도 있습니다. 또 마음이 의지와는 반대로 향하기도 합니다. 타인의 마음은커녕 자신의 마음조차 움켜쥐기 쉽지 않은 것이 인생입니다. 그렇게 제멋대로인 마음을 사로잡으려 뛰어드는 일은 길들지 않은 야생마에 올라타는 것만큼 위험한 일입니다. 자기 자신의 마음도 다잡기 어려우니 다른 이의 마음을 붙잡는 것은 더욱 지난한 일입니다. 그러므로 자신의 마음과 욕망을 돌보는 일이 먼저입니다. 타인의 마음을 붙드는 것은 그다음에나 생각할 일입니다. 이렇듯 승강장에서 보낸 짧은 시간 동안에도 배울 것은 많습니다. 이제 열차에 올라타 볼까요?

어둠이 있는 삶

지하철 열차 안의 일상적 풍경을 담은 작품으로 김기택 시인의 「출퇴근길 풍경」이 있습니다. 이 작품은 두 가지 출퇴근 풍경을 묘사하고 있습니다. 첫 번째 풍경은 '산'으로 대변되는 자연의 출퇴근길이고, 두 번째 풍경은 '지하철'로 대변되는 인간의 출퇴근길입니다. 그런데 전체가 네 연으로 구성된 이 작품은 연의 배치가 흥미롭습니다. 제1연은 자연의 출근길 풍경이고, 제2연은 인간의 출근길 풍경입니다. 이 순서를 따르자면 제3연에 자연의 퇴근길 풍경이, 제4연에 인간의 퇴근길 풍경이 제시되어야 할 것 같은데 실제는 그 반대입니다.

그런데 대상에 초점을 맞추지 않고 그 대상을 통해 말하려는 풍경의 속성을 기준으로 비교하면 이 작품의 구성은 일관됩니다. 즉, 1~4연은 '시끄러운 자연, 조용한 인간, 시끄러운 인간, 조용한 자연' 순으로 배치되어 있습니다. 시끄러움과 조용함이 연거푸 대조되는 방식으로 구성되어 있는 것입니다. 이러한 배치로 인해 '인간과 자연'이라는 대조 못지않게 '시끄러움과 조용함'이라는 대조가 부각됩니다. 또한 1연과 4연에 제시된 자연이 2연과 3연에 제시된 인간 세상을 감싸 안는 형태를 취함으로써, 인간 세상과 자연이 대조적이면서도 결국 인간 세상은 자연에 감싸여 있다는 사실이 강조되기도 합니다. 이렇듯 시행을 어떻게 배치하느냐에 따라 여러 가지 효과가 발생하기 때문에 시를 읽을 때에는 전체적인 구성에도 눈길을 두어야 합니다.

그렇다면 시인은 왜 인간 세상과 자연을 대조하는 기준으로 시끄러움과 조용함을 선택했을까요? 이 작품에서 시끄러움과 조용함은 자연의 순리를 나타냅니다. 아침은 모든 것이 수선거리며 깨어나는 시간이므로 시끄럽습니다. 그와 반대로 저녁은 모든 활동이 정지되는 시간이므로 조용해집니다. 그러나 지하철 풍경에 나타난 인간의 모습은 그와 반대입니다. 깨어나야 할 아침 시간에는 잠에 취해 있고, 잠들어야 할 저녁이 되어서야 활기를 띠기 시작합니다. 도시에 사는 인간은 자연의 순리를 거스르며 사는 셈입니다.

'저녁이 있는 삶'이라는 말이 유행한 적이 있습니다. 제때에 퇴근해서 가족이나 지인과 저녁 시간을 즐기는 삶, 과도한 노동에만 매몰된 삶이 아니라 노동과 휴식이 조화를 이루는 행복한 삶을 대변하는 말이었습니다. 저녁이 없는 삶은 아침이 없는 삶으로 이어집니다. 인간은 자연처럼 저녁이 되면 휴식을 취해야 합니다. 그래야 활기찬 아침을 맞을 수 있습니다. 4연에 제시된 바람의 이미지는 저녁이 되어서야 시끄러워지는 인간의 모습을 떠오르게 합니다. 바람은 나무와 놀자고 보채지만, 나무는 그런 바람을 깊은 어둠으로 잠재웁니다. 저녁이 있는 삶은 곧 어둠이 있는 삶일 것입니다.

달리는 삶을 잠시 멈추고

김광규 시인의 「상행」은 김기택 시인의 「출퇴근길 풍경」이 탄생한 내력을 담고 있는 작품입니다. '상행'은 위쪽으로 올라간다는 뜻인데, 이 작품에서는 지방에서 서울로 올라가는 차편을 의미합니다. 우리나라는 1960년대 후반부터 급속한 도시화가 진행되었습니다. 수많은 사람이 일자리를 찾아 고향을 버리고 서울로 향했습니다. 급격하게 팽창한 도시는 교통 수요를 감당하기 위해 지하철을 놓았고, 그 결과 지금과 같은 출퇴근길 풍경이 나타났습니다.

이 작품은 그 당시 근대화 풍경을 압축적으로 드러내고 있습니다. 열차에서 만난 "낯익은 얼굴들"은 고향을 버리고 도시로 떠난 사람들의 이미지입니다. "원색의 지붕들"과 "파들거리는 TV 안테나들"은 외형과 물질만을 추구하는 근대화와 그로 인해 더욱 불안정한 상태에 놓인 삶들을 떠오르게 합니다. 또 확성기에서 울리는 노랫소리와 고속도로를 달리는 자동차 소리는 기존의 삶을 파괴하면서 급속하게 진행된 근대화를 대변합니다. "증권 시세"와 "축구 경기"는 외형적 성장만을 추구하는 왜곡된 근대화와 그것을 가리려는 우민화 정책을 연상하게 합니다.

20세기 초 한반도에 서양 근대 문명이 도입될 때부터 기차는 근대화의 상징이었습니다. 당시에 도입된 최초의 기차는 지금의 관점에서 보면 무척 느린 속도로 운행했지만 사람들에게는 평생 경험한 적이 없는 엄청난 속도를 맛보게 했습니다. 기차를 타는 일은 새로운 문명에 동참하는 행위와도 같았습니다. 이 작품에서 시인이 근대화의 부정적 면모를 드러내기 위한 공간으로 기차를 선택한 이유도 그러한 역사적 사정과 관련이 있습니다.

그러나 20세기 초부터 이 작품이 발표될 무렵까지 근대화를 위해 기차는 힘껏 달리고 있었지만 그로 인한 부작용 또한 만만치 않았습니다. 시인은 이를 차창에서 발견한 "낯선 얼굴"과 "농약으로 질식한 풀벌레의 울음"과 같은 이미지로 제시합니다. 근대화가 진행되면서 사람들은 새로운 문명에 적응하느라 정체성의 혼란을 겪게 되었고, 자연과 조화를 이루던 삶은 파괴되었습니다. 그런데도 사람들은 근대화의 부정적 면모에 대해서는 눈을 감고, 자신의 안위와 물질적 향락에만 집착하는 소시민적 삶을 이어 가고 있다고 시인은 판단합니다.

이 작품은 반어를 통해 그러한 판단을 더욱 선명하게 드러냅니다. 근대화의 부정적 이면에 대해서는 침묵하고 오직 사적인 이익에만 집착하라고 말함으로써 당시의 부정적인 현실을 풍자합니다. 김광규 시인의 「상행」은 1980년대 초에, 김기택 시인의 「출퇴근길 풍경」은 1990년대 후반에 발표되었습니다. 20년 가까운 격차가 있지만 두 작품이 보여 주는 삶은 그리 다르지 않은 듯합니다. 여전히 사람들은 시끄러워야 할 때는 침묵하고, 침묵해야 할 때는 시끄러운 삶을 이어 가고 있습니다.

그렇다면 어떻게 해야 할까요? 첫머리에 소개한 윤재철 시인의 작품은 김기택 시인과 김광규 시인이 비판적으로 형상화한 삶을 끝내는 법, 즉 근대화와 도시화로 인해 자연과 멀어진 삶에서 벗어나는 방법에 대해 이야기하고 있습니다. 시인은 그것을 "이제 바퀴를 보면 브레이크 달고 싶다"는 간단한 말로 압축합니다. 자기 자신과 자연을 외면하고 오직 달리기만 했던 삶을 멈추어야 한다고 말합니다. 어찌 보면 과격할 수도 있는 주장이지만, 이 작품은 부드럽고 완만한 어투를 통해 그에 동참하고 싶은 욕구를 불러일으키고 있습니다.

흔히 사람들은 자동차의 기본을 '잘 달리고, 잘 돌고, 잘 멈추는 것'이라고 이야기합니다. 빠르게 달리기만 해서는 좋은 자동차라고 말할 수 없습니다. 오히려 그것은 삶을 위협하는 흉기가 될 수도 있습니다. 삶 또한 그러합니다. 쉬지 않고 일만 하거나 목적을 달성하기 위해 결을 돌아보지 않는 삶은 위험합니다. 너무 오래 달렸다 싶으면 브레이크를 밟아야 합니다. 아찔한 속도로 달리는 열차 안에서 멀미가 난다면 내려야 합니다. 그렇게 브레이크를 밟거나 열차에서 내리는 순간이야말로 새로운 삶이 시작되는 때입니다. 열차 바깥에는 더 넓고 아름다운 세상이 있으니까요. 그렇게 다른 세상을 만끽하며 기다리다 보면 다음 열차가 올 테니까요.

함께 읽으면 좋은 시

• 김기택, 「사무원」 사무원으로 살다 사물이 되어 버린 사람.
• 김지하, 「서울길」 마지못해 고향을 등지는 이는 여전하고, 그래서 여전히 뭉클하다.
• 이홍섭, 「터미널 3」 하필 터미널에서, 돌아갈 길을 잃다.

3 장

아름다움의 표현

창밖에 밤비가 속살거려
육첩방(六疊房)은 남의 나라,

시인이란 슬픈 천명(天命)인 줄 알면서도
한 줄 시를 적어 볼까,

땀내와 사랑내 포근히 품긴
보내 주신 학비 봉투를 받아

대학 노—트를 끼고
늙은 교수의 강의 들으러 간다.

생각해 보면 어린 때 동무를
하나, 둘, 죄다 잃어버리고

나는 무얼 바라
나는 다만, 홀로 침전하는 것일까?

인생은 살기 어렵다는데
시가 이렇게 쉽게 씌어지는 것은
부끄러운 일이다.

육첩방은 남의 나라
창 밖에 밤비가 속살거리는데,

등불을 밝혀 어둠을 조금 내몰고,
시대처럼 올 아침을 기다리는 최후의 나,

나는 나에게 작은 손을 내밀어
눈물과 위안으로 잡는 최초의 악수.

— 윤동주, 「쉽게 씌어진 시(詩)」

더 많이 읽고, 더 많이 써야 하는 이유

한글의 과학적 우수성은 거듭 확인된 사실입니다. 영국 옥스퍼드 대학의 연구진이 합리성, 독창성, 실용성 등의 기준에 따라 평가한 결과 1등을 차지한 문자가 한글이라는 사실은 널리 알려진 바 있습니다. 그런데 사실 한글의 과학적 우수성을 따지는 것은 학자들에게나 의미 있는 일입니다. 1등을 했다고 한글 사용자에게 특별한 혜택을 주는 것도 아니고, 가장 우수하다고 해서 한글이 세계 공용의 문자로 쓰일 리도 만무합니다. 또 1등을 차지하지 못한 문자라고 해서 사용하는 데 문제가 있는 것도 아닙니다.

세종대왕의 한글 창제가 우리에게 의미 있는 본질적인 이유는 한글로 인해 우리가 더 나은 세상에서 살게 되었다는 것입니다. 2011년 한글 창제 과정을 다룬 드라마 〈뿌리 깊은 나무〉가 방영되었습니다. 이 드라마에서 세종과 맞서는 사대부 출신 정기준은 한글 창제를 반대하는 이유에 대해 이렇게 말합니다. "백성이 글을 알면 읽고 쓰게 될 것이다. 그것은 즐거운 일이다. 그것은 지혜다. 누구나 지혜를 가지면 쓰고 싶어진다. 무엇을 위해 쓰겠는가? 욕망이다. 그들의 욕망은 결국 정치를 향해 있다. 국가의 정책에 관여하려 할 테고, 그들의 지도자를 스스로 선출하려 할 것이다."

우리 역사에서 백성이 지도자를 스스로 선출하는 정치 체제를 갖추게 할 만큼, 즉 민주주의 성립에 기여할 정도로 한글이 영향을 미쳤다고 보기는 어렵습니다. 세종대왕의 노력에도 불구하고 모든 백성이 한글을 자유자재로 활용하기까지는 오랜 시간이 걸렸습니다. 그러나 서양의 경우 문자의 보급이 정치 체제의 변화에 결정적인 영향을 미쳤다는 것은 분명한 사실입니다. 종교 개혁과 여러 정치 혁명을 거치면서 서구에 현대적 민주주의가 정착하게 된 것은 평범한 민중이 글을 깨치면서 시작되었습니다. 글을 깨치면 스스로 지혜를 얻을 수 있고, 그렇게 쌓인 지혜는 정치적 각성의 원동력이 됩니다. 욕망은 표현될 때에만 인식되고 실현될 수 있으며, 욕망의 표현을 위한 가장 유력한 수단이 바로 문자입니다.

조선 시대 사대부 계급이 한글 창제를 반대한 것과 마찬가지로, 서구에서도 지배 계층은 피지배 계층이 자유자재로 문자를 사용하게 될까 봐 두려워했습니다. 레이먼드 윌리엄스(Raymond Williams)라는 문화 이론가에 따르면, 산업 혁명 초기 영국에서 교육 조직이 개편될 때 지배 계층은 노동자 계층에게 읽는 능력은 가르쳐 주되 쓰는 능력은 가르쳐 주지 않으려 했다고 합니다. 읽는 능력을 가르쳐 주면 지시 사항을 전달하는 데 효과적이고 『성서(Bible)』를 읽혀 사회도덕을 전파하는 데에도 유리합니다. 그러나 노동자 계급이 쓰는 능력까지 획득하면 지배 계층에 위협이 될 수도 있습니다. 쓸 줄 안다는 것은 욕망을 표현할 수 있다는 것이고, 욕망은 표현할수록 커져서 마침내 지배 계층도 감당할 수 없을 정도가 되면 급격한 사회 변동, 예컨대 혁명 같은 일들이 벌어집니다.

우리 조상들은 서양의 구텐베르크(Gutenberg)에 앞서 금속 활자를 발명했지만, 그것을 활용하여 평범한 사람들에게 지식을 전파하지는 못했습니다. 고려 시대에 금속 활자를 이용하여 펴낸 책들은 한자를 익힌 계층만 읽을 수 있었습니다. 반면에 구텐베르크의 인쇄술은 누구나 쉽게 읽을 수 있는 책을 펴내는 데 기여함으로써 사람들이 자신에게 주어진 정당한 권리를 인식하는 데 기여했습니다. 금속 활자의 발명은 우리 조상들이 구텐베르크보다 200년 앞섰지만, 우리의 경우 인쇄술이 미친 영향력은 미미했습니다.

피지배 계층이 자신의 권리를 인식하는 데 한글이 기여하기까지는 상당한 시간이 걸렸습니다. 그러나 한글이 없었다면 우리가 자유롭고 평등한 세상에서 살기까지는 더 오랜 시간이 걸렸을 것입니다. 누구나 쉽게 배울 수 있는 한글로 인해 평범한 사람들도 읽고 쓰면서 자신의 목소리를 내는 당당한 국민으로 살 수 있게 되었고, 지식을 쌓아 국가를 발전시킬 수 있었습니다.

그러므로 한글날은 세종대왕의 업적을 기리고 한글의 우수성을 되새기는 날에 그쳐서는 안 됩니다. 그보다 더 중요한 한글날의 의미는 이날이 모든 사람이 평등하게 역사의 주인공이 될 수 있는 유력한 수단을 얻게 된 날이라는 점입니다. 한글로 인해 우리는 더 나은 세상에서 살게 되었고 앞으로도 그럴 것입니다. 그러므로 더 많이 읽고 더 많이 쓰는 것, 그리하여 정치가들이 국민의 욕망을 무시하지 못하게 하는 것, 모두가 자유롭고 평등한 세상을 만드는 것, 그것이 바로 한글날을 기념하는 가장 바람직한 방법입니다.

어두운 시대에 작가가 할 일

윤동주의 「쉽게 씌어진 시」는 감상하기 어렵지 않습니다. 읽어 내려가는 것만으로 화자가 어떤 처지에 놓여 있고 어떤 감정을 느끼고 있는지 단박에 알아차릴 수 있습니다. 일본식 방인 '육첩방'이 '남의 나라'라는 진술은 식민지 지배에 대한 저항 의식과 민족 감정을 직설적으로 드러냅니다. 어둠과 아침이라는 대조적 의미의 시어들에서는 희망찬 미래에 대한 기대와 희생의 의지를 느낄 수 있습니다. 또 이 작품에 짙게 깔려 있는 부끄러움도 윤동주 시에 자주 나타나는 감정입니다. 윤동주가 남긴 대부분의 시가 그렇듯이 이 작품도 '쉽게 읽히는 시'입니다.

그러나 제목과는 달리 이 작품은 '쉽게 씌어진 시'가 아닙니다. 시인이 어둠 속에서 시가 너무나 쉽게 써진다며 부끄러움과 자책감을 느끼는 것처럼, 그 당시는 쉽게 시를 쓸 수 있는 시기가 아니었습니다. 일제 강점기 내내 그랬지만, 특히 윤동주가 시를 쓸 무렵 일제의 억압은 절정에 달했습니다. 1937년, 일제는 중일 전쟁을 일으켰습니다. 중일 전쟁은 일제가 군사비 확대로 인한 경제 파탄을 막기 위해 일으킨 전쟁으로, 이후 미국과의 태평양 전쟁으로 이어졌습니다.

일제는 전쟁을 일으키기에 앞서 전쟁터의 후방인 조선을 안정적으로 관리할 필요가 있었습니다. 이를 위해 일제는 관동군 사령관 출신으로 만주를 훤히 꿰뚫고 있었던 미나미 지로[南次郎]를 조선의 새 총독으로 임명했습니다. 미나미는 권세욕에 불타고 잔인하며 성격이 표독하다고 알려진 인물이었습니다. 식민지에서 모든 항일 운동을 근절시키고 조선을 병참 기지로 만드는 것이 그의 임무였습니다. 그는 3·1운동 이후 전임 총독들이 유지해 왔던 이른바 '문화 통치'를 폐기하고 '황국 신민화' 정책을 전면에 내걸었습니다. 그리고 조선과 일본을 동등하게 대우할 것을 천명했지만, 이는 명분에 불과했습니다. 일본식 성명 강요, 조선어 사용 금지, 신궁 참배 강요, 조선인 징병제 신설 등 일제 최악의 만행들이 그가 부임하고 나서 해방될 때까지 지속되었습니다.

문인들의 상황도 위태로웠습니다. 1940년 8월 《동아일보》와 《조선일보》가 폐간된 데 이어 이듬해 봄에는 문예지 《문장》도 폐간되면서 작가들의 창작 환경은 크게 위축되었습니다. 일제에 협력하는 글을 쓰거나 절필하는 것, 그 당시 조선의 작가들이 선택할 수 있는 것은 둘 중 하나밖에 없었습니다. 많은 작가가 일제에 협력했고, 그나마 결기가 있던 작가들은 창작을 중단했습니다. 윤동주처럼 그 기간 내내 꾸준히 저항 의식이 드러난 작품을 써낸 작가는 매우 드물었습니다. 한글로 시를 쓴다는 일 자체가 작가로서는 일제에 대한 최고의 저항으로 비치던 때였습니다.

윤동주는 1945년 27세의 나이로 옥중에서 요절했고, 1948년 그의 유고 시집 『하늘과 바람과 별과 시』가 발간되었습니다. 시인 정지용이 이 시집의 서문을 썼는데, 그는 이렇게 적었습니다.

일제 시대에 날뛰던 부일 문사(附日文士) 놈들의 글이 다시 보아 침을 뱉을 것뿐이나 무명 윤동주가 부끄럽지 않고 슬프고 아름답기 한이 없는 시를 남기지 않았나? 시와 시인은 원래 이러한 것이다.

정지용은 일제에 협력하는 대신 절필을 선택했습니다. 아무렇지 않은 듯 친일 작품을 써내고 젊은이들에게 전쟁터에 나가라고 선동했던 작가들에 비하면 양심을 지킨 편이었지만, 정지용 역시 윤동주 앞에서는 부끄러움을 느꼈던 모양입니다. 그는 윤동주만큼 꾸준히 우리말로 창작을 이어 가지는 못했기 때문입니다. 윤동주에 대한 정지용의 평가는 우리말과 글이 얼마나 소중한지, 어두운 시대에 작가는 무엇을 해야 하는지에 대해서 생각하게 합니다. 일제 강점기의 수많은 시인 가운데 윤동주보다 뛰어난 시인은 많습니다. 하지만 그 시절 윤동주만큼 창작을 통해 치열한 저항 의식을 드러낸 시인은 이육사 외에는 없습니다. 그것이 바로 우리가 윤동주를 기억하고 그의 시를 읽어야 하는 이유입니다.

1940년대에는 윤동주만큼 치열하게 창작에 임하지는 못했지만, 정지용은 시를 통해 우리말을 갈고닦는 데 누구보다 애쓴 시인이었습니다. 그는 「시의 옹호」라는 산문에서 문자와 언어에 대해 혈육과 같은 정을 느끼지 않고서는 시를 사랑할 수 없다고 말했습니다. 우리말과 글에 대한 애정과 그것을 아름답게 만들어 내려는 열정 없이는 시인이 될 수 없다는 의미입니다. 그래서 정지용의 시를 읽으면 시어 하나하나가 마치 세심하게 새기고 깎은 조각 같다는 느낌이 듭니다.

정지용의 초기 작품 중에 「말 1」이라는 시가 있습니다. 이 시기 그는 동시도 여러 편 창작했는데, 「말 1」 역시 동시 같은 느낌이 듭니다. 이 작품을 쓸 무렵 정지용은 일본 교토[京都]에 있는 도시샤[同志社] 대학에서 영문학을 공부하고 있었습니다. 아내와 아들을 남겨 둔 채 홀로 유학을 떠났던 정지용은 고향에 대한 그리움에 시달렸다고 합니다. 많은 사람에게 널리 알려진 「향수」라는 작품을 발표한 것도 이 무렵입니다. 「말 1」에서도 그러한 감정을 느낄 수 있습니다. 화자는 슬픈 얼굴을 하고 밤마다 먼 곳을 바라보는 말을 통해 자신의 감정을 드러냅니다. 그 역시 먼 곳에 대한 그리움으로 슬퍼하고 있기 때문입니다.

가장 아름다운 우리말

그런데 고향에 대한 그리움 혹은 이상향에 대한 동경을 표현한 이 작품을 특별히 좋아한 작가가 있었습니다. 바로 「오감도」를 썼던 이상입니다. 그는 「나의 애송시」라는 짤막한 글에서 "지용의 「유리창」, 또 지용의 「말 1」 중간 '검정 콩 푸렁 콩을 주마'는 대문이 저에게는 한량 없이 매력 있는 발성입니다"라고 말했습니다. 「실화」라는 소설에서는 「말 1」의 한 대목을 인용하기도 했고, 「아름다운 조선말」이라는 글에서도 역시 「말 1」을 언급했습니다.

무관(無關)한 친구가 하나 있대서 걸핏하면 성천(成川)에를 가구 가구 했습니다. 거기서 서도인(西道人) 말이 얼마나 아름답다는 것을 깨쳤습니다.

들어 있는 여관 아이들이 손(客)을 가리켜 '나가네'라고 그러는 소리를 듣고 '좋은 말이구나' 했습니다. 나같이 표표한 여객(旅客)이야말로 '나가네'란 말에 딱 필적하는 것같이 회심(會心)의 음향이었습니다. 또 '누깔사탕'을 '댕구알'이라고들 그럽니다. '누깔사탕'의 깜찍스럽고 무미(無味)한 어감에 비하야 '댕구알'이 풍기는 해학적인 여운이 여간 구수하지 않습니다.

그리고 어서 어서 하고 재촉할 제 '엉야ㅡ' 하고 콧소리를 내어서 좀 길게 끌어 잡아댕기는 풍속이 있으니 그것이 젊은 여인네인 경우에 눈이 스르르 감길 듯이 매력적입니다.

그리고는 지용(芝溶)의 시 어느 구절엔가 '검정 콩 푸렁 콩을 주마' 하는 '푸렁' 소리가 언제도 말했지만 잊을 수 없는 아름다운 말솜씨입니다.

불초(不肖) 이상(李箱)은 말끝마다 참 참 소리가 많아, 늘 듣는 이들의 웃음을 사는데 제 딴은 참 소리야말로 참 아름다운 화술인 줄 믿고 그리는 것이어늘 웃는 것은 참 이상한 일입니다.

ㅡ 이상, 「아름다운 조선말」(《중앙》, 1936) 중에서

이 글은 이상이 평안북도 성천에서 요양했던 경험을 담고 있습니다. 1936년 《중앙》이라는 잡지에서 작가들을 대상으로 아름다운 우리말 다섯 가지를 꼽아 달라고 부탁했습니다. 이에 이상은 성천에서의 경험을 이야기하며 '나가네, 댕구알, 엉야' 등의 평안북도 방언과 함께 정지용의 「말 1」에 나오는 '푸렁'을 들고 있습니다. 여러 번 거듭해서 "검정 콩 푸렁 콩을 주마"라는 구절을 언급하고 있는 것을 보면, 이상은 그 말에 무척이나 매료되었던 모양입니다.

의미만으로 따지면 "검정 콩 푸렁 콩을 주마"는 심오하거나 상징적인

구절이 아닙니다. 말에 대한 화자의 동정과 공감이 담겨 있을 뿐입니다. 그런데도 왜 이상은 그 구절을 여러 번 언급했을까요? 시의 아름다움은 의미에만 있지 않기 때문입니다. 음악이 소리의 아름다움을 드러내는 것처럼 시 역시 소리의 아름다움을 증폭시키려 합니다. 깊은 의미가 담겨 있지 않을지라도 어떤 소리들은 아름답습니다. 그 소리를 발음하기만 해도 기분이 좋아지고 행복해집니다. 그런 소리들을 발견하는 일은 시를 읽는 즐거움 가운데 하나입니다. 특히 고전 시가와 달리 엄격한 운율을 따르지 않는 현대 시에서 소리의 아름다움은 시에 음악성을 부여하는 주요한 방법이기도 합니다. 이상에게는 "검정 콩 푸렁 콩을 주마"가 소리의 아름다움을 극명하게 보여 준 구절이었습니다.

제아무리 '글로벌 시대'가 되었더라도 우리말과 한글을 버릴 수는 없습니다. 우리말은 지금의 우리가 우리로서 존재할 수 있게 한 가장 핵심적인 것이고, 한글이야말로 우리의 내면을 가장 정확하게 드러낼 수 있는 문자이기 때문입니다. 또 우리말과 한글은 한국인이 느낄 수 있는 소리의 아름다움을 가장 잘 나타내는 수단이기도 합니다. 여러분도 이상처럼 아름다운 우리말을 꼽아 보기 바랍니다. 그리고 그 말들을 자주 사용해 보기 바랍니다. 그것이 바로 한글날을 기념하는 방법이고, 하루를 시적으로 사는 방법입니다.

함께 읽으면 좋은 시

- 김민정, 「피해라는 이름의 해피」 웃다가 울게 되는, 묵직한 말장난.
- 윤동주, 「별 헤는 밤」 불러 보고 싶은 아름다운 말 한 마디가 생긴다.
- 정지용, 「말 2」 말을 다루는 정지용의 탁월한 솜씨를 느낄 수 있다.

가난한 내가

아름다운 나타샤를 사랑해서

오늘 밤은 푹푹 눈이 나린다

나타샤를 사랑은 하고

눈은 푹푹 날리고

나는 혼자 쓸쓸히 앉아 소주를 마신다

소주를 마시며 생각한다

나타샤와 나는

눈이 푹푹 쌓이는 밤 흰 당나귀 타고

산골로 가자 출출이 우는 깊은 산골로 가 마가리에 살자

눈은 푹푹 나리고

나는 나타샤를 생각하고

나타샤가 아니 올 리 없다

언제 벌써 내 속에 고조곤히 와 이야기한다

산골로 가는 것은 세상한테 지는 것이 아니다

세상 같은 건 더러워 버리는 것이다

눈은 푹푹 나리고

아름다운 나타샤는 나를 사랑하고

어데서 흰 당나귀도 오늘 밤이 좋아서 응앙 응앙 울을 것

이다

—백석, 「나와 나타샤와 흰 당나귀」

눈에서는 소리가 난다

대학에 다니던 시절 전설처럼 전해지던 이야기가 있었습니다. 어느 학과에 매우 낭만적인 교수가 있었다고 합니다. 강의할 때 분위기도 남달랐지만, 특히나 그 교수를 유명하게 만든 것은 학생들에게 부여하는 과제물이었습니다. 과제물에는 제출해야 할 날짜가 있게 마련인데, 그 교수는 과제물 제출 날짜를 늘 이렇게 안내했다고 합니다. "첫눈 오는 날 제출할 것."

학생 가운데 누구도 왜 하필 첫눈이 오는 날 과제를 제출해야 하는지 몰랐습니다. 교수도 그 이유를 설명하지 않았죠. 학생들의 반응은 제각각이었습니다. 학기가 끝날 때까지 첫눈이 오지 않으면 과제를 제출하지 않아도 된다는 생각에 쾌재를 부르는 이들도 있었고, 반대로 몇몇은 혹시 그해에는 첫눈이 일찍 내리면 어떻게 하나 하는 걱정에 사로잡혔습니다. 감수성이 예민한 학생들은 첫눈 오는 날에 특별한 의미를 부여한 교수의 낭만적인 모습에 큰 감명을 받았습니다. 반면에 매사에 논리적인 모범생들은 깊은 고민에 빠졌습니다. 어디에서 내리는 눈을 첫눈의 기준으로 삼아야 할지, 얼마만큼 눈이 내려야 하는지 모호했기 때문이죠.

여러 의문에도 불구하고 그 교수의 과제는 꽤 오랫동안 이어졌다고 합니다. 제게 그 교수에 대해 이야기하던 선배의 모습이 아직도 떠오룹니다. 그는 첫눈이 얼마나 각별한 의미를 지니고 있는지 설명하면서 그 교수의 이야기를 꺼냈습니다. 첫눈이 내리면 다 함께 모이자는 당부도 잊지 않았죠. 그러나 첫눈이 오던 날 정작 그 선배는 모임에 나타나지 않았습니다. 나중에 들은 바로는 동료와 후배들을 따돌리고 연인과 데이트를 즐겼다고 합니다.

요즘에는 어느 교수도 그 낭만적인 교수처럼 과제를 내 주지 못할 것입니다. 그처럼 불명확하게 과제를 부여했다가는 학생들의 거센 항의에 시달릴 것이 뻔합니다. 그렇지만 예전의 그 선배처럼 첫눈이 오기를 간절히 기다리는 사람은 여전히 많습니다. 실제로 첫눈이 내리면 휴대 전화 통화량이 급격히 늘어난다고 합니다. 저마다 가까운 사람들에게 첫눈 소식을 전하고 예정에 없던 약속을 잡느라 분주해지니까요.

그런데 생각해 보면 이상한 일입니다. '첫비'가 내렸다고 호들갑을 떠는 사람은 없습니다. 물론 비는 사계절 내내 내리므로 겨울 한철만 내리는 눈에 비하면 '첫비'의 의미는 각별하지 않습니다. 또 비는 어느 지역에서나 볼 수 있지만, 눈이 내리는 지역은 한정되어 있습니다. 제가 사는 우리나라 동남쪽 해안 지역에서는 1년에 겨우 한두 번 정도, 그것도 운이 좋아야만 눈을 구경할 수 있습니다. 하지만 사람들이 '첫비'보다 '첫눈'을 특별하게 여기는 데에는 그것 말고도 이유가 더 있습니다.

무엇보다도 우리가 눈을 특별하게 생각하는 이유는 눈이 하얗기 때문입니다. 흰색은 어느 문화권에서나 단순함, 순수함, 정결함 등을 상징합니다. 결혼식에서 신부가 흰색의 드레스를 입는 것은 흰색이 기존의 생명이 죽고 새로운 생명으로 탄생하는 것을 상징하기 때문입니다. 장례식에서 흔히 보이는 흰색 또한 저승에서의 새로운 삶을 의미한다고 합니다. 20세기 초까지 흰색 속옷을 가장 즐겨 입었던 것도 흰색이 순수함과 정결함을 의미하기 때문이죠.

눈은 세상을 하얗게 만듭니다. 눈으로 인해 세상은 잠시나마 단순해지고 순수해집니다. 그런 풍경을 바라보고 있는 우리의 마음 또한 때 묻지 않은 순수한 상태를 회복하게 됩니다. 각박한 현실로 인해 잊히거나 감춰 두었던 꿈과 환상들이 하얗게 변한 세상으로 인해 새롭게 피어납니다. 여러 상처를 견디느라 무뎌진 감수성이 사춘기로 되돌아간 듯 예민해집니다. 첫눈과 함께 보냈던 과거의 추억도 새록새록 떠오릅니다. 비나 눈이나 결국 물이지만 비는 우리를 어둡게 만드는 반면, 눈은 우리를 밝게 변화시킵니다. 그 밖에 눈이 우리에게 각별한 이유는 더 있을 것입니다. 그리고 그것에 대해 가장 잘 말하고 있는 이는 역시 시인들입니다.

「나와 나타샤와 흰 당나귀」는 백석 시인의 시 가운데 가장 널리 알려진 작품에 속합니다. 한 번이라도 누군가를 간절히 그리워한 적이 있는 사람이라면 누구나 이 작품에 공감할 수 있습니다. 사랑을 가로막는 현실을 "세상 같은 건 더러워 버리는 것이다"라는 말로 단숨에 내치는 결기에 속이 후련해집니다.

이 작품에서 화자는 자신의 사랑을 용납하지 않는 현실을 버리고 먼 곳으로 떠나려 합니다. '나타샤'라는 이국적인 이름과 흰 당나귀가 우는 환상적인 풍경으로 인해 그 먼 곳은 세상에 존재하지 않는 이상 적인 공간처럼 다가옵니다. 이 작품에서 '나타샤'가 실제로 어떤 여인 을 가리키는지에 대해서는 여러 의견이 있습니다. 그런데 이 작품의 '나타샤'는 백석이 사랑했던 모든 여인, 또는 백석이 이상으로서 꿈꾸 던 환상 속의 여인으로 보는 것이 적절합니다. '나타샤'가 누구인지 알 지 못해도 사랑에 어려움을 겪고 있는 자의 아픈 심정만은 분명히 느 낄 수 있기 때문입니다.

이 작품을 한층 더 매력적으로 만드는 것은 '푹푹'이라는 말입니다. 어떻게 눈이 푹푹 내릴까요? 아마도 그에 대해서는 사람마다 의견이 갈릴 테지만, 누구나 이 작품을 읽고 나면 눈이 내릴 때마다 '푹푹'이 라는 말을 떠올릴 것입니다. 심지어 안도현 시인은 그 구절을 언급하 면서 "첫눈이 내리는 날, 사랑하는 사람을 만나고 싶다는 말은 백석 이후에 이미 죽은 문장"이라고 호평하기도 했습니다. 좋은 시는 한 번 만 읽어도 그 구절들이 마음에 들어와 박히고, 굳이 기억해 내려 애쓰 지 않아도 그 말들이 입가를 맴돕니다. 이 작품을 좋아하고 기억하는 사람들이 많은 것도 그러한 까닭일 것입니다.

'푹푹'과 '싸륵싸륵'

흔히 우리는 눈 내리는 풍경은 시각으로 감상하는 것이 전부라고 생각합니다. 그러나 처마를 두드리는 빗방울 소리가 세상의 그 어느 음악보다 아름답듯이 눈 내리는 풍경 속에도 음악이 있습니다. 그 또한 빗소리 못지않게 매력적입니다.

손택수 시인의 「묵죽」이라는 작품 또한 눈 내리는 풍경을 소재로 하고 있습니다. 그리고 이 작품에서도 역시 소리가 들립니다. 이 시에서는 눈 녹는 소리를 '싸륵싸륵'이라고 표현하고 있습니다. 여러분은 눈 녹는 소리를 들어 본 적이 있나요? 눈이 녹는 모습은 쉽게 떠올릴 수 있지만 눈 녹는 소리는 상상하기 어렵습니다.

백석 시인의 「나와 나타샤와 흰 당나귀」를 읽고 나면 눈이 내릴 때마다 '푹푹'이라는 소리가 떠오르듯이 이 작품을 읽고 나면 '싸륵싸륵' 눈이 녹는 소리가 들릴 것입니다. 그것만으로도 이 작품의 가치는 충분합니다. 독자들의 감각을 확장시켜 새로운 세계를 열어 보이고 있기 때문입니다. 시 한 편으로 인해 세상을 달리 볼 수 있다는 것은 대단한 일이 아닐 수 없습니다. 아마도 그것은 다시 태어나는 것만큼 어렵고 신비로운 일일지도 모릅니다.

이 작품의 또 다른 매력은 어린 화자의 눈에 비친 풍경을 그리고 있다는 점입니다. 그 풍경 속에서 시간은 조금씩 흘러갑니다. 눈이 내리고, 그 눈길을 걸어 할머니가 시장으로 향합니다. 화자는 할머니가 하얀 눈을 밟으며 만드는 길을 먹으로 그린 대나무 그림 같다고 말합니다. 할머니가 그린 대나무 그림을 따라 실제로 눈 속에 감춰져 있던 대나무 이파리들이 서서히 모습을 드러냅니다.

평범한 할머니의 걸음은 눈길을 배경으로 그림이라는 예술로 피어납니다. 또한 할머니의 걸음은 대나무 이파리와 같은 생명을 솟구치게 하는 것이기도 합니다. 할머니의 걸음을 보고 있는 화자의 마음도 경건해집니다. "대나무 허리가 우지끈 부러지지 않을 만큼/ 꼭 그만큼씩만" 눈이 오는 소리를 듣겠다는 화자의 말에서 할머니와 생명과 예술을 소중하게 여기는 마음을 엿볼 수 있습니다.

그러나 굳이 여러 설명을 덧붙이지 않아도, 이 시를 읽고 있으면 평범한 풍경을 예술로 만들어 내는 시인의 발상에 놀라게 됩니다. 눈 내리는 풍경이 이토록 거룩하고 아름다울 수 있다는 사실을 발견하게 됩니다. 거기에 더해 '싸륵싸륵' 눈 녹는 소리까지 들을 수 있게 되었으니, 참으로 고마운 시가 아닐 수 없습니다.

물론 눈 내리는 풍경이 아름다울 리만은 없습니다. 김기택 시인의 「눈 녹으니」라는 작품은 앞서 살펴본 두 작품과는 분위기가 딴판입니다. 눈과 관련된 풍경을 다루고 있다는 점은 공통적이지만, 이 작품에 드러난 풍경은 아름답기는커녕 공포스러울 지경입니다.

시인은 눈 녹는 모습을 낡은 페인트가 벗겨지는 모습으로 묘사합니다. 페인트는 어떤 사물을 보호하고 아름답게 꾸미기 위한 것입니다. 그러나 시간이 흘러 수명이 다하면 결국 누더기처럼 부서져 나갑니다. 누더기처럼 부서지는 페인트도 흉물스럽지만, 페인트가 누더기처럼 벗겨진 사물 또한 보기 흉합니다. 눈이 녹으며 드러난 풍경 또한 마찬가지입니다. 이 작품은 눈이 녹은 뒤의 달동네 풍경을 사실적으로 묘사하고 있습니다. 눈이 녹으면서 순백의 눈으로 가려져 있던 가난하고 신산한 삶의 풍경이 고스란히 모습을 드러냅니다. 지나가는 차에 으깨지는 눈을 "녹는다 문드러진다 진물 흘린다 질척거린다"와 같이 묘사한 부분은 눈에 의해 피어난 하얀 세상이 부서지기 쉬운 환상에 지나

지 않음을 상기시킵니다. '백설공주'처럼 아름답게 피어났던 세상은 얼마 지나지 않아 해골 같은 모습을 드러냅니다.

눈을 싫어하는 사람들이 있습니다. 내릴 때에는 좋지만, 많이 쌓이면 통행이 불편하고 녹으면 질척거린다는 이유에서입니다. 그러나 그들이 눈을 싫어하는 진짜 이유는, 그것이 녹을 때마다 우리에게 아픈 현실을 직시하게 만들기 때문입니다. 아름다움의 이면에 처절한 괴로움과 고통이 있다는 사실을 깨닫게 하기 때문입니다. 애써 부인하려 하지만 그것은 엄연한 진실입니다. 가난하고 소외된 이들에게 눈은 지독한 추위와 맞닥뜨리게 하는 현실일 뿐입니다. 그래서 이 작품을 읽고 나면 눈 내리는 풍경의 이면과 눈이 만들어 내는 환상 너머에서 들리는 현실의 소리에 대해서 생각하게 됩니다.

눈에서는 여러 소리가 납니다. 그것은 희망적이고 환상적이고 아름다운 소리이기도 하고, 절망적이고 현실적이고 기괴한 소리이기도 합니다. 물론 우리는 그 모든 소리를 다 들을 수 있어야 합니다. 모순을 이루는 두 소리 모두 삶의 진실을 담고 있으므로 그것을 온전히 들어야 시적이고 인간적인 삶을 살 수 있습니다.

함께 읽으면 좋은 시

• 이시영, 「싸락눈 내리는 저녁」 싸락눈이 부른, 누군가 내 생을 다 살아버렸다는 느낌.

• 이장욱, 「겨울에 대한 질문」 함부로 겨울은 오지 않는데, 혼자 겨울인 사람이 있다.

• 최하림, 「아무 생각 없이 겨울 풍경 그리기」 '아무 생각 없이'라는 말을 믿을 사람은 없다.

서울은 나에게 쌀을 발음해 보세요, 하고 까르르 웃는다
또 살을 발음해 보세요, 하고 까르르 까르르 웃는다
나에게는 쌀이 살이고 살이 쌀인데 서울은 웃는다
쌀이 열리는 쌀나무가 있는 줄만 알고 자란 그 서울이
농사짓는 일을 하늘의 일로 알고 살아온 우리의 농사가
쌀 한 톨 제 살점같이 귀중히 여겨 온 줄 알지 못하고
제 몸의 살이 그 쌀로 만들어지는 줄도 모르고
그래서 쌀과 살이 동음동의어라는 비밀을 까마득히 모른 채
서울은 웃는다

— 정일근, 「쌀」

웃음의 뒷맛

2000년대 초반부터 한동안 조직폭력배가 주인공인 영화가 흥행한 적이 있습니다. 〈친구〉와 같은 영화도 있었지만 대부분 코미디 영화였습니다. 그 당시 영화 평론가들은 이른바 '조폭 코미디' 영화의 범람을 우려했습니다. IMF 사태 이후 실직으로 무너진 가장의 자리를 돈이라는 새로운 힘이 대체하는 현상이 조폭 코미디에 반영되어 있다는 분석이 많았습니다. 또 우리 사회에 감춰져 있던 부정적인 측면인 폭력성, 패거리주의, 남성성에 호소하고 있다는 점에서 걱정스럽다는 지적도 있었습니다.

그런데 영화 평론가들이 혹평했던 조폭 코미디에 왜 대중은 그렇게 열광했을까요? 코미디는 흔히 어리석은 인물, 주변인, 소수자 등을 주인공으로 삼습니다. 피에로가 그렇고, 찰리 채플린과 미스터 빈이 그렇고, 이주일과 심형래가 그렇습니다. 코미디의 고전적 이론에 따르면 사람들이 웃는 이유는 어리석은 인물들의 우스꽝스러운 모습을 바라보면서 자신이 그들보다 우월하다는 사실을 확인하기 때문이라고 합니다. 물론 이런 식의 코미디는 편 가르기를 조장하고 소수자에 대한 부정적인 인식을 강화할 수 있다는 점에서 바람직하다고 보기 어렵습니다. 오히려 똑똑하고 잘난 척하는 지배층을 바보로 만들어 버림으로써 그들의 위선을 폭로하고 비판하는 것이 애초에 코미디가 생겨난 의

도였습니다.

그러나 주변인이나 소수자 들 또한 기존의 가치나 고정 관념을 순식간에 낯선 것으로 만들 수 있습니다. 그들에 의해 신성한 가치나 권위가 추락할 때도 웃음이 터져 나옵니다. '블랑카'라는 외국인 노동자가 등장하는 코미디가 있었습니다. 이 코미디에는 우리 사회의 약자인 외국인 노동자가 등장하지만, 비난의 화살은 오히려 우리 사회를 향하고 있습니다. 관객과 시청자 들은 블랑카를 비웃는 것이 아니라 블랑카를 괴롭히는 악덕 경영자들과 외국인 노동자를 차별하는 우리 자신을 비웃습니다. 블랑카가 만들어 내는 웃음의 뒷맛이 씁쓸했던 이유도 그 때문입니다.

풍자의 화살이 허위에 가득 찬 지배층에게 향하지 못하는 이유는 지배층에 대한 풍자에는 위험 부담이 따르기 때문입니다. 그러나 조직폭력배와 같은 주변인이나 사회적 약자에 대한 풍자는 비교적 뒤탈이 없습니다. 그들은 자신이 웃음거리가 되었다고 항의하지 않습니다. 그들의 면전에서만 아니라면 그들을 마음껏 비웃어도 크게 걱정할 필요가 없죠. 그런 면에서 조직폭력배는 코미디의 주인공이 될 자격이 충분합니다. 그들은 주로 음지에서 생활하는 주변인들입니다. 흔히 접할 수 없고, 그들 세계의 법칙 또한 단편적으로 알려져 있을 뿐입니다.

흥미로운 점은 영화에 나오는 조직폭력배들은 대개 사투리를 쓴다는 사실입니다. 간혹 표준어를 쓰는 조직폭력배도 등장하는데, 이는 그가 대학을 나와 조직과 어울리지 않거나 그 세계를 떠나려는 인물임을 상징합니다. 조직폭력배들이 사투리를 쓰는 것은 그들이 주변인이나 소수자임을 드러내는 중요한 장치입니다. 그들은 법과 제도, 일상과 같은 평균적이거나 정상적인 것들로부터 멀리 있습니다. 우리 코미디에서는 잔인하게도 이런 인물들, 즉 동성애자나 장애인 등 사회적 약자나 소수자를 웃음의 대상으로 삼는 경우가 많았습니다.

조직폭력배 이외에도 영화나 드라마에서 사투리를 쓰는 사람은 거의 하층민입니다. 학교 교육을 제대로 받지 못한 이들이나 범죄자들이 주로 사투리를 쓰는 것으로 설정되어 있습니다. 이러한 설정은 사투리와 지방에 대한 편견에 기초하고 있습니다. 우리나라에는 너무나 많은 것이 서울에 편중되어 있습니다. 편견과 차별을 바탕으로 한 이른바 '서울 중심주의'는 지방에 대한 왜곡된 이미지들을 만들어 내고, 그 중심에 사투리가 있습니다. 개그 프로그램에서 우스꽝스러운 인물들이 사투리를 쓰는 것도 그러한 까닭입니다. 표준어를 쓰는 사람들은 사투리를 쓰는 사람들보다 우월하다는 편견에 사로잡혀 있고, 사투리를 쓰는 사람들은 어떻게든 표준어를 익히려고 애씁니다.

모든 차별이 다름의 관계를 우열의 관계로 오인하는 데서 비롯되듯이 표준어와 사투리의 관계 또한 마찬가지입니다. 표준어는 사용하기 편리할 뿐 사투리보다 우월하지는 않습니다. 또 의사소통이 조금 불편하다는 이유로 사투리가 사라지는 일을 당연시해서도 안 됩니다. 사투리에는 표준어로 표현할 수 없는 또 다른 진실과 진심이 담겨 있기 때문입니다.

사투리에 담긴 진실

정일근 시인의 「쌀」은 서울 사람들이 경상도 사람들에게 했던 몹쓸 장난을 소재로 하고 있습니다. 경상도 사투리에서는 'ㅆ'을 된소리로 발음하지 못하고 'ㅅ'으로 발음합니다. 요즘에는 여러 매체를 통해서 표준어를 익힐 수 있기 때문에 경상도 사람들도 대부분 된소리를 제대로 발음하지만 전에는 그렇지 못한 사람이 많았습니다. 그래서 대학에서 방언학을 가르칠 때 경상도 출신 학생들이 애꿎게 피해를 보기도 했습니다. 영남 방언의 특징을 설명하기 위해 교수가 경상도 출신 학생을 지목해 '쌀'을 발음해 보라고 요구하는 경우가 많았습니다. 그럴 때마다 경상도 출신 학생은 다른 지역 학생들에게 웃음거리가 되곤 했죠.

시인은 그런 장난에 담긴 서울 사람들의 편견과 무지를 지적하고 있습니다. 시인은 경상도 사람들에게 '쌀'과 '살'은 동음동의어라고 말합니다. 두 말은 음도 같고 뜻도 같다는 것입니다. 예로부터 '농자천하지대본(農者天下之大本)'이라 하여 농업을 중시했던 우리 조상들에게 쌀은 자신의 생명과도 같이 귀중한 것이었습니다. 쌀은 곧 자신의 살이나 마찬가지였습니다. 시인은 경상도 사투리에서 쌀을 살로 발음하는 데에는 그러한 유구한 전통이 남아 있기 때문이라고 말합니다.

그런데도 서울 사람들이 경상도 사투리를 쓰는 사람들을 비웃는 이유는 그들이 사투리에 담긴 깊은 진실을 까맣게 잊어버렸기 때문입니다. 서울 사람들 중에는 벼를 한번도 보지 못하고 사과나 배처럼 쌀이

쌀나무에서 열린다고 생각하는 사람도 있습니다. 시인이 보기에는 그들이 더 우스운 사람들입니다. 오랜 전통과 자연의 진실에 무지한 것이 더 애처롭고 우스운 일이기 때문입니다.

박목월 시인 역시 「사투리」라는 시에서 사투리에는 표준어로는 표현할 수 없는 독특한 진실이 담겨 있다고 말합니다. 이 작품의 화자는 표준어 '오빠'와 사투리 '오라베'를 그 예로 제시합니다. '오빠' 대신 '오라베'라는 말을 들으면 여러분은 어떤 느낌이 드나요? 대부분 '오라베'가 더 향토적이라고, 조금 더 직설적으로 이야기하면 촌스럽다고 느낄 것입니다. 여러 매체에서 촌스러움을 대표하는 인물이 사투리를 사용하는 모습을 자주 보았기 때문입니다. 실제로 사투리를 쓰는 사람들에게도 그런 편견이 있습니다. 표준어는 왠지 예쁘고 우아하고 고급스럽다고 생각합니다.

그러나 이러한 판단은 지극히 주관적입니다. 많은 사람이 그렇게 생각하더라도 과학적으로 그것을 입증할 만한 근거는 없습니다. 또 말에 대한 그러한 느낌들은 말 자체보다는 보통 말을 쓰는 사람에 의해 좌우됩니다. 만약 수려한 외모에 멋진 의상으로 치장한 사람이 사투리를 쓴다면 조금 어색하다고 느낄 수 있지만 촌스럽다고 생각할 사람은 많지 않을 것입니다. 오히려 어떤 사람에게는 그가 쓰는 사투리마저 예쁘고 사랑스럽게 들릴 수도 있습니다.

이처럼 표준어와 사투리를 우열 관계로 보는 것은 정당하지 않지만, 분명한 점은 '오라베'라는 말은 이를 사용하는 사람만이 온전하게 느낄 수 있다는 사실입니다. 다시 말해 서울 사람들은 '오라베'라는 말에서 촌스러움만을 느낄지 모르지만, 이 말을 쓰는 사람들은 촌스러움 외에도 여러 감정을 느낄 수 있습니다. 마치 외국에서 한국어를 들었을 때의 느낌처럼 말에는 그 말을 쓰는 사람만이 느낄 수 있는 것들이 있습니다. 이 작품의 화자가 '오오라베'라는 말을 들으면 "앞이 캄 막히도록 좋았다"라고 말하는 것도 그런 이유 때문입니다. 한국어가 우리의 모국어인 것처럼 사투리는 그 지역 사람들에게 사랑스러운 고향을 떠올리게 합니다.

이 작품의 화자는 경상도 사투리에서만 느낄 수 있는, 경상도 사람만이 느낄 수 있는 그 느낌을 풀 냄새, 이슬 냄새, 황토 흙 타는 냄새라고 말합니다. 왜 하필 풀과 이슬과 황토일까요? 그것들이 '머루처럼 투명한 밤하늘'과 같이 화자가 사랑하는 것들이기 때문입니다. 물론 화자의 판단 또한 주관적이므로 경상도 사투리를 쓰는 모든 사람이 화자와 같이 느낄 리는 없습니다. 하지만 사투리가 사라진다면 분명히 사투리에만 담겨 있는 고유한 느낌 역시 사라질 것입니다. 이는 그 사투리를 쓰는 사람에게는 고향을 잃는 것처럼 슬픈 일입니다. 영어가 위세를 떨치는 상황 속에서도 우리가 한국어를 지켜야 하듯이 사투리 역시 사라지게 돼서는 안 됩니다.

새롭게 생겨난 사투리들

새롭게 생겨난 사투리도 있습니다. 하종오 시인의 「원어」라는 작품에도 사투리가 등장합니다. 이 작품은 다문화 가족을 소재로 하고 있습니다. 화자는 고향으로 가는 열차에서 만난 동남아 출신 두 여인의 대화에 귀를 기울입니다. 그들이 낯설게 보였기 때문이죠. 다문화 시대가 도래했지만, 외국인 노동자나 결혼 이주 여성에 대한 시각은 이중적입니다. 그들을 우리 국민으로서 대우할 때도 있지만, 어떤 때는 이질감을 느끼거나 배타적인 감정을 드러내기도 합니다.

그런데 이 작품에서 흥미로운 점은 두 여성이 경상도 사투리를 쓴다는 사실입니다. 이는 결혼 이주 여성들이 대개 농촌이나 지방에 거주하기 때문입니다. 그러나 두 여성이 표준어를 쓸 때의 상황과 비교해 보면 두 여인이 사투리를 쓰는 것은 또 다른 효과를 낳습니다. 화자와 같이 경상도가 고향인 사람들에게 두 여인이 경상도 사투리를 쓰는 것은 그들을 고향 사람처럼 친근하게 느끼는 계기가 됩니다. 그들이 알아들을 수 없는 외국어를 쓸 때 느꼈던 이질감은 사투리로 인해 친근감으로 바뀌게 됩니다.

반면에 경상도가 고향이 아닌 사람들에게 두 여인이 쓰는 사투리는 이질감을 배가시키는 요인입니다. 알아들을 수 없는 외국어와 마찬가지로 경상도가 고향이 아닌 사람들에게 경상도 사투리는 이질적인 말입니다. 정도의 차이는 있겠지만, 그들에게 사투리는 외국어처럼 낯선 말입니다. 이는 그들에게 두 여성이 외국인도 우리 국민도 아닌 모호한 위치에 있는 존재라는 사실을 나타냅니다. 그래서 이 작품은 이주 여성들 또한 우리 국민이라는 깨달음과 아울러 그들에게 여전히 배타적인 사람들에 대한 비판이라는 이중의 의미로 읽힐 수 있습니다.

제러미 리프킨(Jeremy Rifkin)이라는 학자는 글로벌 시대에 가장 중요한 일 가운데 하나는 "건강하고 다양한 지역 문화에 접근할 수 있는 안정된 길을 보장하는 것"이라고 말한 바 있습니다. 세계는 하나가 되고 있지만, 더 다양해져야 온전한 하나가 될 수 있습니다. 획일화가 아니라 다양화가, 배타성이 아니라 포용성이 진정한 통합을 위해 필요합니다. 현재의 사투리와 앞으로 새롭게 생겨날 사투리들이 보호되어야 하는 이유도 그 때문입니다.

함께 읽으면 좋은 시

- 이지엽, 「해남에서 온 편지」 사투리 맛이 씹히는, 시 같은 사설시조.
- 정일근, 「어머니의 그륵」 한 그릇의 물과 한 그륵의 물은 다르다.
- 하종오, 「동승」 자신의 삶을 지키려면 그들의 삶도 지켜야 한다.

크낙하게 슬픈 일을 당하고서도

굶지 못하고 때가 되면 밥을 먹어야 하는 일이,

슬픔일랑 잠시 밀쳐두고 밥을 삼켜야 하는 일이,

그래도 살아야겠다고 밥을 씹어야 하는

저 생의 본능이,

상주에게도, 중환자에게도, 또는 그 가족에게도

밥덩이보다 더 큰 슬픔이 우리에게 어디 있느냐고.

　　　　　　　　　　─이수익, 「밥보다 더 큰 슬픔」

함께 나눠 먹는 밥

우리가 태어나서 가장 먼저 배우는 말은 무엇일까요? 아무리 기억을 떠올려도 생각날 리는 없지만 아기들의 모습을 지켜보면 알 수 있습니다. 대부분의 아기가 습득하는 첫 단어는 '엄마'입니다. 어떤 아기들은 엄마보다 '아빠'를 먼저 배우기도 합니다. 엄마와 아빠에 이어 배우는 말은 '맘마' 혹은 '밥'이라는 말입니다. 갓 태어난 아기에게 엄마와 아빠는 가장 가깝고 소중한 존재이고, 엄마와 아빠 다음으로 꼭 필요한 것이 바로 밥입니다.

아기가 자라면 어떨까요? '엄마, 아빠, 밥'이라는 말 가운데 여러분이 평소에 가장 자주 쓰는 말은 무엇일까요? 아기는 자라면서 점차 부모의 품을 떠나게 됩니다. 그러다가 어느 시점이 되면 부모의 도움을 받지 않고 자립해야 하죠. 그즈음부터 부모를 돌봐야 하는 처지가 될 때까지 엄마와 아빠라는 말의 사용 빈도는 점차 줄어듭니다. 반면에 밥의 쓰임새는 오히려 늘어납니다. 엄마와 아빠가 없어도 밥은 먹어야 하고, 밥을 함께 먹는 사람, 즉 관계를 맺는 사람도 늘어납니다.

제 손으로 밥을 지어 먹거나 사 먹을 수 있을 때쯤이 되면 생존을 위해 가장 필수적인 것이 밥이 되는 셈입니다. 밥이라는 말의 사용 빈도가 늘어나는 것도 당연한 일입니다. 물론 이때 밥은 곡식을 끓여 익힌 음식만을 의미하진 않습니다. 그것은 반찬을 포함해 끼니로 먹는 음식 전반을 가리키는 말이기도 합니다. "밥 한번 같이 먹자"라고 말할 때 쌀밥만 먹자는 의미로 이해하는 사람은 없을 테니까요. 한국인에게 밥은 주식인 동시에 살아가기 위해 먹어야 하는 모든 음식을 가리키는 말이기도 합니다.

'한국인은 밥심으로 산다'라는 말이 있습니다. 이 말은 필요 열량을 주로 밥에서 얻던 시절에 만들어졌을 것입니다. 실제로 우리 조상들은 현대인들보다 밥을 더 많이 먹었습니다. 학자들에 따르면, 조선 시대 성인 남자의 한 끼 쌀 소비량은 오늘날의 세 배였고 어린아이의 소비량도 오늘날 성인 남자의 1인분보다 많았다고 합니다. 19세기에 조선을 방문한 여행가이자 지리학자 이사벨라 버드 비숍(Isabella Bird Bishop)은 한국에서의 1인분이란 결코 적지 않은데도 한국인들은 3~4인분을 한 번에 먹어 치우는 일이 일상적이라는 기록을 남기기도 했습니다.

밥심으로 산다

오늘날에는 상황이 달라졌습니다. 우리는 밥의 중요성을 잊고 사는 경우가 많습니다. 저마다의 일에 쫓겨 허겁지겁 끼니를 해결하다 보면 밥에 의지해 살아간다는 사실을 망각하기 쉽습니다. 왜 먹어야 하는지, 어떻게 먹어야 좋은지 생각할 겨를이 없는 것은 물론이고 밥을 먹으면서도 휴대 전화로 문자를 보내는 등 다른 일에 몰두합니다. 게다가 요즘에는 체중 조절을 위해 일부러 끼니를 거르는 경우도 있습니다. 밥이 살아갈 힘을 주는 것으로 인식되기는커녕 오히려 생존을 위협하는 것으로 여겨지고 있습니다.

그러나 여전히 한국인이 밥심으로 살아간다는 사실에는 변함이 없습니다. 김지하 시인은 「밥은 하늘입니다」라는 시에서 "하늘을 혼자 못 가지듯이/ 밥은 서로 나눠 먹는 것"이라고 말했습니다. "밥이 입으로 들어갈 때에/ 하늘을 몸속에 모시는 것"이라고도 했습니다. 시인들에게 밥심은 밥에 들어 있는 영양 성분으로 환원되지 않습니다. 음식에 들어 있는 영양 성분이 인간의 활동을 위한 에너지원이 되기는 하지만, 밥심이라는 말에는 과학적 분석으로는 포착할 수 없는 또 다른 요소가 포함되어 있습니다.

김지하 시인에 따르면 밥에는 하늘이 들어 있습니다. 밥을 먹는 행위가 하늘을 몸속에 모시는 일과 같다는 것은, 우리가 밥을 통해 우주 자연과 호흡하며 살아가는 존재라는 사실을 말해 줍니다. 또 하늘을 혼자 갖지 못하는 것처럼 밥 또한 서로 나눠 먹는 것이라는 말은 우리가 밥을 통해 타인과 관계를 맺으며 사는 존재라는 사실을 상기하게 합니다. 영양 성분으로 분석되지 않는 밥심은 바로 그러한 사실에서 비롯됩니다. 우주 자연의 이치에 맞추어 사는 건강함, 타인과 더불어 사는 데에서 오는 기쁨 등이 한국인의 밥심을 구성하고 있습니다.

이렇게 보면 밥심은 쌀이 부족하던 시절을 살던 조상들에게만 통용되는 말은 아닙니다. 오히려 현재와 미래의 한국인들에게 더 필요한 말일지도 모릅니다. 갈수록 자연과 멀어지고 더불어 살기 어려운 것이 요즘의 현실이니까요. 타인과 함께 자연이 선사한 밥을 나누며 밥심으로 살 수 있다면, 우리는 조금 더 나은 세상에서 살게 될 것입니다.

첫머리에 소개한 이수익 시인의 「밥보다 더 큰 슬픔」을 읽고 있으면 옴므(Homme)의 〈밥만 잘 먹더라〉라는 노래가 떠오릅니다. 이 노래는 실연한 남자의 심경을 담고 있습니다. 노래 속 주인공은 죽을 만큼 사랑한 사람을 떠나보내고도 죽기는커녕 밥만 잘 먹는 자신의 모습에서 영원할 거라 믿었던 사랑도 잠시뿐이라는 사실을 깨닫습니다. '밥만 잘 먹더라'는 말에는 연인을 떠나보내고도 죽지 못하는 자신에 대한 자책과 자신을 떠난 그녀에 대한 원망이 함께 담겨 있습니다. 그래서 그 말은 가장 지독한 슬픔에 대한 반어입니다.

「밥보다 더 큰 슬픔」에서 "밥덩이보다 더 큰 슬픔이 어디 있느냐고" 라고 말하는 이유도 바로 그 때문입니다. 우리를 슬프게 하는 일은 수도 없이 많습니다. 그리고 슬픔들의 경중을 재는 일은 쉽지 않습니다. 슬픔의 원인과 슬픔을 느낄 때의 상황이 천차만별이라 제아무리 성능이 좋은 컴퓨터라도 슬픔이라는 감정의 크기를 비교할 수는 없을 것입니다. 그러나 시인은 참신한 발상으로 컴퓨터가 못하는 일을 단숨에 해결해 냅니다.

다양한 슬픔이 있지만, 〈밥만 잘 먹더라〉라는 노래에서 보듯 슬픔 상황에서도 밥을 먹어야 하는 자신의 처지를 인식할 때가 가장 슬픕니다. 대단하다고 생각했던 것이 실은 사소한 것에 지나지 않는다는 사실을 깨달을 때 사람들은 격심한 고통을 느낍니다. 자신을 스스로 부정해야 하는 상황에 처하기 때문이죠. 자신을 부정하게 되면 삶의 이유를 찾지 못하고 극단적인 선택을 하는 경우도 많습니다. 슬픈 상황에 놓여서도 밥만 잘 먹는 자신을 발견하면 자신에 대한 부정과 삶에 대한 회의가 극단으로 치닫습니다. 인간이 아니라 본능만으로 가득한 짐승으로 전락한 느낌이 들기도 합니다. 슬픔 속에서 먹는 밥덩이야말로 세상에서 가장 큰 슬픔일 것입니다.

역으로 생각해 보면 시인의 말은 밥의 중요성을 상기하기도 합니다. 슬픔 또한 기쁨 못지않게 우리의 삶에 없어서는 안 되는 감정입니다. 슬픔은 삶을 위협하기도 하지만 새로운 시작을 위한 힘이 되기도 합니다. 슬픔을 통해 우리는 성장하고 한 걸음 더 나아갈 수 있습니다. 그런데 밥이 세상에서 가장 큰 슬픔이라면, 밥은 또한 미래를 위한 가장 큰 힘이기도 합니다. 슬픈 상황에서 먹는 밥은 죽을 만큼 지독한 슬픔을 안겨 주는 동시에 고통을 이겨 내도록 도와줍니다. 밥은 슬픔과 그것의 극복이라는, 또 죽음과 생명이라는 모순을 포용하고 있습니다.

혼자 식사하지 않는다

밥에 담긴 모순을 잘 드러낸 작품으로 정끝별 시인의 「까마득한 날에」가 있습니다. 이 작품에서는 먼저 밥이라는 말을 발음할 때의 모습에 주목합니다. 두 입술을 붙여야 밥이라고 발음할 수 있고, 이때 순간적으로 말문이 막히고 숨이 끊깁니다. 시인은 그 상황을 "밥들의 일촉즉발/ 밥들의 묵묵부답"으로 표현합니다. 말문이 막히고 숨이 끊기는 순간은 오랜 침묵으로 이어지는 '묵묵부답'의 시작점인 동시에 다음 말을 내뱉기 위한 '일촉즉발'의 준비 단계이기 때문입니다. 이렇듯 밥이라는 말은 서로 모순적인 두 상황을 동시에 담고 있습니다.

밥뿐만 아니라 모든 음식은 모순을 내포하고 있습니다. 음식은 그것을 먹는 이에게 생명을 주기 위해 그 자체는 파괴되어야 한다는 점에서 일종의 모순입니다. 모순을 내포하고 있는 것들은 상식이나 과학의 논리를 초월함으로써 더 깊은 진리를 드러냅니다. 마치 입체파 미술 작품을 볼 때처럼 모순을 포용하고 있는 것들을 통해 우리는 사물의 다양한 측면을 한꺼번에 인식할 수 있습니다.

화자는 모순을 포용하고 있는 밥을 "반쯤 담긴 밥사발"이라는 이미지로 구체화합니다. 반쯤 담긴 밥사발은 완전히 채워지지도 비워지지도 않은 상태입니다. 어느 한쪽으로 기울지 않는 중용의 상태이고, 그러한 상태에서만 모순을 포용할 수 있습니다. 또 모순을 포용한 상태에 있는 것들은 대립되는 양극을 포괄하고 있으므로 공간이나 시간의 한계를 초월한 상태, 즉 시인의 말대로 '무궁'한 상태에 도달합니다. 실제로 밥은 공간과 시간을 초월해 존재합니다. 동서고금을 통틀어 인간이라면 누구나 밥을 먹어야 한다는 사실에는 변함이 없습니다.

이 작품의 구조를 더욱 견고하게 만들어 주는 것은 마지막 연입니다. 시인은 '밥'이라는 말 하나를 화룡점정처럼 남겨 두었습니다. 이를 통해 작품에 '일촉즉발'과 '묵묵부답'의 모순적인 상황을 구현해 냅니다. 시를 마무리한 것 같으면서도 다음 말이 이어질 듯한 긴 여운을 남깁니다. 작품에서 말하고자 했던 바를 형식을 통해 다시 한 번 강조하는 것입니다. 마지막 연은 독자들로 하여금 밥이라는 말 자체에 주목

하게 하는 효과 또한 얻고 있습니다. 평소에는 무심코 지나쳤던 밥에 대해서 다양하고 깊은 생각을 하게 만듭니다.

무심코 지나쳤던 또 다른 밥에 관해 이야기하고 있는 작품으로는 송수권 시인의 「까치밥」도 있습니다. 이 작품은 까치밥의 이미지를 변주함으로써 선조에 대한 그리움과 생명 존중의 전통을 노래하고 있습니다. 까치밥은 수확기에 높은 나무 위의 과일을 전부 따지 않고 몇 개 남겨 놓은 것을 말합니다. 우리 조상들이 까치밥을 남겨 놓았던 이유는 인간이 다른 생명체와 더불어 살아가는 존재라고 여기는 전통적 사고 때문이었습니다. 우리 조상들은 다른 생명체의 목숨 역시 인간의 목숨만큼 소중하며, 다른 생명체들이 건강해야만 인간의 삶도 윤택해질 수 있다고 믿었습니다.

이 시에서 흥미로운 점은 '까치밥' 이미지의 변주입니다. 먼저 그것은 등불이라는 이미지로 제시됩니다. 등불이 길을 안내하는 것처럼 까치밥은 날짐승들이 삶을 이어 갈 수 있는 길을 열어 줍니다. 이어서 화자는 까치밥을 짚신의 이미지로 제시함으로써 선조의 삶에 대한 기억과 그리움을 표현합니다. 화자의 할아버지가 남겨 놓은 짚신은 등불처럼 길손과 아버지의 길을 든든하게 밝혀 줍니다. 화자는 할아버지의 짚신처럼 까치밥 또한 조카들의 삶을 밝혀 줄 등불이 될 거라고 예견합니다.

까치밥이 등불과 짚신의 이미지로 변주됨으로써 날짐승과 선조와 조카들의 삶이 하나로 이어집니다. 우리가 생명 존중이라는 오랜 전통을 이어 가고 있다는 사실이 이미지의 변주를 통해 자연스럽게 드러납니다. 이 작품에서도 역시 '까치밥'이라는 말이 과거와 현재, 인간과 짐승이라는 서로 대립하는 것들을 하나로 포용하고 있는 셈입니다.

이 시를 읽고 있으면 "밥은 함께 나눠 먹는 것"이라는 김지하 시인의 말이 떠오릅니다. 음식 연구자인 마이클 폴란(Michal Pollan)은 행복한 밥상을 위한 규칙 가운데 하나로 "혼자 식사하지 않는다"를 제시했습니다. 혼자 밥을 먹으면 과식하기 쉽고, 먹는 일을 몸에 연료를 채우는 기계적인 과정으로 전락시킬 수 있기 때문입니다. 그는 행복하고 건강한 식사를 위해서는 철저히 식사를 계획하고 준비해서 가족 및 지인들과 함께 나누라고 충고합니다. 밥은 함께 먹어야 합니다. 그래야 더 밥심이 납니다.

함께 읽으면 좋은 시

- 오세영, 「비빔밥」 비빔밥에서 찾은 민주공화국과 복지국가.
- 이건청, 「쌀밥」 누구도 그냥 쌀밥만 먹을 수는 없다.
- 이병률, 「김밥」 사랑하는 날에는 김밥을 싸야 한다.

나는 그늘이 없는 사람을 사랑하지 않는다

나는 그늘을 사랑하지 않는 사람을 사랑하지 않는다

나는 한 그루 나무의 그늘이 된 사람을 사랑한다

햇빛도 그늘이 있어야 맑고 눈이 부시다

나무 그늘에 앉아

나뭇잎 사이로 반짝이는 햇살을 바라보면

세상은 그 얼마나 아름다운가

나는 눈물이 없는 사람을 사랑하지 않는다

나는 눈물을 사랑하지 않는 사람을 사랑하지 않는다

나는 한 방울 눈물이 된 사람을 사랑한다

기쁨도 눈물이 없으면 기쁨이 아니다

사랑도 눈물 없는 사랑이 어디 있는가

나무 그늘에 앉아

다른 사람의 눈물을 닦아 주는 사람의 모습은

그 얼마나 고요한 아름다움인가

— 정호승, 「내가 사랑하는 사람」

별보다 별똥이 더 아름답다

2004년의 일입니다. 우연히 발견한 어느 밴드의 음악에 흠뻑 빠졌던 적이 있습니다. '달빛요정역전만루홈런'이라는 해괴한 이름을 가진 그 밴드의 음악은 충격적이었습니다. 나중에 알고 보니 이 밴드의 구성원은 달랑 한 사람이었습니다. 본명이 '이진원'인 그는 작사, 작곡, 연주, 노래 모두 혼자서 해냈습니다. '달빛요정'은 PC통신 시절 그가 쓰던 아이디였는데, 온갖 어려움 속에서도 10년 넘게 혼자서 음악에 매달려 온 자신의 바람을 담아 밴드 이름을 달빛요정역전만루홈런이라고 지었다고 합니다. 요즘도 많은 인디밴드들이 그렇듯, 그 역시 경제적 궁핍 등 온갖 고초를 견디면서도 음악을 포기하지 않았습니다. 그런 탓인지 그는 어느 신문과의 인터뷰에서 자신의 음악이 '세상에 대한 투정' 같은 것이라고 말하기도 했습니다. 어느 때는 사랑을 이야기하기도 하고 또 어느 때는 세상에 대한 외침을 담기도 했지만, 결국 그의 음악은 있는 그대로 자신을 드러내는 것이었습니다.

오로지 진심으로 승부하려는 달빛요정의 음악에는 지독한 외로움과 절망이 묻어 있습니다. 대표곡 중의 하나인 〈절룩거리네〉의 가사는 이렇습니다. "지루한 옛사랑도 구역질나는 세상도 나의 노래도 나의 영혼도 나의 모든 게 다 절룩거리네. (중략) 세상도 나를 원치 않아 세상이 왜 날 원하겠어 미친 게 아니라면 오 절룩거리네." 이 노래에는 어떠한 긍정도 담겨 있지 않습니다. 어두운 현실을 극복하려는 적극적 의지는 물론 혐오스러운 현실로부터 도피하려는 소극적 희망마저도 찾기 어렵습니다. 시인 이상화는 「빼앗긴 들에도 봄은 오는가」라는 시에서 다리를 절면서도 봄에 대한 희망을 감추지 않았지만, 달빛요정의 절룩거림에서는 미래에 대한 어떤 낙관도 찾을 수 없습니다. 그에게는 현재나 미래 모두 혐오스러울 뿐입니다.

〈쓰키다시 내 인생〉이라는 곡도 마찬가지입니다. '쓰키다시(つきだし)'는 일식당에서 주가 되는 음식에 딸려 나오는 음식을 이르는 말입니다. 우리말로는 '곁들이'라고 해야 적절한 표현입니다. 달빛요정은 쓰키다시라는 말을 통해 주목 받지 못하는 평범한 삶을 이렇게 노래합니다. "쓰키다시 내 인생 스포츠신문 같은 나의 노래 마을버스처럼 달려라 쓰키다시 내 인생." 쓰키다시, 스포츠신문, 마을버스는 모두 하찮고 사소하게 취급되는 것들입니다. 달빛요정은 크고 훌륭한 것들보다는 작고 보잘것없는 것들에 대해서 노래했고, 그런 대상들을 통해 막연한 희망보다는 지독한 절망을 담는 것이 더 진심에 가까운 음악이라고 생각했습니다. 그의 진심이 통했는지 시간이 흐를수록 하나둘씩 그의 음악에 공감하는 사람들이 늘었습니다. 그러나 안타깝게도 그는 2010년 37세의 이른 나이에 뇌출혈로 숨을 거두고 말았습니다.

우리는 흔히 아름다움을 추구하는 것이 예술이라고 생각합니다. 그러나 달빛요정의 음악에서 보듯 어떤 예술가들은 오히려 아름답지 않은 것들에 주목합니다. 아름답고 훌륭한 것보다는 비뚤어지고 어긋난 것, 천박하고 역겨운 것, 잘못된 것이나 실패한 것을 예술에 담아내려

합니다. 예술을 수용하는 사람들의 경우도 마찬가지입니다. 대중들은 눈부신 아름다움을 뽐내는 예술 앞에서 감탄을 금치 못할 뿐만 아니라 아름답지 않은 것들을 보여 주는 예술에서도 깊은 감동을 받습니다. 특히 현대 예술일수록 아름다운 것들보다는 아름답지 못한 것, 즉 추(醜)한 것들에 더 관심을 보이는 경향이 있습니다.

그늘이 된 사람, 그늘 있는 맛

추한 것들이 예술의 대상이 된 것은 그리 오래된 일이 아닙니다. 이 삼백 년 전만 해도 예술의 목적은 완벽한 자연이나 이상적인 관념을 담는 것이라 간주되었습니다. 그러다 근대 예술이 본격적으로 전개되면서 추한 것들도 예술에 등장하기 시작합니다. 근대 예술이 추한 것들을 주목한 까닭에 대해서는 몇 가지 설명이 있습니다. 첫째, 그것은 아름다움을 더 완벽하게 규명하려는 시도의 일환이라는 설명입니다. 흔히 추하다고 버림받는 것들 속에 담긴 아름다움을 발견함으로써 미의 개념은 더 넓어지고 깊어질 수 있습니다. 둘째는 현대 예술이 아름다움보다는 흥미로움을 지향하기 때문이라는 설명입니다. 현대인들은 아름다운 것들도 좋아하지만 기괴하고 낯선 것들에 더 관심을 보이는 경향이 있습니다. 셋째는 현대 사회가 아름답지 못하기 때문에 현실을 반영하고 현실에 저항하기 위해서는 추한 것들에 주목하기 마련이라는 설명입니다. 현대 예술은 그러한 방식을 통해 예술의 독립성과 진정성을 확보하려 합니다.

시 또한 예외가 아닙니다. 빛이 있는 곳에 항상 그림자가 존재하듯 밝은 세상의 뒤편에는 늘 어두운 그늘이 도사리고 있습니다. 그래서 근대의 시인들은 항상 그늘에 대한 이야기를 잊지 않았습니다.

정호승 시인의 「내가 사랑하는 사람」은 2연으로 되어 있습니다. 1연은 7행이고 2연은 8행이라는 점, 1연은 그늘에 관한 이야기이고 2연은 눈물에 관한 이야기라는 점을 제외하면, 구성상 두 연은 거의 같습니다. 대개 시가 같은 정서의 반복으로 구성되어 있다는 점을 감안하면 이 작품에서 그늘과 눈물은 동일한 의미를 지닌 것이라고 볼 수 있습니다. 그늘이나 눈물 모두 어둡고 축축합니다. 그래서 사람들은 흔히 그것들에서 부정적인 이미지들을 떠올립니다. 그늘보다는 빛을, 눈물보다는 기쁨을 선호하는 것이 인지상정입니다.

그러나 시인은 그늘과 눈물이 있는 사람, 그늘과 눈물을 사랑하는 사람, 그래서 마침내는 그늘과 눈물이 되어 버린 사람이 더 사랑스럽다고 말합니다. 그가 그렇게 생각하는 이유는 우리가 사는 세상이 본래 그런 상태이기 때문입니다. 누구나 빛과 기쁨을 선호하지만 세상은 그런 것들로만 이루어져 있지 않습니다. 빛이 있어서 그늘이 존재한다는 말은 그늘이 있어서 빛이 존재한다는 말로도 바꿀 수 있습니다. 그래서 시인의 말대로 빛 속에서 바라본 빛보다는 그늘 속에서 바라본 빛이 더 눈부십니다. 어둡고 추한 것들은 밝고 아름다운 것들을 더 도드라지게 만듭니다.

물론 어떤 이들은 빛과 아름다움은 다른 것의 도움 없이도 그 자체로 빛나고 아름다울 수 있다고 말합니다. 그러나 시인은 그러한 빛이나 아름다움을 거부합니다. 그가 보기에 햇빛은 그늘이 있어야 맑고 눈부시며, 기쁨은 눈물이 있어야만 기쁨이 될 수 있습니다. 어떠한 아름다움도 제 홀로 있어서는 아름다울 수 없다고 그는 말합니다. 그러니 세상이 더 아름다워지기 위해서는 그만큼 아름답지 않은 것들도 더 늘어나야 합니다. 또 세상이 아름다워지기를 바라는 사람이라면 당연히 추한 것들에도 눈길을 줄 수밖에 없습니다. 이 세상 누구에게나 그늘과 눈물이 있습니다. 그것들을 외면하지 않고 껴안을 때에만 우리의 삶은 더 아름다워집니다.

정호승 시인이 '그늘 있는 사람'에 관해서 이야기하고 있다면, 송수권 시인은 「통」이라는 시에서 '그늘 있는 맛'에 대해서 이야기합니다. 맛의 세계는 참으로 오묘합니다. 과학에서는 단맛, 짠맛, 쓴맛, 신맛, 매운맛 등 다섯 가지 맛밖에 설명하지 못하지만, 맛은 그것 말고도 셀 수 없이 많습니다. 간혹 TV의 음식 프로그램을 보면 연예인들이 자신이 맛본 음식의 맛을 설명할 때가 있습니다. 그때마다 빠지지 않고 등장하는 표현이 '말로 설명하기 힘드니 직접 먹어 보라'는 말입니다. 맛은 너무나 다양해서 말로 설명하기 힘들 때가 더 많습니다.

이 작품에서 '그늘 있는 맛'이 나는 것은 참꼬막입니다. 아마 여러분도 꼬막을 드셔 보셨을 것입니다. 여러분이라면 그 맛을 어떻게 표현했을까요? 또 '그늘 있는 맛'이란 도대체 어떤 맛일까요? 물론 그 맛에 대해 정확하게 알려면 직접 전라남도 벌교에 가서 싱싱한 참꼬막을 먹어 보는 수밖에 없을 것입니다. 맛은 음식뿐만 아니라 그것을 먹는 시간과 공간, 함께 먹는 사람 등 음식을 둘러싼 모든 것과 함께 존재하기 때문입니다. 그래서 같은 음식이라도 언제, 어디서, 누구와 함께 먹느냐에 따라 맛은 달라질 수 있습니다.

직접 남도에 갈 수 없는 독자들을 위해 시인은 그 맛을 설명합니다. 시인에 따르면 '그늘 있는 맛'은 곰삭은 삶에서 나는 맛입니다. '곰삭다'는 오래되어 폭 삭은 상태를 가리키는 말입니다. 흔히 오래된 장이나 젓갈을 두고 '곰삭았다'라고 표현합니다. 그러므로 '곰삭은 삶'이란 오랜 시간 동안 삶의 온갖 풍파를 견디면서 충분히 성숙한 삶을 의미할 것입니다. 굳이 그런 삶에서 '그늘 있는 맛'이 난다고 표현한 것은 앞서도 말한 것처럼 우리 삶에 항상 빛만 존재하는 것은 아니기 때문입니다. 살다 보면 어쩔 수 없이 어둠이나 그늘과 만나게 되고, 그런 시간을 견뎌야만 인간은 성숙할 수 있습니다. 어쩌면 인간은 빛이 아니라 그늘을 통해서만 성숙할 수 있다고 말해도 무리가 아닐 것입니다.

시인은 시 또한 '그늘 있는 시'를 써야 한다고 말합니다. 이 작품에서 '그늘 있는 시'와 대조를 이루고 있는 것은 '책상물림으로 퍼즐게임 하듯' 쓰는 시입니다. '책상물림'이란 책상 앞에 앉아 글공부만 하여 세상일에 어두운 사람을 얕잡아 이르는 말입니다. 이 작품의 시인이 보기에 시는 머리로 쓰는 것이 아닙니다. 지식이 많거나 아름다운 말들을 많이 알고 있다고 해서 좋은 시가 나오지는 않습니다. 오히려 시는 가슴으로 쓸 때에만, 즉 생생한 체험과 진심이 담길 때에만 사람들을 감동시킬 수 있습니다.

넉넉한 집안에서 태어나 별 어려움 없이 성공한 사람이 있습니다. 또 열악한 환경에서도 최선의 노력을 다한 끝에 남들이 보기에는 대단치 않을지라도 자신의 꿈을 이룬 사람들이 있습니다. 당연히 후자의 이야기가 더 감동적일 것입니다. 그 이야기에는 그늘이 있기 때문입니다. 그래서 시인들은 오늘도 주저 없이 그늘에 텀벙텀벙 뛰어듭니다. 뻘물을 튀겨 가며 참꼬막 똥구멍에 숟가락을 밀어 넣습니다. 그리고 바로 그런 행위가 시인과 시인이 아닌 자를 구별하는 기준이 됩니다.

'똥'이라서 자유로운 별

송수권 시인이 참꼬막 똥구멍에 숟가락을 밀어 넣고 있을 때 김중식 시인은 별똥이 말 그대로 별의 똥이라고 이야기합니다. 별에 대한 시는 많습니다. 별똥에 대한 시도 많습니다. 별똥이 떨어질 때 소원을 빌면 이루어진다는 속설이 있어서 흔히 별똥은 낭만적인 장면의 배경이 되는 수가 많습니다. 그런데 흥미롭게도 김중식 시인은 별똥이 별의 '똥'이라는 사실에 주목합니다. 별똥이라는 말에서 별보다 똥에 더 관심을 보인 사람은 많지 않을 것입니다.

시인이 똥이라는 말에 주목하는 이유는 그것이 '별'과 '별똥'을 구별해 주는 것이기 때문입니다. 별은 아름답지만 태양과 마찬가지로 정해진 궤도만을 움직입니다. 그래서 한 치의 어긋남도 없이 똑같은 궤도를 도는 별에게는 자유가 없습니다. 자유가 없는 별에게는 그늘도 없습니다. 가는 곳만 가고 아는 것만 알 뿐이기 때문입니다. 반면 똥이되어 궤도를 이탈한 별은 자유롭습니다. 비록 똥이 되는 순간 추락할 수밖에 없고, 그래서 다시는 별로 빛나지 못하지만, 별이 자유로울 수 있는 것은 그 순간뿐입니다.

별도 아름답지만 별똥은 더 아름답습니다. 똥이라는 더러움이 별의 아름다움을 더 극적으로 만듭니다. 똥처럼 더럽고 그늘진 것들이 존재해야만 세상은 더 자유로워지고 다양해집니다. 우리도 로봇이 아니라 인간이라서 살다 보면 가끔은 예정된 궤도에서 이탈할 때가 있습니다. 그럴 때마다 너무 심하게 자신을 자책하거나 두려워할 필요는 없습니다. 오히려 그런 이탈이 우리를 더 성숙시키고 아름답게 만들 것입니다. 그리고 더 성숙하고 아름다워지고 자유로워질수록 전에는 알지 못했던 새로운 궤도가 우리 앞에 나타날 것입니다. 다시 별처럼 빛날 수 있겠지요.

함께 읽으면 좋은 시

• 김중식, 「모과」 사랑이 고통일지라도 우리가 고통을 사랑하는 까닭.
• 송수권, 「지리산 뻐꾹새」 울음도 설움도 꽃보다 아름답다.
• 정호승, 「슬픔으로 가는 길」 세상에서 가장 아름다운 사람 하나 만나기 위한 길.

4 장

지금 혼자인가요

명절날 나는 엄매 아배 따라 우리 집 개는 나를 따라 진할머니 진할아버지가 있는 큰집으로 가면

얼굴에 별 자국이 솜솜 난 말수와 같이 눈도 껌벅거리는 하루에 베 한 필을 짠다는 벌 하나 건너 집엔 복숭아나무가 많은 신리(新里) 고모 고모의 딸 이녀(李女) 작은 이녀(李女)

열여섯에 사십이 넘은 홀아비의 후처가 된 포족족하니 성이 잘 나는 살빛이 매감탕[1] 같은 입술과 젖꼭지는 더 까만 예수쟁이 마을 가까이 사는 토산(土山) 고모 고모의 딸 승녀(承女) 아들 승동이

육십 리라고 해서 파랗게 보이는 산을 넘어 있다는 해변에서 과부가 된 코끝이 빨간 언제나 흰옷이 정하던 말끝에 섧게 눈물을 짤 때가 많은 큰골 고모 고모의 딸 홍녀(洪女) 아들 홍동이 작은 홍동이

배나무 접을 잘하는 주정을 하면 토방돌을 뽑는 오리치[2]를 잘 놓는 먼 섬에 반디젓 담그러 가기를 좋아하는 삼촌 삼촌엄매 사촌 누이 사촌 동생들

184

이 그득히들 할머니 할아버지가 있는 안간에들 모여서 방안에서는 새 옷의 내음새가 나고

또 인절미 송구떡 콩가루차떡의 내음새도 나고 끼때의 두부와 콩나물과 볶은 잔디[3]와 고사리와 도야지비계는 모두 선득선득하니 찬 것들이다

저녁술을 놓은 아이들은 외양간 옆 밭마당에 달린 배나무동산에서 쥐잡이를 하고 숨굴막질을 하고 꼬리잡이를 하고 가마 타고 시집가는 놀음 말 타고 장가가는 놀음을 하고 이렇게 밤이 어둡도록 북적하니 논다

밤이 깊어가는 집안엔 엄매는 엄매들끼리 아랫간에서들 웃고 이야기하고 아이들은 아이들끼리 윗간 한 방을 잡고 조아질하고 쌈방이 굴리고 바리깨돌림[4]하고 호박떼기[5]하고 제비손이구손이[6]하고 이렇게 화대의 사기 방등[7]에 심지를 몇 번이나 돋우고 홍계닭이 몇 번이나 울어서 졸음이 오면 아랫목싸움 자리싸움을 하며 히드득거리다 잠이 든다 그래서는 문창에 텅납새의 그림자가 치는 아침 시누이 동서들이 욱적하니 흥성거리는 부엌으론 샛문 틈으로 장지문 틈으로 무이징게국[8]을 끓

이는 맛있는 내음새가 올라오도록 잔다

—백석, 「여우난골족」

1 매감탕: 엿을 고거나 메주를 쑨 뒤, 솥에 남은 진한 갈색의 물.
2 오리치: 동그란 갈고리 모양으로 된 오리를 잡는 도구.
3 잔디: 잔대. 산야에서 흔히 자라는 여러해살이풀로, 연한 뿌리는 식용한다.
4 바리깨돌림: 주발 뚜껑을 돌리며 노는 모습.
5 호박떼기: 앞사람의 허리를 잡고 한 줄로 늘어앉아서 하는 놀이.
6 제비손이구손이: 여럿이 두 줄로 마주 앉아 서로 다리를 끼고 다리를 세며 부르는
  소리.
7 사기 방등: 사기로 만든 등잔.
8 무이징게국: 새우에 무를 썰어 넣어 끓인 국.

명절의 진정한 의미

요즘에는 추석을 비롯한 명절의 의미가 예전 같지 않습니다. 연휴를 이용해 해외여행을 떠나는 등 이런저런 이유로 일가친척이 모두 모이지 못하는 경우가 부쩍 늘었습니다. 명절은 1년 중 가장 떠들썩한 축제였지만, 최근에는 수시로 곳곳에서 축제가 열리는 통에 축제로서의 가치도 퇴색했습니다. 게다가 교통과 통신 기술의 발달로 먼 곳에 있는 친척과의 소통이나 왕래도 그리 어렵지 않은 일이 되었습니다.

명절 하면 누구나 떠올리는 풍성한 음식의 가치도 빛이 바랬습니다. 예전에는 명절에만 맛볼 수 있었던 음식을 요즘에는 언제든 접할 수 있습니다. '제철 과일'이라는 말이 무색할 만큼 모든 과일을 사시사철 구할 수 있고, 떡이나 전도 일상 음식이 되었습니다. 더욱이 비만을 경계하는 목소리가 높아지면서 명절은 다이어트의 적으로 지목되기도 합니다. 차례 음식을 배달해 주는 서비스도 늘어서 온 가족이 둘러앉아 음식을 마련하는 풍경도 점차 사라지고 있습니다.

몇 년 전 성인 1천여 명을 상대로 실시한 여론 조사에 따르면, 응답자의 60%가 '추석날 가족 친지들이 항상 모일 필요는 없다'고 답했고, 특히 49%는 추석이 '하나의 연휴일 뿐'이라고 답했다고 합니다. 이런 상황이 지속된다면 명절은 어떻게 될까요? 앞으로도 명절은 존재할 수 있을까요? 설사 존재한다 하더라도 직장인을 위한 며칠의 휴가, 상인을 위한 대목이라는 의미 외에 명절의 가치는 어디에서 찾아야 하는 걸까요?

추석이나 설 같은 명절은 축제의 일종입니다. 세상에는 여러 종류의 축제가 있습니다. 가장 흔한 것이 집단적인 삶을 상징화하고 제도들을 규정하며 연극화하는 축제입니다. 결혼 피로연이나 중·고등학교 때 경험했던 학예회 등이 이에 해당하고, 명절도 속성이 유사합니다. 명절은 우리가 속한 집단의 실체를 선명하게 각인시킵니다. 차례와 성묘를 통해 자신의 뿌리가 어디이고, 어떤 상징과 제도들에 둘러싸여 있는지 알게 됩니다. 그러한 사실을 아는 것은 자신의 정체성을 분명히 인식함으로써 사회 구성원으로서 당당하게 살아가는 힘으로 작용합니다.

장식적인 축제와 달리 일탈과 전복을 통해 사람들을 다시 일상으로 복귀시키거나 새로운 세계를 열어젖히는 축제도 있습니다. 장 뒤비뇨(Jean Duvignaud)라는 인류학자는 『축제와 문명(*Fétes et Civilisations*)』이라는 책에서 축제는 공동의 습관을 싸고 있는 베일을 자주 찢어 버리려 한다고 말합니다. 축제는 한 체계에서 다른 체계로 옮겨 갈 때 생겨나며, 우리가 계속 존재하기 위해서 파괴시켜 버려야 할 것을 상기시킨다는 것입니다. 본래 설이나 추석은 이런 성격이 강하지 않았지만, 요즘에는 오히려 명절에 이런 의미가 부여되고 있는 듯합니다. 명절은 우리가 잃어버린 과거의 시간을 보존하고 있습니다. 산업화를 통해 우리가 잃어버린 것을 상기시키고, 그것이 우리가 계속 존재하기 위해서 잃어버려서는 안 될 것임을 깨닫게 합니다.

따뜻한 불빛 아래 하나의 풍경

우리가 잃어버린 것 가운데 명절이 상기시키는 대표적인 것이 바로 '만남'입니다. 명절에는 조상과 후손 들이 만나고, 멀리 떨어져 있던 친척들이나 친구들과도 만납니다. 교통과 통신 기술이 발전할수록 오히려 온전한 만남은 줄어들었습니다. 사회 관계망 서비스(SNS)에 탐닉할수록 더 외롭고 허전해지는 것도 그 때문입니다. 가상 공간을 통한 만남은 현실에서의 만남과 같은 만족감이나 안정감을 주지 못합니다. 사진이나 문자와 같은 피상적이고 일면적인 이미지를 통해서는 상대의 진정성을 온전하게 파악하기 어렵습니다. 표정, 몸짓, 어투를 느낄 수 있어야 상대의 진심을 읽어 낼 수 있습니다. 그래서 SNS에 탐닉할수록 외로움은 오히려 커지고, 외로움이 커질수록 다시 SNS에 집착하는 악순환이 되풀이됩니다.

추석과 같은 명절은 그러한 악순환에서 벗어나 진정한 만남을 향유할 수 있는 기회를 제공합니다. 그래서 아직도 많은 사람이 도로에서 긴 시간을 허비하면서 '귀성 전쟁'을 치릅니다. 우리가 잃어버리는 것이 많아질수록, 특히 온전한 만남의 기회가 줄어들수록 추석과 설 같은 명절의 의미는 각별해질 것입니다. 공동체와 개인의 잃어버린 꿈을 되찾는 것, 그것이 축제이고 명절이기 때문입니다.

백석 시인이 1930년대에 발표한 「여우난골족」에는 전통적인 명절 풍경이 고스란히 담겨 있습니다. 각 연마다 명절에 얽힌 장면들이 제시되고, 그러한 장면들이 모여 명절에 관한 하나의 이야기를 만들어 냅니다. 2연에는 명절을 맞아 모인 일가친척들의 면면이 나열되어 있습니다. 화자는 삼촌, 고모, 사촌 동생들을 그들의 외모와 사연을 곁들여 소개합니다. 3연에서는 명절에 맛볼 수 있는 음식을 열거하고 있습니다.

마지막 4연에는 명절을 맞아 한데 모인 아이들의 놀이와 명절 전야의 풍경이 담겨 있습니다. 어른들은 자기들끼리 '아르간'에서 놀고 아이들은 따로 '웃간'에 모여 놀이에 심취합니다. 언뜻 보면 어른의 세계와 아이의 세계가 분리되어 있는 듯하지만, 그것이 부조화를 이루고 있지는 않습니다. 아이와 어른은 자신들만의 즐거움에 심취해 있고, 그들의 모습은 '사기방등'이라는 따뜻한 불빛 아래 하나의 풍경으로 통합되어 있습니다.

그렇게 하나로 통합된 모습을 가장 선명하게 보여 주는 시어가 이 시의 마지막에 등장하는 '무이징게국'입니다. 무이징게국이 끓고 있는 모습은 이 작품에 제시된 모든 장면에 대한 상징과도 같습니다. 한국 음식 문화의 독특한 특징 가운데 하나인 국은 다양한 재료가 끓는 물의 열기 속에서 하나로 통합되어야 맛이 나는 음식입니다. 이 작품의 '무이징게국'은 뜨거운 열기로 달아오르면서 맛있는 냄새를 풍깁니다. 맛있는 냄새가 난다는 것은 갖가지 재료가 하나로 어우러졌다는 표식입니다. 그런 냄새를 맡을 때 인간은 즐겁고 편안해집니다.

지금과 달리 예전의 명절은 음식과의 만남이 이루어지는 시간이었습니다. 평소 접할 수 없었던 음식을 함께 만들고 나누면 사람들과의 만남은 더욱 즐거워집니다. 또 차례 음식은 조상과 후손의 만남을 위한 것이기도 합니다. 그러므로 명절은 음식과의 만남이 이루어지는 시간이자 음식을 통한 만남의 시간이기도 합니다. 사람들의 만남에는 대부분 먹고 마실 것들이 함께합니다. 함께 먹고 마시는 것이 관계를 맺고 유대감을 형성하는 데 기여하기 때문입니다. 지금은 거의 남아 있지 않은 전통적인 명절 풍경이 담겨 있고, 그러한 풍경의 아름다움이 유년 화자의 시선을 통해 행복하게 제시되고 있는 점이 이 작품의 매력입니다.

눈과 손이 만날 때

공광규 시인의 「얼굴 반찬」이라는 시 또한 음식과 만남의 의미를 되새기게 하는 작품입니다. 명절을 소재로 한 작품은 아니지만, 음식을 통해 명절의 의미까지 헤아리게 만드는 작품이기도 합니다. 이 작품 역시 우리가 잃어버린 것들에 대해서 이야기하고 있습니다. 화자의 어린 시절에는 할아버지와 할머니를 비롯한 온 가족이 함께 식사를 했습니다. 또 친척들이나 이웃집 아저씨 같은 이와도 식사할 기회가 많았습니다. 화자는 그때를 회상하며 그들의 얼굴이 반찬 같았다고 표현합니다. '얼굴 반찬'은 그 어떤 진수성찬보다 배부르고 맛있는 식사를 가능하게 했습니다.

그러나 요즘은 다릅니다. 경쟁이 심한 사회에서 워낙 바쁘게 살다 보니, 모든 식구가 식탁에 모여 앉을 기회가 많지 않습니다. 경제적으로 풍요로워진 덕에 맛나고 값비싼 반찬은 수북하지만, 정작 얼굴 반찬은 찾을 길이 없습니다. 그렇다면 도대체 먹지도 못하는 얼굴 반찬이 왜 중요할까요? 시인은 얼굴 반찬에 '인생의 재미'라는 영양가가 담겨 있다고 말합니다. 얼굴 반찬에는 단백질이나 비타민처럼 우리 몸에 필요한 영양가는 없어도 '삶의 재미'라는 마음의 영양가가 들어 있습니다. 그래서 얼굴 반찬을 접하기 어려운 현대인들은 육체는 비대해지면서도 마음은 가난하고 허전합니다.

미국이라는 거대한 나라를 책임지느라 눈코 뜰 새 없이 바쁠 것 같은 버락 오바마 전 대통령도 오후 6시 30분이면 어김없이 가족과 저녁 식탁에 앉았다고 합니다. 남들과 저녁을 먹는 일은 많아야 주 2회였다고 합니다. 그는 얼굴 반찬이 우리와 가족의 인생에서 얼마나 중요한지 잘 알고 있는 것입니다. 우리나라 사람들은 모두 바쁩니다. 그래도 미국 대통령만큼 바쁜 사람은 많지 않을 것입니다. 그런데도 왜 우리는 얼굴 반찬을 즐길 여유가 없을까요? 왜 하루에 세 끼는커녕 한 끼도 함께 나누기가 어려울까요? 이런 상황에서 명절 때마저 얼굴 반찬을 나눌 수 없다면 우리의 삶은 얼마나 더 황폐해질까요? 가족 구성원은 물론 온 사회가 이러한 문제에 대해 진지하게 고민하지 않는다면 아무리 기름진 반찬이 많아도 우리는 갈수록 야위어만 갈 것입니다.

공광규 시인의 「얼굴 반찬」이 음식을 매개로 가까운 사람들과의 만남에 대해서 이야기하고 있다면, 문태준 시인의 「평상이 있는 국숫집」

은 음식을 통한 낯선 사람과의 만남에 대해서 이야기하고 있습니다. 화자는 평상에 앉아 국수를 먹는 낯선 사람들 간의 대화에 주목합니다. 그들은 처음 본 사이인데도 마치 친척이라도 만난 것처럼 스스럼없이 자신의 사연을 털어놓습니다.

그런데 시인은 그들의 대화에서 특이한 점을 발견합니다. 한 사람이 자신의 고달픈 사연을 들려주면 마주 앉은 사람은 이런저런 말을 늘어놓는 대신에 그저 "쯧쯧쯧쯧 쯧쯧쯧쯧" 혀 차는 소리를 냅니다. '쯧쯧'은 못마땅할 때 내는 소리이지만 상대가 가엾거나 안쓰러울 때 내는 소리이기도 합니다. 상대의 처지에 진심으로 깊이 공감할 때 저절로 나오는 소리가 '쯧쯧'입니다. 사실 어려운 처지에 놓인 사람들에게 필요한 것은 확실한 해결책보다는 깊은 공감인 경우가 많습니다.

시인이 '쯧쯧'을 짧고도 깊은 말이라고 하는 것도 그런 까닭입니다. 짧은 감탄사에 불과하지만 거기에는 어떤 말보다 깊은 공감이 배어 있습니다. 억지로 꾸며 낸 말들은 논리정연하고 화려하지만, 그런 과정을 겪을 새도 없이 순전한 공감만으로 자연스럽게 터져 나오는 것이 감탄사입니다. '쯧쯧'이라는 감탄사가 그 어떤 말보다 더 깊은 공감을 표현하는 이유는 그 말이 상대와의 직접 대면을 통해 나온 말이기 때문이기도 합니다. 시인은 그러한 상황을 "손이 손을 잡는 말/ 눈이 눈을 쓸어 주는 말"이라고 표현합니다. 손을 맞잡을 수 있는 상황, 눈을 마주칠 수 있는 상황에서 나누는 말들일수록 공감은 깊어지고 진심은 더욱 쉽게 전달됩니다.

낯선 사람들끼리 쉽게 공감할 수 있는 또 하나의 이유는 그들이 '평상'에 마주 앉아 있기 때문입니다. 화려한 식탁에 마주 앉을 때보다는 널빤지로 만든 평상에 마주 앉을 때 상대와의 물리적 거리는 물론 심리적 거리도 줄어듭니다. 또한 평상은 말 그대로 평평합니다. 어떤 사람이라도 동등한 자격으로 만나게 하는 곳이 평상입니다. 깊은 공감은 상대와 같은 처지에서 평등하게 눈을 맞출 때에만 가능합니다. 그래서 시인은 "평상에만 마주 앉아도" 상대와의 공감이 시작된다고 말합니다.

국수와 같은 소박한 음식으로도 만남과 공감은 충분히 가능합니다. 값비싸고 맛난 음식 사진을 친구에게 전송하는 것보다는 라면 한 끼라도 함께 나누는 것이 우리의 삶을 더욱 즐겁게 만듭니다. 추석이나 설에 해외여행을 떠나도 좋습니다. 배달 음식으로 차례를 지내도 좋습니다. 가족끼리 만날 수 있다면, 가족이 아닌 사람들과도 만날 수 있다면, 그것만으로도 명절의 의미는 충분합니다.

함께 읽으면 좋은 시

• 문태준, 「맨발」 그 사람의 맨발을 오래 들여다보고 싶어진다.
• 백석, 「고야」 당대 최고의 모던 보이가 건네는 가장 오래된 명절 이야기.
• 신경림, 「추석」 명절은 분단된 적이 없다고 쓸쓸히 확인한다.

우리 집에 놀러 와. 목련 그늘이 좋아.

꽃 지기 전에 놀러 와.

봄날 나지막한 목소리로 전화하던 그에게

나는 끝내 놀러 가지 못했다.

해 저문 겨울날

너무 늦게 그에게 놀러 간다.

나 왔어.

문을 열고 들어서면

그는 못 들은 척 나오지 않고

이봐. 어서 나와.

목련이 피려면 아직 멀었잖아.

짐짓 큰소리까지 치면서 문을 두드리면

조등(弔燈) 하나

꽃이 질 듯 꽃이 질 듯

흔들리고, 그 불빛 아래서

너무 늦게 놀러 온 이들끼리 술잔을 기울이겠지.

밤새 목련 지는 소리 듣고 있겠지.

너무 늦게 그에게 놀러 간다.

그가 너무 일찍 피워 올린 목련 그늘 아래로.

　　　　　　　—나희덕, 「너무 늦게 그에게 놀러 간다」

슬픔을 극복하는 몇 가지 방법

19세기에 활동했던 시인인 알렉산드르 푸시킨(Aleksandr Pushkin)은 러시아를 대표하는 국민 작가입니다. 러시아 문학 전문가들에 따르면, 러시아 작가의 경우 자기와 푸시킨의 관계를 입증해야만 인정을 받을 정도로 푸시킨의 영향력은 아직도 대단하다고 합니다. 푸시킨은 시와 소설 등 여러 장르에서 명작을 남겼는데, 특히 우리에게는 「삶이 그대를 속일지라도」라는 작품이 유명합니다. 한국인 중에 그시의 첫 구절, 즉 "삶이 그대를 속일지라도/ 슬퍼하거나 노여워하지 말라"를 모르는 사람은 많지 않을 것입니다.

그런데 재미있는 점은 그다음 구절을 아는 사람은 드물다는 사실입니다. 그다음 구절은 이렇습니다. "절망의 날을 참고 견디면/ 기쁨의 날이 반드시 오리니." 그런데 어디서 읽었는지 기억이 나지 않지만, 다음 구절을 한동안 저는 이렇게 기억하고 있었습니다. "절망이 닥치면 누워 있어라." 원문과는 너무나 거리가 멀었지만, 저는 그 구절을 절망이 닥치면 고통이 지나갈 때까지 잠시 시간을 보내라는 의미로 받아들였습니다. 억지로 절망을 극복하려 하지 말고 냉정을 유지하면서 다시 시작할 수 있을 때까지 시간을 흘려보내라는 뜻으로 해석했습니다.

시간이 한참 흐른 뒤에야 제가 읽은 구절은 시의 어디에도 없다는 사실을 알게 되었습니다. 아마도 제가 잘못 읽었거나 누군가가 엉터리로 번역해 놓은 것을 읽었을 것입니다. 그러나 저는 그때의 해석이 '창조적 오독'이었다고 생각합니다. 창조적 오독이란 일부러 잘못 해석하거나 자신만의 해석을 덧붙임으로써 작품의 새로운 의미를 발견해 내는 것을 말합니다. 예술가들에게는 항상 선배 예술가들의 영향으로부터 벗어나 새로운 시도를 해야 한다는 강박이 있습니다. 창조적 오독은 그러한 강박의 결과물 중 하나입니다. 물론 창조적 오독은 새롭고 설득력 있는 의미를 전혀 생산해 내지 못하고 오히려 작품을 해치는 '파괴적 오독'과는 구분되어야 합니다.

엉터리 해석을 통해 저는 푸시킨의 시를 더 깊이 이해할 수 있었습니다. 혹독한 절망이 닥쳐올 때는 섣불리 덤벼들지 말고 살짝 피하거나 내버려 두는 것이 좋은 해결책일 수 있습니다. 아무리 발버둥 쳐도 거부할 수 없는 절망과 고통이 있는 법입니다. 또 어떤 시기마다 반드시 거쳐야 할 고통이 있습니다. 사랑, 이별, 죽음 등이 그러합니다. 그것들은 모두 견딜 수 없이 참혹한 고통을 선사하지만, 시간이 지나고 나면 그러한 고통이 삶을 지탱하는 힘이 된다는 사실을 깨닫게 됩니다.

인간은 타인의 불행을 보면서 고통을 느끼기도 합니다. 상상할 수도 없는 참혹한 일로 억울하게 희생당한 사람을 보고 있으면 누구나 연민을 품게 됩니다. '연민'을 뜻하는 영어 단어 'compassion'은 라틴어 'pati'와 'cum'을 합친 데서 유래했습니다. '파티 쿰'은 '함께 괴로워하다'라는 뜻입니다. 함께 괴로워할 수 있는 이유는 인간에게 타인에 대한 사랑의 감정이 내재되어 있기 때문입니다. 철학자 쇼펜하우어(Arthur Schopenhauer)는 "연민은 도덕성의 근본"이라고 말하기도 했습니다. 역사적으로 타인을 위한 희생을 마다하지 않았던 이들은 모두 보통 사람보다 연민의 능력이 뛰어난 사람들이었습니다.

생명윤리학자 스티븐 포스트(Stephen Post)는 『왜 사랑하면 좋은 일이 생길까(*Why Good Things Happen to Good People*)』라는 저서에서 연민의 특징을 몇 가지로 설명합니다. 첫째, 연민은 탄생의 순간부터 시작됩니다. 아기를 돌보는 엄마를 관찰한 결과, 엄마의 뇌는 아기의 고통에 본능적으로 강한 반응을 보인다고 합니다. 둘째, 연민은 진정 효과가 있고 유대감을 높여 줍니다. 과학자들이 연민의 원천으로 지목하고 있는 옥시토신이라는 호르몬은 신경계 전체를 돌아다니며 유대감과 헌신, 애착 형성에 관여한다고 합니다. 셋째, 연민은 다른 사람의 감정을 비추는 내면의 거울입니다. 연민은 타인의 경험을 마치 자신의 경험처럼 느낄 수 있기 때문에 생겨납니다. 넷째, 연민은 긍정적 감정을 높여 줍니다. 연민의 감정과 다른 사람의 고통을 감지하는 능력이 커지면 행복한 감정을 느낄 확률도 높아진다는 것이 과학적 연구를 통해 입증되었습니다.

스티븐 포스트의 말에 따르면 연민은 타인을 위한 감정만은 아닙니다. 연민의 감정은 스트레스를 줄이고 타인과 원만한 관계를 형성하는 데 기여함으로써 삶의 만족감을 높입니다. 삶에 대한 만족감과 긍정적 감정이 높아지면 자연스레 육체 또한 건강해집니다. 타인의 고통을 알아차리고 그 고통에 공감하려는 노력은 타인의 삶뿐만 아니라 자신의 삶 또한 변화시킬 수 있는 힘이 됩니다. 연민은 자신과 타인 모두를 위한 것이고, 인류가 서로 어울려 살아가기 위해 꼭 필요한 감정입니다.

푸시킨의 말처럼 삶이 우리를 속일 때가 있습니다. 살아가는 동안 우리는 지독한 고통을 경험하고 타인의 슬픔과도 마주치게 됩니다. 그러한 어려움을 극복하게 하는 것은 인내와 연민입니다. 인내와 연민은 모두 사랑의 감정에서 비롯됩니다. 자신을 사랑할 수 있는 자만이 인내의 시간을 견딜 수 있고, 타인을 사랑하는 자만이 연민의 감정을 품을 수 있습니다.

결코 늦어서는 안 되는 것들

나희덕 시인의 「너무 늦게 그에게 놀러 간다」는 제목이 쉽게 잊히지 않는 작품입니다. 또 제목만으로도 작품이 말하고자 하는 바를 알 수 있는 작품이기도 합니다. 가까운 이들에게 습관처럼 '밥 한번 먹자'거나 '언제 한번 보자'고 말할 때가 있습니다. 그런 말들은 대개 '안녕'처럼 별 의미 없는 인사치레인 경우가 대부분입니다. 그런 말들에 진지하게 반응했다가는 낭패를 보기 십상입니다.

이 작품에서 화자의 친구 또한 화자에게 그와 비슷한 말을 건넵니다. "우리 집에 놀러 와. 목련 그늘이 좋아./ 꽃 지기 전에 놀러 와." 화자는 평소처럼 그 말을 심각하게 생각하지 않았던 모양입니다. 그 말이 친구가 자신에게 건네는 마지막 말이 될 줄은 꿈에도 생각하지 못했을 것입니다. 결국 화자는 친구가 세상을 떠난 뒤에야 친구의 부탁을 들어줄 수 있었습니다. 화자는 그러한 상황을 "너무 늦게 그에게 놀러 간다"라고 담담하게 표현하고 있지만, 오히려 그러한 담담함이 화자의 슬픔을 더 극명하게 드러내고 연민의 감정을 불러일으킵니다.

화자의 담담함과 더불어 이 작품에서 슬픔을 배가시키는 것은 목련꽃의 이미지입니다. 봄이면 피는 하얀 목련은 봄의 생명력을 상징하는 꽃 중의 하나입니다. 그러나 화자의 친구는 그 꽃에서 얼마 남지 않은 자신의 생을 보았을 것입니다. 그 꽃이 지고 나면 자신의 생명도 머지않아 저물게 될 것이라는 예감으로 꽃이 지기 전에 놀러 오라고 친구를 불렀을 것입니다. 목련은 지고 친구도 세상을 떠났지만, 화자는 장례식장에서 목련꽃이 지는 소리를 듣습니다. 친구의 마지막 말이 여전히 귓가에 생생하고 친구의 마지막 요청을 들어주지 못했다는 자책을 지울 수 없기 때문입니다. 화자는 목련꽃이 필 때마다 친구를 떠올리게 될 것입니다. 그에게 목련은 친구를 잃은 슬픔과 친구를 돌보지 못한 자책의 감정이 한데 엉기어 피는 꽃이 되었습니다.

세월호 참사로 숨진 학생들이 마지막으로 남긴 말 중에 가장 많은 것이 '사랑해'와 '미안해'였습니다. 너무나 평범한 말들입니다. 그러나 평범한 말들도 마지막 말이 되면 의미가 달라집니다. 온 국민이 마치 자기 자식을 잃은 것처럼 슬퍼했던 것도 그들의 마지막 말에서 깊은 슬픔과 자책을 느꼈기 때문일 것입니다.

늦어서는 안 되는 것들이 있습니다. 단 한 번의 기회만 주어지는 것들이 있습니다. 우리가 매일 듣는 흔한 말들 중에도 마지막 말이 있을 것입니다. 그 말에 귀 기울이지 않으면 자책으로 오랫동안 괴로워하게 됩니다. 공감과 연민만이 마지막 말을 가려낼 수 있습니다. 그리고 그것은 타인뿐만 아니라 우리 자신을 위한 길이기도 합니다.

사랑은 호명으로 시작된다

나희덕 시인의 작품처럼 제목만 이해해도 감상이 어렵지 않은 시들이 있습니다. 고재종 시인의 「면면함에 대하여」 또한 그러합니다. 이 작품의 제목을 이해하려면 '면면하다'라는 단어의 의미를 알아야 합니다. '면면하다'는 끊이지 않고 끝없이 이어져 있다는 뜻입니다. 제목만으로도 우리는 이 작품이 끝없이 이어진다는 것, 또는 끝없이 이어지는 것들에 대한 시임을 알 수 있습니다. 그러므로 시인이 무엇을 면면한 것이라고 말하는지, 면면한 것에 어떤 의미를 부여하고 있는지 파악하는 일이 이 작품을 이해하는 열쇠입니다.

이 작품에서는 '소리'라는 단어가 반복됩니다. 그 소리는 동구 밖 느티나무에서 들려옵니다. 그것은 나무의 울음소리이자 "지킬 것은 지켜야 한다"는 간절한 흐느낌입니다. 시간이 흘러도 나무의 푸르른 울음소리는 그치지 않고, 사람들은 고된 노동의 사이사이마다 그 울음소리에 귀를 기울입니다. 나희덕 시인의 작품에서 화자는 친구의 마지막 말을 흘려듣고 말았지만, 이 작품에 등장하는 사람들은 나무에서 나는 소리도 허투루 듣지 않습니다. 나무에서 나는 소리는 곧 그들의 마음에서 울리는 소리이기도 하기 때문입니다. 나무의 소리는 아무리 열악한 상황에 놓이더라도 지킬 것은 지켜야 한다는 다짐이자, 그 다짐을 응원하는 듯 울리는 북소리입니다.

화자는 바로 그 소리가 면면한 것이라고 말합니다. 겨울을 맞아 상처투성이가 된 나무처럼 농촌 마을은 붕괴 직전에 놓여 있습니다. 그러나 나무는 봄을 맞아 다시 초록의 잎을 드러내고, 어떤 이들은 여전히 마을에 남아 초록의 모를 심습니다. 느티나무가 면면히 제자리를 지키고 서 있는 것처럼 사람들도 그 나무를 바라보며 의연하게 농사일을 시작합니다. 지킬 것은 지켜야 한다는 간절한 소리가 나무와 사람들을 하나로 묶어 놓습니다. 시인은 마지막에 나무의 울음을 둥둥 울리는 북소리와 겹쳐 놓음으로써 나무와 사람들의 면면함에 희망의 기운을 불어넣습니다.

지독한 슬픔의 와중에도 지켜야 할 것들이 있습니다. 푸시킨이 "절망의 날을 참고 견디면/ 기쁨의 날이 반드시 오리니"라고 노래했듯이, 지킬 것은 지켜야 한다는 사명감은 절망을 견딜 수 있는 강력한 힘입니다. '면면하다'라는 말은 역사, 전통, 생각 등과 자주 어울리는 말입니다. 끝없이 이어지는 것들은 결코 버려서는 안 될 것들이고, 그러한 것들이 전통이 되고 역사를 만듭니다.

김정란 시인의 「사랑, 이웃」에서 화자는 이웃을 슬픔의 동지라고 말합니다. 화자와 이웃이 슬픔의 동지가 될 수 있는 이유는 그들이 서로에게 연민을 품고 있기 때문입니다. 화자는 이웃에 대해 연민을 품는 모양을 "밤이슬이거나 머리맡의 물잔처럼/ 당신들 곁으로 내려선다"고 표현합니다. 이웃에게 연민을 품는 것은 밤이슬이 내리고 머리맡에 물잔이 놓이는 것처럼 지극히 일상적이고 자연스러운 일입니다. 누가 강요하지 않아도 우리는 이웃의 슬픔에 밤이슬처럼 자연스럽게 젖어 듭니다.

화자는 그러한 연민이 사랑에서 비롯되었으며, 그 사랑은 호명으로 시작된다고 말합니다. 이름을 부르는 행위는 어떤 것의 존재를 인식하고 확인하는 일입니다. 이름이 없는 것들, 이름이 불리지 않는 것들은 존재하지 않는 것과 다를 바 없습니다. 그러므로 이웃에 대한 연민과 사랑은 서로의 이름을 부르는 것에서 시작되어야 합니다. 그제야 비로소 우리는 혼자가 아니라는 사실을 깨닫게 되고 지독한 슬픔을 함께 나눌 동지를 얻게 됩니다. 나희덕 시인의 「너무 늦게 그에게 놀러 간다」에서 "놀러 오라"는 친구의 말도 곧 슬픔의 동지를 부르는 호명이었습니다. 호명하고 호명에 화답할 때에만 우리는 너무 늦지 않을 수 있습니다.

연민을 느낄 수 있는 사람만이 이웃을 얻을 수 있습니다. 슬픔의 동지인 이웃이 있으면 아무리 지독한 슬픔도 극복해 낼 수 있습니다. 그것이 바로 면면하게 유전되어 온 인간의 본성이자 역사의 진실입니다.

함께 읽으면 좋은 시

• 고재종, 「백련사 동백숲길에서」 동백꽃 등을 밝히고 걷는, 뜨거운 상처의 길.
• 김정란, 「사랑으로 나는」 상처마저 사랑하게 만드는, 사랑에 대한 도저한 믿음.
• 나희덕, 「방석 위의 생」 삶이란 자기 방석이 놓일 자리를 아는 것이다.

귀 기울여도 있는 것은 역시 바다와 나뿐.

밀려왔다 밀려가는 무수한 물결 우에 무수한 밤이 왕래하나,

길은 항시 어데나 있고, 길은 결국 아무 데도 없다.

아— 반딧불만한 등불 하나도 없이

울음에 젖은 얼굴을 온전한 어둠 속에 숨기어 가지고……

너는,

무언(無言)의 해심(海心)에 홀로 타오르는

한낱 꽃 같은 심장으로 침몰하라.

아— 스스로이 푸르른 정열에 넘쳐

둥그런 하늘을 이고 웅얼거리는 바다,

바다의 깊이 위에

네 구멍 뚫린 피리를 불고…… 청년아.

애비를 잊어버려,

에미를 잊어버려,

형제와, 친척과, 동무를 잊어버려,

마지막 네 계집을 잊어버려,

알라스카로 가라, 아니 아라비아로 가라,
아니 아메리카로 가라, 아니 아프리카로
가라, 아니 침몰하라. 침몰하라. 침몰하라!

오— 어지러운 심장의 무게 위에 풀잎처럼 흩날리는 머리칼
을 달고
이리도 괴로운 나는 어찌 끝끝내 바다에 그득해야 하는가.
눈뜨라. 사랑하는 눈을 뜨라…… 청년아.
산 바다의 어느 동서남북으로도
밤과 피에 젖은 국토가 있다.

알라스카로 가라!
아라비아로 가라!
아메리카로 가라!
아프리카로 가라!

—서정주, 「바다」

연말은 가족과 함께

해마다 연말이 되면 바깥의 추위로부터 몸을 녹여 주는 가정, 고단한 하루로 얼어붙은 마음을 녹여 주는 가족이 얼마나 소중한지 새삼 깨닫게 됩니다. 그런데 안타깝게도 최근 들어 가족이 해체되고 있다는 이야기가 심심치 않게 들립니다. 결혼 기피, 이혼율 증가, 출산율 감소 등을 나타내는 통계 수치들은 가족의 해체를 실증적으로 입증해 주고 있습니다. 가족의 가치가 하락하고 끝내 해체의 상황으로 내몰리게 된 까닭은 두 가지 이유 때문입니다. 기존의 가족은 내부 구성원에게는 너무나 억압적이었고, 외부적으로는 가족 이기주의를 내세우며 반(反)사회적이었습니다. 가족이라는 이름으로 가족 구성원들이 감당해야 하는 제약이 많았고, 제 가족만을 챙기느라 공동체와 사회를 위한 일에는 담을 쌓는 경우도 많았습니다. "가족주의는 야만이다"라는 말이 나올 정도로 가족이 개인과 사회 모두에 부정적인 존재로 인식되면서 가족의 가치는 추락했습니다.

그런데 흥미로운 점은 가족의 몰락이 급격하게 진행될수록 가족의 필요성과 가치는 오히려 예전보다 더욱 높아지고 있다는 사실입니다. 사회의 모든 부문에 경쟁 체제가 도입되면서 사람들은 절박한 생존의 위기에 내몰리고 있습니다. 또 삶이 경제 원리에 의해 재편되면서 경쟁과 생존을 위한 이기심은 늘어나고 있습니다. 반면에 공동체의 유지를 위해 대가를 바라지 않는 경제학, 즉 프란츠 크사버 카우프만(Franz Xaver Kaufmann)이라는 학자가 말한 바 있는 '도덕적 경제학'은 사라지고 있습니다. 독일의 학자이자 저널리스트인 프랑크 쉬르마허(Frank Schirrmacher)는 그의 저서인 『가족, 부활이냐 몰락이냐(*Minimum*)』에서 이타주의가 사라지고 있는 이유를 가족의 몰락 때문이라고 진단합니다. 가족은 희생정신의 원천이자 이타심을 학습하게 하는 존재인데, 가족이 줄어들면서 사회 전체적으로 이타심의 양 또한 줄어들고 있다는 것입니다. 가족의 몰락은 경제 활동 인구의 감소라는 측면보다는 이타심의 감소로 인한 공동체의 붕괴라는 측면에서 더 위협적입니다.

쉬르마허의 견해는 일방적인 옹호나 매도에서 벗어나 가족을 새롭게 이해해야 할 필요성을 시사하고 있습니다. 가족이 문제시되었던 원인 가운데 하나는 '가족 이기주의'였습니다. 혈연 중심의 가족은 집단 내의 배타적 권리만을 추구하여 가족과 사회에 부정적인 결과만을 초래한다는 것이 종래의 지배적인 견해였습니다. 그래서 우리는 언제부터인가 이기적이지 않은 가족을 떠올리기가 쉽지 않게 되었습니다. 그러나 만약 가족이 이타적이고 그 이타심이 사회로 확장될 수 있다면, 가족은 반사회적이라는 멍에를 벗게 될 것입니다. 이타적인 심성은 상대방을 억압하지 않으므로 가족 내부의 억압성 또한 해소될 수 있습니다. 그러한 가족이 존재한다면 가족을 이루려는 사람들 또한 지금보다 늘어날 것입니다. 가족의 이타성을 복원하는 일은 어떤 출산 장려책보다 가족의 몰락을 막는 효과적인 방법이라고 할 수 있습니다.

그렇다면 가족의 이타성은 어떻게 복원될 수 있을까요? 쉬르마허는 아이들이 존재한다는 사실 자체만으로도 서로 적대적인 사람들을 결합시킬 수 있다고 말합니다. 출산율이 감소하는 이유는 자신이 자식들을 먹여 살리느라 사회적·경제적으로 불이익을 당할 거라는 두려움 때문입니다. 역으로 말하면, 경제적 어려움을 충분히 예상하면서도 자식을 선택하는 사람은 이미 그만큼 이타적이라고 할 수 있습니다. 가족을 위한 희생이 당사자에게 억압이 된다며 부정적으로 보는 견해도 있지만 반드시 그런 것만은 아닙니다. 희생은 그 자체로 숭고하며, 가족을 통해 축적되는 이타성은 타인을 위한 자발적 희생을 이끌어 내는 원천입니다.

가족 내에서 축적된 이타심을 사회로 확장하는 일이 중요합니다. 그래야만 가족 이기주의에서 벗어날 수 있고 가족은 반사회적이라는 굴레로부터도 자유로워질 수 있습니다. 인류학자 나카자와 신이치[中沢新]는 '사랑의 경제학'에 대해 말한 바 있습니다. 사랑이 또 다른 사랑을 촉발시켜 무한 증식되는 것처럼, 이타심은 또 다른 이타심을 낳아 사회를 이타심으로 가득 채웁니다. 그리고 가정은 이타심을 교육하고 촉발시키는 가장 중요하고 효과적인 장소입니다.

가족이라는 이름의 굴레

서정주 시인의 「바다」는 1941년에 출간된 그의 시집 『화사집』에 실려 있습니다. 서정주는 1915년에 태어났으니 이 시는 그가 20대에 창작한 작품입니다. 『화사집』은 파격적인 내용으로 그 당시 문단에 충격을 안겼습니다. 존재의 혼돈과 인간의 어두운 욕망을 이토록 깊이 파고든 시집이 그 이전에는 없었습니다.

이 작품에서 바다의 이미지는 어둠으로 덮여 있습니다. 파도만 무수히 오가는 바다는 절망과 혼돈을 상징합니다. 어떤 이는 바다를 보며 이상의 세계를 동경하고, 또 어떤 이는 바다에서 원초적 모성의 힘을 발견하기도 하지만, 이 작품의 화자는 이러지도 저러지도 못하는 답답하고 암담한 현실만을 떠올립니다. 화자는 어떻게든 그러한 현실을 벗어나려는 욕망에 가득 차 있고, 어두운 바다를 가로질러 먼 곳으로 떠나는 일만이 그 방법이라고 생각합니다. 알래스카든 아라비아든 아메리카든 아프리카든 어디라도 좋습니다. 화자는 그곳으로 가려다 어둠의 바다에 침몰하는 일이 있더라도 괴로운 현실에 머무르는 것보다는 낫다고 생각합니다.

그렇다면 화자는 왜 그토록 자신이 처한 현실에서 벗어나려고 하는 것일까요? 3연과 4연에서 대강의 상황을 짐작해 볼 수 있습니다. 3연에서 화자는 부모와 형제, 친척과 동무 등 자신과 관련된 모든 사람을 잊어버리라고 말합니다. 부모와 형제와 친구는 삶을 위해 필수적인 존재들입니다. 그들이 없다면 삶은 쓸쓸하고 애처로울 것입니다. 그러나 때로는 그러한 존재들이 걸림돌이 되기도 합니다. 부모와 형제를 생각하느라 자신이 하고 싶은 일을 포기해야 할 때, 자신의 욕망을 친구나 연인이 가로막을 때 그런 생각이 듭니다. 특히 젊은 시절에는 욕망의 크기는 엄청난 반면 욕망을 제어하는 일은 익숙하지 않아 더 자주 그런 생각을 하게 됩니다. 화자가 "산 바다의 어느 동서남북으로도/ 밤과 피에 젖은 국토가 있다"고 말하는 이유도 인간관계뿐만 아니라 모든 것이 자신을 억압한다고 느끼기 때문입니다.

앞서 말했던 것처럼 이 작품은 시인이 20대에 발표한 작품입니다. 10대나 20대에는 가족과 친구의 소중함을 잊기 십상입니다. 자아가 형성되면서 온통 자신에게만 집중하는 시기라 주위로 시선을 돌리기가 쉽지 않습니다. 이 작품은 그러한 상황의 극한을 보여 주고 있습니다. 가족이 부담으로 느껴질 때가 있지만 "애비를 잊어버려/ 에미를 잊어버려"와 같이 직설적이고 노골적으로 말하는 사람은 드뭅니다. 이는 거꾸로 이야기하면, 화자가 가족을 비롯한 인간관계를 얼마나 억압적으로 느끼고 있는지를 단적으로 표현한 말이라고 볼 수 있습니다.

실제로 우리의 전통적 가족 관계는 가족 구성원에게 감당하기 어려운 희생을 요구하는 경우가 많았습니다. 이 작품이 발표된 1930년대는 전통적 가족 관계가 여전히 유지되고 있는 상황에서 서구의 근대적 개인주의가 점차 영향력을 넓혀 가던 시기였습니다. 두 흐름 사이에서 이러지도 저러지도 못하고 질식할 것만 같은 상황이 이 작품에 반영되어 있습니다. 가족을 비롯한 모든 관계로부터 독립된 주체적인 개인으로 살아가고 싶지만 현실은 그러한 바람을 쉽게 용납하지 않습니다. 할 수 있는 일이라고는 탄식과 분노를 표출하는 것뿐입니다. 이 작품에 감탄사와 느낌표가 많이 등장하는 것도 그러한 이유 때문입니다.

사랑이 사람을 만든다

서정주 시인의 「바다」가 가족에 대한 차가운 시선을 담고 있는 데 반해, 정호승 시인의 「맹인 부부 가수」는 가족을 따뜻한 모습으로 그리고 있습니다. 추운 겨울, 거리에서 노래를 부르며 살아가는 맹인 부부의 모습은 연민을 자아내기에 충분합니다. 그러나 사람들은 날씨보다도 더 차가운 무관심으로 그들 곁을 지나칩니다. 눈이 내리고 어둠마저 내려앉아 가뜩이나 앞이 보이지 않는 그들에게 도무지 나아갈 길이 보이지 않습니다. 「바다」의 화자가 길을 찾지 못해 절망했던 것처럼, 부부 또한 마찬가지의 상황에 처해 있습니다.

그러나 부부는 「바다」의 화자와는 달리 꿋꿋하게 노래를 부릅니다. 남편과 아내와 아기는 차가운 날씨와 그보다 더 차가운 사람들의 시선 속에서도 눈사람처럼 제자리를 지키며 노래를 이어 갑니다. 화자는 그들의 모습에서 적대적인 것들마저도 포용하는 사랑의 마음과 아무리 열악한 상황에 놓이더라도 희망을 버리지 않는 긍정의 정신을 발견합니다. 그리고 부부의 한결같은 마음을 "봄이 와도 녹지 않을 눈사람"이라는 이미지로 표현합니다.

그런데 이 작품을 읽고 있으면 의문이 생깁니다. 부부의 포용 정신과 긍정의 자세는 어디에서 비롯되었을까요? 그들이 자신에게 무관심한 사람들마저도 사랑할 수 있게 만드는 힘은 어디서 나오는 걸까요? 이는 그들이 가족이기에 가능했습니다. 그들은 앞이 보이지 않아 서로에게 의지하고 서로를 챙기는 방법을 일찍이 터득했을 것입니다. 앞이 보이지 않기 때문에 타인의 시선에 신경 쓰지 않고 오로지 자신들의 노래에만 집중할 수 있을 것입니다. 가족을 이루면서 다져진 이타심이 타인들마저 포용할 수 있는 경지로 확장된 것입니다. 그래서 이 시를 읽고 있으면 마음이 따뜻해집니다. 사랑이 사랑을 촉발시켜 마음이 사랑으로 가득 차게 됩니다.

새로운 가족이 탄생할 수 있는 조건과 관련해서 읽어 볼 만한 작품으로 안도현 시인의 「겨울 강가에서」라는 시가 있습니다. 이 작품은 눈과 강을 의인화하여 자연의 사랑스러운 모습을 그리고 있습니다. 화자는 강이 세찬 소리를 내고 살얼음을 깨기 시작하는 이유가 눈발들이 다치지 않게 하려는 것이라고 말합니다. 이리저리 흩날리는 눈발은 철없는 어린아이의 모습으로 표현되어 있고, 그런 눈발이 다칠까 봐 염려하는 강은 자식을 돌보는 어머니의 모습으로 그려져 있습니다.

앞서 언급한 쉬르마허는 여성들이 협동적·사회적·소통적 능력을 발휘하는 곳이라면 어디에서나 가족과 유사한 구조가 형성된다고 주장합니다. 집단이 고립되거나 위기에 처했던 몇몇 사례에서 드러난 바에 따르면, 가족 관계로 이루어지지 않은 집단에서 이방인을 가족처럼 대함으로써 가족과 같은 관계를 형성했던 사람은 여성이었다고 합니다. 여성이 가족의 의무가 존재하지 않는 곳에서도 모든 것을 걸고 신뢰와 우정의 동맹을 맺었다는 것은 실제로 입증된 사실입니다. 그러한 분석을 토대로 쉬르마허는 여성이 가족을 유지하는 데 핵심적인 역할을 할 것이며, 전통적 가족을 대체할 새로운 관계를 구축하고 안정화시키는 데도 여성이 중요한 역할을 맡을 것으로 전망합니다. 우리의 공동체가 새롭게 탄생할 것인가, 그리고 그 방법이 무엇인가를 결정할 당사자는 바로 할머니들, 어머니들, 딸들이라는 의미입니다. 이 작품에서 보듯 어머니와 같은 마음이 있는 곳이면 어디에서든 가족이 생겨납니다. 혈연관계로 맺어지지 않은 사람들도 어머니와 같은 존재가 있다면 가족이 될 수 있습니다.

요즘 들어 세상이 각박해지고 공동체가 붕괴되고 있다는 이야기가 자주 들립니다. 그 원인 가운데 하나가 가족의 해체입니다. 억압적인 가족은 사라져야 하지만 이타심을 배울 수 있는 가족은 부활해야 합니다. 혈연으로 맺어진 가족만 중시하지 말고 그렇지 않은 다양한 형태의 가족 또한 당당한 사회의 구성원으로 인정해야 합니다. 그러니 연말은 가족과 함께 보내는 것이 좋겠습니다. 또 혈연을 뛰어넘어 낯선 이들과 새로운 가족을 만들어 보면 더 좋겠습니다.

함께 읽으면 좋은 시

• 손택수, 「아버지의 등을 밀며」, 미워하지 않을 수도, 끝까지 미워할 수도 없는 그 이름.
• 유강희, 「어머니 발톱을 깎으며」, 발톱에 담긴, 왱왱거렸던 삶의 흔적.
• 유홍준, 「포도나무 아버지」, 아버지를 기억하는 신선한 상상력.

세상에 널린 여러 옷들 속에서 나는 주로 헐렁한 옷을 골라
입는다

　그것은 내가 헐렁한 옷 속에 나를 감춰 두기를 좋아하기 때
문이다

　나에게 나는, 맘껏 드러내 놓고 싶은 만큼이나 칭칭 감아 놓
고 싶은 어쭙잖음이다

　헐렁한 옷 속으로 내가 나를 슬쩍 집어넣으면

　나는 옷의 헐렁함 속으로 부드럽게 미끄러져 들어가고

　옷은 나를 끌어당긴 그 헐렁함의 미덕으로 나의 윤곽이 옷
밖으로 도드라지지 않게 해 주었다

　헐렁한 옷 속에서 그동안 나는 속이는 일의 간편함, 세상에
나의 오목과 볼록을 드러내지 않는 일, 에 젖어 있었다

　그러나 많이 입어 더욱 헐렁해진 옷 속에서 지금

　느껴지는 어떤 움직임, 질깃하게 짜여지지 못한

　내 삶의 올이 풀리고 있다!

　옷을 뒤집어 본다, 내가 없다

　헐렁헐렁한 옷의 안감과 겉감이 있을 뿐이다 처음부터 내가
헐렁한 옷의 안감이었던 것처럼

216

속이고 속은 것이 다 나았다 안심하고 나를 맡겨 온 옷의
헐렁함이
  비뚤거리긴 했지만 수채화 붓 자국이었던 나를 뭉개 버렸다
  어디로 갔을까,
  내가 세상을 적대하여 어거지로 입었던 그 헐렁한 옷 속에서
  독하게 꽃피워 보지도 못한 나는

                              ─이선영, 「헐렁한 옷」

좋은 옷이란 무엇인가

저는 가끔 교복을 입은 학생들이 부럽습니다. 고등학교를 마칠 때까지 교복을 입지 못했던 세대라서 그런 모양입니다. 유니폼의 일종인 교복은 그 자체로 멋스럽고 젊음을 상징하기도 합니다. 또 유니폼은 아침마다 어떻게 차려입을지 고민하는 시간을 덜어 줍니다. 의류를 구입하는 비용도 덜 들어서 경제적으로도 이득입니다.

요즘에는 아웃도어 의류가 교복처럼 보일 때가 있습니다. 남녀노소를 불문하고 아웃도어 의류를 즐겨 입고 평상복으로도 입습니다. 몇 년 전에 실시한 설문 조사에 따르면, 아웃도어 상품 구입자의 74.8%가 구입한 제품을 야외 활동할 때뿐만 아니라 평상복으로도 활용한다고 응답했습니다. 성인들은 물론이고 청소년들 또한 아웃도어 열풍에 가세한 지 오래입니다.

아웃도어 의류들이 인기를 끄는 데에는 여러 이유가 있습니다. 주된 이유는 운동과 건강에 대한 관심이 늘었기 때문입니다. 그러나 아웃도어 의류가 평상복으로도 애용되는 것을 보면 아웃도어 열풍의 배경에는 그것 말고도 또 다른 이유가 있는 듯합니다.

무엇보다 아웃도어 의류는 실용적입니다. 신축성이 좋아 편하게 입을 수 있고 땀 배출이 용이해 쾌적합니다. 오염에도 강하고 세탁도 어렵지 않아 관리 또한 간편합니다. 아웃도어 의류에는 대개 그것이 지닌 특별한 기능을 설명하는 각종 꼬리표들이 잔뜩 달려 있는데, 그 내용을 찬찬히 읽어 보는 재미 또한 쏠쏠합니다. 현란한 이미지와 외래어들이 가득한 꼬리표를 읽고 있으면 마치 NASA에서 만든 우주복을 구입한 듯한 느낌마저 듭니다.

아웃도어 의류는 새 옷이라도 마치 오랫동안 입은 옷처럼 몸에 부드럽게 달라붙습니다. 독일의 사회학자 게오르그 지멜은 새 옷이 우아한 인상을 주는 이유는 아직 옷이 빳빳함을 유지하고 있어 몸에 달라붙지 않기 때문이라고 말한 적이 있습니다. 오래 입은 옷은 마치 사람 몸에 붙는 것처럼 친밀성을 나타내는데, 이는 우아함과는 본질적으로 어긋납니다. 지멜이 보기에 '우아함'은 남들을 위해 존재하며 보편적으로 남들에게 인정받는 데 가치를 두는 사회적 개념입니다.

지멜의 관점에서 보면 새 옷일지라도 몸에 달라붙는 아웃도어 의류는 우아함과는 거리가 멉니다. 우아함과 거리가 멀다는 것은 아웃도어 의류가 남들에게 보이기 위해 입는 옷이 아니라는 사실을 의미합니다. 아웃도어 의류의 연원을 생각해 보면 지멜의 지적은 일리가 있습니다. 본래 아웃도어 의류는 등산과 같은 야외 활동을 위해 만들어졌습니다. 등산이나 낚시를 하면서 남의 시선을 신경 쓸 필요는 없습니다. 산에 쉽게 오르고 물고기를 낚는 목적을 달성하기 위해 최적화된 기능을 갖추고 있으면 그만입니다. 아웃도어 의류의 꼬리표에 설명되어 있는 최첨단 기능 가운데 어느 하나도 그 옷을 입음으로써 남들에게 세련되고 멋지게 보이기 위한 기능은 없습니다.

그러므로 아웃도어 의류를 평상복으로도 즐겨 입는 것은 사람들이

전보다 남의 시선을 덜 의식하게 되었다는 것을 의미합니다. 속사정을 뻔히 아는 가족끼리 격식을 차리지 않듯이, 평등한 사회에 사는 사람들일수록 남의 시선에 민감하지 않아도 됩니다. 자유가 존중받는 사회일수록 구성원들은 개성을 드러내는 데 거리낌이 없습니다.

물론 자신을 남과 구별 지으려는 인간의 욕망은 집요합니다. 청소년들이 '노스페이스 계급'을 나누고 아웃도어에도 '명품'이 있다는 사실은 아웃도어 의류 또한 과시를 위한 소유의 대상이 되었음을 의미합니다. 그러나 그러한 욕망을 무조건 부정적인 것이라고 볼 수만은 없습니다. 지멜은 장신구가 자아의 확대를 가져오는 특별한 소유물이라며 이렇게 말했습니다. "우리가 별로 꾸미지 않고 그만큼 우리의 모습이 확장되지 않는 경우에 주변 사람들은 우리의 영역에 덜 주목하게 되며, 결국 발을 들여놓지 않고 지나쳐 버린다."

지멜에 따르면, 우리는 장신구로 꾸민 육체를 마음대로 다루면서 더 광범위하고 고귀한 것을 지배하는 주인이 됩니다. 그는 이렇게도 말했습니다. "우리는 다른 사람을 위한 존재가 될 때 나를 높일 수 있고, 자기 자신을 강조하고 확장시킬 때 남을 위한 존재로서의 가치를 높일 수 있다." 명품을 소유하려는 심리 자체에는 문제가 없습니다. 문제는 명품을 소유하는 것이 남을 업신여기기 위함인지, 아니면 자신을 강조함으로써 결국 남을 위한 존재가 되기 위함인지 여부입니다.

굳이 명품이 아니더라도 마음에 쏙 드는 옷 한 벌을 갖추는 것은 좋은 일입니다. 그 옷이 우리에게 육체를 지배하는 능력과 다른 사람을 위해 사는 고귀한 능력을 선사할 수 있으면 더 좋겠습니다.

더 좋은 사람으로 만드는 옷

이선영 시인의 「헐렁한 옷」은 옷의 의미에 대해 생각하게 하는 작품입니다. 요즘에는 몸에 달라붙는 스타일의 옷이 유행입니다. 그런 옷은 몸매를 그대로 드러내기 때문에 몸매가 날씬한 사람이 아니면 소화하기 어렵습니다. 그런 옷을 소화하기 위해서는 몸에 맞는 옷을 고르는 대신 옷에 몸을 맞춰야 합니다.

이 작품의 화자는 주로 헐렁한 옷을 입는다고 말합니다. 헐렁한 옷이 몸매를 감추기에 용이하기 때문입니다. 그러나 몸매에 자신이 없어서 그가 몸매를 감추려는 것은 아닙니다. 누구나 남에게 감추고 싶은 것들이 있습니다. 그것은 화자가 말하는 '어쭙잖음'과 같은 부정적인 것일 수도 있고, 반대로 자신이 가장 소중하게 여기는 것일 수도 있습니다. 옷에는 본래 감춤과 드러냄이라는 이중적 속성이 있습니다. 옷은 어떤 것은 드러내면서 어떤 것은 감춥니다. 화자가 헐렁한 옷을 선호하는 이유는 헐렁한 옷이 달라붙는 옷보다 감추는 속성이 강하기 때문이고, 이를 보면 화자는 무언가를 감추고 싶어 하는 사람임을 알 수 있습니다.

그렇다면 화자는 왜 자신을 감추려 할까요? 화자는 그 이유를 자신이 "세상을 적대하여" 살아왔기 때문이라고 말합니다. 믿을 수 없는 사람들에게 자신을 속속들이 드러낼 수는 없습니다. 겉모습만으로 사람을 판단하는 사람들에게 섣불리 자신을 드러냈다가는 선입견과 오해를 부를 수도 있습니다. 화자가 헐렁한 옷을 입는 것은 적대적인 세

상을 속이는 방법입니다. 화자는 헐렁한 옷을 이용해 적대적인 세상에 자신의 본모습을 드러내지 않음으로써 역으로 자신의 본모습을 유지하며 살아왔습니다.

그러나 문득 화자는 세상을 속이며 살고 있다고 믿는 동안에 자신 또한 속았다는 사실을 발견합니다. 옷 안에 있으리라 여겼던 '내'가 없다는 사실을 깨닫게 된 것입니다. 자신의 윤곽을 외부에 드러내지 않게 했던 헐렁한 옷은 실은 옷 안에 감춰 두었다고 믿었던 자신의 윤곽을 뭉개 버렸습니다. 결국 화자는 헐렁한 옷을 선호하다가 그 어디에서도 자신을 찾을 수 없게 되었습니다.

옷은 자신을 드러내는 동시에 감추는 것입니다. 그리고 한 사람의 실체는 드러나는 것과 감추는 것이 합쳐질 때에만 온전히 파악될 수 있습니다. 드러난 것만으로 한 사람을 판단해서는 안 되고, 감추어진 것이 드러난 것보다 본질에 더 가깝다고 판단할 이유도 없습니다. 둘 중 어느 하나만을 중시하다가는 자신을 잃어버릴 수도 있습니다.

또한 이 작품에서 헐렁한 옷이 화자의 윤곽을 뭉개 버리듯, 옷은 때로는 그 사람을 변형시키기도 합니다. 어떤 옷을 입느냐에 따라 몸뿐만 아니라 마음도 달라집니다. 그러므로 옷을 함부로 입어서는 안 됩니다. 앞서 언급한 지멜의 말대로 우리를 더 좋은 사람으로 만드는 옷을 입어야 합니다. 모든 옷이 날개인 것이 아니라 날개가 될 수 있는 옷이 있을 뿐입니다.

뒷모습까지 아름답기 위한 노력

정일근 시인의 「영혼의 순도」에는 조금 다른 의미의 옷이 등장합니다. 이 작품에서 옷은 피부에 걸치는 것이 아니라 피부 그 자체입니다. 화자의 말에 따르면 사람이라는 옷을 입고 살아가는 존재가 사람입니다. 마찬가지로 개는 개라는 옷을 입고 살아갑니다.

화자는 그러한 사실을 오래 살았다는 개의 눈을 들여다보다 깨닫게 되었다고 말합니다. 화자는 개의 눈을 들여다보다 자신이 개를 들여다볼 뿐만 아니라 개 또한 자신을 들여다보고 있다고 느낍니다. 자신을 응시하는 개의 눈빛 속에서 오래전 누군가가 자신을 바라보던 때의 느낌을 되살립니다. 겉모양, 즉 현재 입고 있는 사람이라는 옷과 개라는 옷이 다를 뿐, 오래전에는 자신과 개가 같은 옷을 입고 있었다고 상상하게 됩니다.

그런데 사람이라는 가죽 자체가 옷이라면, 그 옷을 입고 있는 것은 무엇일까요? 화자는 그것을 '영혼'이라고 말합니다. 살아 있는 것들의 본질은 영혼이고, 영혼이 무슨 옷을 입느냐에 따라 사람이 될 수도, 개가 될 수도 있다는 의미입니다. 화자의 말은 황당하게 들릴 수도 있습니다. 그러나 육체를 초월한 영혼이 있고, 영혼이 생을 거듭할 때마다 다른 모습으로 태어난다는 생각은 이미 예전부터 있었습니다.

그렇다면 왜 인류는 오래전부터 그런 생각을 했을까요? 왜 우리가 개가 아니고 인간으로 태어났는지 궁금했기 때문입니다. 화자와 마찬가지로 개 또한 인간처럼 감정을 느끼고 생각하는 생명체처럼 느껴질 때가 있습니다. 그럴 때면 문득 왜 개는 개로 태어났고, 사람은 사람으로 태어났는지 의문을 품게 됩니다. 전생에 지은 죄에 따라 영혼의 옷이 달라진다는 설명은 그러한 의문에 대답하기 위해 생겨났을 것입니다. 요즘 같은 세상에서는 비과학적인 것으로 보이지만, 사람들은 그러한 이야기를 수천 년 동안 믿어 왔습니다.

설사 영혼의 옷에 따라 현재의 모습이 달라진다는 설명이 사실이 아니더라도, 그러한 믿음은 현재를 살아가는 우리에게 몇 가지 깨달음을 전합니다. 인간과 짐승의 거리는 멀지 않다는 것, 따라서 짐승 또한 소중한 생명체로 다뤄야 한다는 것이 그 첫 번째 깨달음입니다. 또 옷이라는 겉모습에 과도한 비중을 두어서는 안 된다는 것, 옷만큼 그것이 감싸고 있는 영혼을 가꾸는 일에도 각별히 신경을 써야 한다는 것이 두 번째 깨달음입니다. 그래서 우리는 사람이 입는 옷뿐만 아니라 사람이라는 옷에 대해서도 생각할 필요가 있습니다.

뒷모습이 아름다운 옷에 관한 시도 있습니다. 정호승 시인의 「뒷모습」에서 눈에 띄는 구절은 "뒷모습이 아름다워지기를 바라는 사치"입니다. 여기서 뒷모습의 의미는 여러 가지로 해석될 수 있습니다. 먼저 그것은 뒤에서 본 모습이라는 사전적 의미일 수도 있고, 눈에 띄는 앞모습에 가려 평소에는 잘 드러나지 않는 어떤 부분이나 성격이라는 의미일 수도 있습니다. 또 어딘가로 떠나거나 사라질 때의 모습으로 생각할 수도 있습니다.

뒷모습이 셋 중에 어떤 것을 의미하든 뒷모습은 앞모습에 비해 관리하기가 쉽지 않습니다. 거울을 볼 때마다 뒷모습까지 챙기는 사람은 많지 않습니다. 눈에 잘 띄지 않는 부분은 신경을 덜 쓰는 것이 보통입니다. 남에게 뒷모습을 보이고 떠나야 할 미래의 일을 미리 준비하는 경우도 흔치 않습니다. 그렇지만 누구나 앞모습뿐만 아니라 뒷모습 또한 아름답기를 바랄 것입니다. 뒷모습은 앞모습에서 받은 인상을 완성시켜 줄 뿐만 아니라 누군가에게 보이는 마지막 모습이기 때문입니다.

그런데 이 작품의 화자는 뒷모습이 아름답기를 바라는 것은 사치라고 말합니다. 어째서 그것이 사치일까요? 아마도 첫 번째 이유는 현실에서는 앞모습을 아름답게 가꾸기도 벅차기 때문인지도 모릅니다. 아름다워지려는 욕망은 끝이 없어서 앞모습을 가꾸는 것만도 여간 힘든 일이 아닙니다. 두 번째 이유는 인간은 본래 모든 것이 아름다울 수 없기 때문입니다. 모든 것이 완벽하게 아름다운 사람은 흔치 않습니다. 겉으로 완벽하게 보이는 사람도 자세히 들여다보면 단점이나 결점이 있습니다. 설사 완벽하게 아름답고 결점이 없는 사람이 있다고 하더라도 그 아름다움은 언젠가 시들고 맙니다. 산을 오른 뒤에는 내려가야 하듯이 아름다움에도 유효 기간이 존재합니다.

그러나 뒷모습이 아름답기를 바라는 일이 사치라고 해도 그러한 바람을 포기하지 않는 것이 좋겠습니다. 매일 아침 옷매무새를 살필 때마다 뒷모습을 거울에 비춰 보고, 옷을 고를 때에도 뒷면까지 꼼꼼히 살펴봐야겠습니다. 뒷모습까지 완벽하게 아름다운 사람은 드물지만, 뒷모습까지 아름다운 옷을 입기 위해 노력하는 것만으로도 육체를 지배하는 능력과 다른 사람을 위해 사는 고귀한 능력이 더 커질 수 있기 때문입니다.

함께 읽으면 좋은 시

• 박형준 「날개옷」 더 이상 날 수 없기에 가장 아름다운 날개옷.

• 이정록 「아름다운 녹」 까치집 속에 박힌 옷걸이, 그것만으로도 시적이다.

• 차주일 「그림자 갈아입기」 옷이 해지고 나서야 발견한 그림자라는 옷.

검은 마분지로 만들어진 갈피마다 하얀 습자지로 덮여 있는 빛바랜 사진들. 하나의 방처럼 각기 다른 시공간에서 모여든 얼굴들이 기억의 영사기에 비춰 오듯 흐릿하다. 딱히 언제 사진인지 짚어 낼 순 없어도 앨범 속에 죽어 있던 풍경이 스며드는 방. 산 자와 죽은 자의 장소는 다르다고 믿어 왔지만 사진 속의 일물은 나의 창에 물들고 있다. 푸르게 젖어 가는 옥양목 마당 너머에는 바라볼수록 여백이 넓어지는 하늘. 늦가을 바람에 창살은 구슬픈 울음소리를 낸다. 녹이 먹어 버린 문고리와 발바닥에 닳아 얇게 패인 문턱들. 몇 세대가 머물다 간 낡은 집으로 그들은 바람처럼 돌아와 바스락댄다. 슬픈 아이가 잠결에 따스한 체온을 느끼듯이 혼자가 아닌 것 같아. 세대의 눈빛 안에 고여 있는 나의 눈이 어떤 슬픔을 꺼내 놓을지 모르지만 그들이 비워 낸 시공간을 옮겨 적는 것. 잊었던 말들이 밀려온다. 스쳐 가는 그림자의 방에서.

— 허혜정, 「앨범 속의 방」

오늘도 셀카를 찍은 당신에게

요새는 누구 손에나 카메라가 들려 있습니다. 디지털카메라가 개발되면서 사진을 찍고 보관하는 일이 한결 간편해졌습니다. 스마트폰에 카메라가 탑재되면서 사진을 찍는 일은 일상이 되었습니다.

사람들이 사진에 열광하는 이유는 무엇일까요? 누구나 담아 두고 싶은 순간이 있습니다. 입학식이나 졸업식과 같은 행사, 여행과 같은 추억이 그러합니다. 또 연애를 시작할 무렵이 되면 누구나 카메라가 간절해집니다. 연인이 부재한 현실을 이미지로나마 충족하려는 욕망 때문입니다. 비평가 수전 손택(Susan Sontag)은 『사진에 관하여(On photography)』라는 책에서 총이나 자동차처럼 카메라도 사용할수록 중독되는 환상-기계라고 말했습니다. 사진은 피사체가 된 사람을 상징적으로 소유할 수 있는 사물로 만들어 버립니다. 그래서 수전 손택은 이렇게 덧붙입니다. "카메라가 총의 승화이듯이, 누군가의 사진을 찍는다는 것은 살인의 승화다. 그것도 슬프고 두려운 이 세상에 어울리는 부드러운 살인."

그러므로 카메라를 소유한다는 것은 카메라라는 기계를 소유하는 일인 동시에 소중한 사람이나 사물 또는 경험을 소유하는 것이기도 합니다. 애거서 크리스티(Agatha Christie)라는 작가는 추리소설 『맥긴

티 부인의 죽음(*Mrs. Mcginty's Dead*)』에서 사람들이 사진을 간직하려는 이유를 세 가지로 설명합니다.

첫 번째 이유는 세월의 무상함 때문입니다. 누구나 자신의 한창 때 모습을 사진으로 기록해 두려 합니다. 사진은 세월의 흐름에 맞서 과거를 보존할 수 있는 가장 간편한 방법입니다. 두 번째 이유는 다정다감 때문입니다. 사람들은 자신의 사진뿐 아니라 다른 사람의 사진도 간직합니다. 앨범 속에는 가족이나 친구 등 자신과 관계된 여러 인물들의 사진이 담겨 있습니다. 그 사진들은 타인에 대한 애틋한 감정의 산물입니다. 세 번째 이유는 미움입니다. 어떤 이들은 자신들에게 해를 입힌 사람을 기억하기 위해서 사진을 간직합니다. 애거서 크리스티가 추리소설 작가라는 점을 고려하면 세 번째 이유로 사진을 간직하는 사람들은 대개 범죄자들일 것입니다. 때로 사진은 복수의 드라마를 완결시키는 유용한 도구가 됩니다.

그러나 사람들은 가끔 카메라가 아니라 사진을 소유해야 한다는 사실을 망각합니다. 또 그보다 더 자주 진정으로 소유해야 할 것은 사진이 아니라 사람이나 경험이어야 한다는 사실을 망각합니다. 저는 그러한 사실을 터키의 이스탄불을 여행하다 깨달았습니다.

이스탄불의 아름다움은 말로 표현하기 어렵습니다. 단지 이렇게 말할 수 있을 뿐입니다. 여러분도 이스탄불에 가서 보스포루스 해협의 절경을 감상할 수 있는 유람선을 타게 된다면, 유럽과 아시아를 연결하는 거대한 다리를 보게 된다면, 왜 유럽 부자들의 상당수가 그 해협에 별장을 짓고 싶어 하는지 알게 될 거라고. 서로 마주 보고 있는 이

슬람 사원 블루모스크와 아야소피아 성당 중에 어떤 것이 더 아름다운지 헷갈리게 될 것이라고.

그 숨 막힐 듯한 아름다움을 간직하기 위해 필요한 것은 카메라였습니다. 다큐멘터리 사진가 루이스 하인(Lewis Hine)은 이렇게 말했습니다. "내가 그 이야기를 몇 마디 말로 표현할 수 있었다면 카메라를 애써 가지고 다닐 필요는 없었다." 아야소피아 성당 1층에서 미친 듯이 셔터를 누르다 2층으로 향했습니다. 그런데 2층에서 저를 맞이한 것은 황망함이었습니다. 그곳에서는 아야소피아 성당의 아름다움을 담은 사진집을 팔고 있었습니다. 그 사진집을 펼쳐 본 순간 경악했습니다. 거기에는 제가 셔터를 눌러 대느라 미처 느끼지 못했던 성당의 아름다움이, 저의 사진 재주로는 도무지 표현할 수 없는 완벽한 미의 세계가 펼쳐져 있었습니다. 부끄럽고 절망스러웠습니다. 셔터를 눌러 대는 대신 성당의 아름다움을 만끽하고 사진집을 샀어야 한다는 후회가 밀려왔습니다. 제게 남은 것은 경험도 사진도 아닌 자책뿐이었습니다.

수전 손택은 카메라로 인해 사람들이 경험을 바라보는 것으로 자꾸 축소하려 한다고 말합니다. 오늘날에는 경험한다는 것이 그 경험을 사진으로 찍는 것과 똑같아져 버렸고, 공개 행사에 참여한다는 것이 그 행사를 사진으로 보는 것과 점점 더 비슷해져 버렸다는 것입니다. 수전 손택은 "이 세상의 모든 것들은 결국 책에 쓰이기 위해서 존재한다"라는 말라르메의 말을 비틀어 이렇게 말합니다. "오늘날에는 모든 것들이 결국 사진에 찍히기 위해서 존재하게 되어 버렸다."

사진가 안드레 케르테스(André Kertész)는 "카메라는 내 주위에 있는 모든 것에 의미를 부여하는 도구다"라고 말했습니다. 고가의 SLR카메라뿐만 아니라 스마트폰에 들어 있는 간편한 카메라라 하더라도, 우리의 과거와 현재에 의미를 부여할 수 있다면 카메라는 꼭 필요한 물건입니다. 사진을 찍을 때마다 사진을 찍기 위해 우리가 존재하는지, 우리를 위해 사진이 존재하는지 한 번쯤 생각해 봐야 합니다.

언젠가 다시 아야소피아 성당에 가고 싶습니다. 함께 간 사람들을 위해 몇 번의 셔터만을 누른 후에는 성당의 구석구석을 찬찬히 오랫동안 살펴볼 것입니다. 그것이 아름다움에 대한 예의이자 카메라를 활용하는 기술입니다. 굳이 아야소피아 성당이 아니더라도 그러한 사실은 마찬가지일 것입니다.

오래된 앨범을 펼치며

허혜정 시인의 「앨범 속의 방」은 추억이 담긴 앨범을 바라보며 떠오른 생각들을 담고 있습니다. 이 작품처럼 연과 행이 구분되어 있지 않은 시들은 대개 이어지는 생각들을 나열하고 있는 경우가 많습니다. 언뜻 보기에는 정연하게 시행을 배치한 작품보다 복잡하게 보이지만 이미지나 생각의 흐름을 잘 따라가면 오히려 편안하게 읽힙니다. 이 작품 역시 그렇습니다. 오래된 앨범을 펼치며 이런저런 생각에 잠기는 화자를 떠올려 보면 화자의 감정에 공감할 수 있게 됩니다.

화자는 오래된 앨범을 펼칩니다. 거기에는 자신과 가까웠던 사람들과 자신이 경험했던 시간과 공간이 담겨 있습니다. 요즘에는 주로 디지털카메라를 사용하기 때문에 예전처럼 종이 앨범을 사용하는 경우가 드뭅니다. 그러나 종이 앨범이 아니라 컴퓨터 폴더 안에 담긴 오래된 사진을 보는 경우라 해도 상황은 크게 다르지 않습니다. 그 안에서 보게 되는 것은 결국 자신의 과거니까요.

그런데 이 작품의 화자는 사진 속에 담겨 있는 과거가 자신이 머물고 있는 현재에까지 이어져 있다고 생각하게 됩니다. 사진 속에서 지는 해는 자신의 창가에 물드는 듯하고 과거에 불던 바람 소리도 여전히 들리는 듯합니다. 이제는 볼 수 없는 사람들도 앨범 속에는 생생하게 살아 있습니다. 앨범을 펼치는 것만으로 화자는 자신이 혼자가 아닌 것 같다고 여깁니다.

제목에 유의해서 읽어 보면 이 작품의 의미가 한결 뚜렷해집니다. 앨범은 과거를 저장해 두는 공간, 곧 방입니다. 또한 앨범 속에는 과거에 경험했던 공간이 담겨 있기도 합니다. 앨범은 과거가 담긴 방이자 과거의 공간이 담긴 방이기도 합니다. 그런데 앨범 속에 담긴 과거의 공간은 현재 비어 있습니다. 그 공간을 차지하고 있던 사람들을 이제는 볼 수 없게 되었기 때문입니다. 결국 앨범을 들여다보는 것은 과거의 공간과 그 공간을 영위하던 사람들을 만나는 일이자, 그 사람들이 사라지고 텅 빈 공간만이 남았다는 사실을 확인하는 일입니다.

사진을 비롯한 이미지의 본질은 그런 것입니다. 이미지란 현재 존재하지 않는 것을 만나게 해 주는 동시에, 그것이 현재에는 존재하지 않는다는 사실을 깨닫게 해줍니다. 그래서 앨범을 들여다볼 때마다 우리는 반갑기도 하고 쓸쓸해지기도 합니다. 이 작품의 마지막 부분에서 화자가 과거의 사람들이 남긴 시공간을 옮겨 적으려 하면서도 슬픔을 예감하는 것은 그러한 이유 때문입니다.

숨은 얼굴을 찾아서

김수영 시인의 「파밭 가에서」라는 시 또한 이미지의 본질을 생각하게 하는 작품입니다. 이 작품은 보통 새로운 사랑의 의미를 노래하고 있는 작품으로 이야기되고 있습니다. 화자는 시들어 가는 붉은 파와 새싹의 이미지 대조를 묵은 사랑과 새로운 사랑에 비유함으로써 낡은 과거와의 결별이 지닌 의미를 선명하게 드러냅니다. 새로운 사랑을 얻기 위해서는 묵은 사랑과 작별해야 합니다. 과거에 연연해서는 결코 새로운 사랑을 시작할 수 없습니다. 그러므로 얻는다는 것은 곧 잃는 것이고, 기쁨의 이면에는 항상 슬픔이 있기 마련입니다.

김수영 시인이 이 작품에서 보여 주고 있는 통찰은 앞서 언급했던 이미지의 본질과도 연결됩니다. 사진이라는 이미지를 얻는 순간 사진 속에 담긴 대상은 잃어버리게 됩니다. 사진을 찍던 순간으로 되돌아가거나 그 순간을 똑같이 재현하기는 불가능하기 때문입니다. 수전 손탁의 말처럼 사진은 과거를 보존하는 간편한 방법이지만, 때로는 사진을 찍지 않았으면 느낄 수 있을 것들을 잃어버리게 만들기도 합니다.

"남는 것은 사진밖에 없다"라는 말이 있습니다. 그 말 탓에 많은 사람들이 여행을 즐기기보다는 사진을 찍는 데 더 많은 시간을 할애합니다. 그러나 실은 사진이 남는 대신 어떤 것은 사라지게 됩니다. 어떤 장소나 여행지에서만 느낄 수 있는 분위기가 있습니다. 느긋하고 차분한 상태로만 충분히 느낄 수 있는 것들이 있습니다. 그런 것들을 사진으로 표현하기는 쉽지 않습니다. 오히려 그런 것들은 카메라를 내려놓은 상태에서만 충분히 느낄 수 있습니다. 그런 것들은 앨범이나 메모리가 아니라 몸 전체에 저장해 두어야 합니다. 그래야만 시간이 지나도 가까스로 떠올릴 수 있으니까요.

사진에 의지해 무엇인가를 기록하려 할수록 우리 몸이 기억할 수 있는 능력은 퇴화합니다. 또 사진은 훌륭한 기록 수단이기는 하지만 어떤 장면을 입체적으로 기억할 수 있는 수단은 아닙니다. 기껏해야 그것은 눈에 보이는 것들만을 기록할 수 있을 뿐입니다. 사진에 의지해 과거를 입체적으로 복원할 수 있는 것은 우리의 몸입니다. 그래서 사진으로 남기는 것만큼 몸에도 남겨 두어야 하고, 기억을 오래 남기고 오래된 기억을 복원할 수 있는 감각을 잃지 않아야 합니다. 그래야만 카메라는 우리 주위의 모든 것에 의미를 부여하는 도구가 됩니다.

고명수 시인의 「숨은 얼굴」은 카메라로 찍을 수 없는 것들을 생각하게 합니다. 남이 찍어 준 제 사진을 보고 놀랄 때가 있습니다. 전혀 기억나지 않는 제 모습이나, 아무리 보아도 저 같지 않은 모습을 발견할 때가 있기 때문입니다. 그럴 때마다 인간은 자기 자신에 대해 완전히 알지 못한다는 사실을 새삼 깨닫게 됩니다. 자신이 보는 '나'와 남이 바라보는 '나'는 다를 수 있다는 사실도 알게 됩니다. 그런 면에서 사진은 과거의 '나'와 현재의 '나'를 객관적으로 보게 하는 수단입니다.

그런데 고명수 시인의 「숨은 얼굴」에서는 사진으로는 결코 포착해 낼 수 없는 '숨은 얼굴'이 있다고 말합니다. 이 작품에서 말하는 '숨은 얼굴'은 사람은 결코 볼 수 없는 것입니다. 너무나도 잠시 나타나는 것이라 최첨단 카메라로도 포착할 수 없고 육체가 아닌 '얼'의 모습이라 사람의 눈으로는 볼 수 없는 것입니다. 도대체 그러한 얼굴이란 무엇을 말하는 것일까요? 아마도 그것은 정신분석학에서 말하는 무의식처럼 우리 안에 존재하기는 하나 의식으로는 결코 파악할 수 없는 '또 다른 나'를 말하는 듯합니다.

사람들은 대개 자신의 모든 것을 의지에 의해 통제할 수 있다고 여깁니다. 그러나 과거의 사진 속에서 낯선 자신의 모습을 발견하듯 인간에게는 의지로 통제할 수 없는 또 다른 모습이 있습니다. 그러한 모습이 긍정적이건 부정적이건, 그 또한 자신의 일부입니다. 이 작품의 화자는 "사람의 참 얼굴은 어디에 숨어 있는 것인가"라고 묻습니다. 자신이 알고 있는 '나'의 모습과 자신이 알지 못하는 '나'의 모습 중에 어느 것이 '참 얼굴'인지는 쉽게 말하기 어렵습니다. 화자의 말처럼 우리는 '숨은 얼굴'을 본 적조차 거의 없습니다.

이 작품은 '나란 누구인가'라는 질문이 평생토록 물어야 하는 영원한 것임을 깨닫게 합니다. 또 어느 한 면만을 보고 사람을 판단해서는 안 된다는 사실도 일러 줍니다. 카메라로는 결코 포착할 수 없는 것이 있다는 사실 또한 이야기하고 있습니다. 많은 젊은이들이 '셀카'를 자주 찍습니다. 어쩌면 그것은 자신의 숨은 얼굴을 찾기 위한 노력인지도 모르겠습니다. 예쁘고 멋진 모습이 아니라 숨은 얼굴을 찾기 위해 셀카를 찍을수록 우리는 자신에 대해서 더 잘 알게 될 것입니다. 그러나 잊지 말아야 할 것이 있습니다. 카메라로는 결코 포착할 수 없는 얼굴이 있다는 것, 그러므로 카메라는 숨은 얼굴을 찾으려는 노력을 포기하지 않게 해 주는 수단일 뿐이라는 사실입니다.

함께 읽으면 좋은 시

- 송재학, 「카메라 옵스큐라 중, 길의 운명」 카메라를 통과한 것들의 운명에 관하여.
- 안현미, 「뢴트겐 사진」 거듭 들어도 싫지 않은, 까먹는다는 고백.
- 최정례, 「햇살 스튜디오」 사진관에는 사기꾼이 산다.

5 장

마음과 마음이 만나는 순간

세월이 가면 모든 게 먼지 탄다고 생각했으나

책도 가구도 벽에 기대 논 표구한 사진도

먼지 탄다고 생각했으나

지난 25년간 뒹군 연구실 비우려 보름 동안

벽 가득 메운, 겹으로 메운, 때로는 세 겹으로 쌓은

책들을 버리고 털고 묶으며

시시때때로 화장실에 가 물 틀어 놓고

먼지 진득한 두 손 비비다 보면

먼지는 과거 어느 한편이 아니라

전방위, 그래 미래로부터도 오는 것 같다.

하긴 몇 년 후에 온다는 혜성의 꼬리에도 먼지가 있고

앞날 먼지 미리 켜켜이 보이는 사람도 있는데,

먼지와 반복을 나르며

3층 화장실 창밖으로 훔쳐본 여름 하늘,

어느 틈에 검은 구름 하늘을 덮고

이리 쏠리고 저리 쏠리는 빗줄기에

플라타너스 잎들 제정신이 아니다.

일순, 캄캄한 하늘에 칼집을 내며 번개가 치고

화장실 거울에 띄운다 먼지로 빚은 테라 코타 하나,

그가 방긋 웃는다.

우르릉!

속이 보이게 빚다 만 인간 하나 여기 있다.

—황동규, 「먼지 칸타타」

가벼운 것들의 무게

세월이 흐르다 보니 중학교 시절 친구들은 이름마저 거의 잊었는데, 유독 기억에 남는 친구가 있습니다. 그 친구는 1학년 때 우리 반 반장이었습니다. 키가 크고 마른 체격에 꽤 느끼한 미소를 잘 짓던 친구였습니다. 제가 그 친구를 기억하는 이유는 반장이었다거나 외모가 특이해서가 아닙니다. 언제였는지 기억도 나지 않지만, 그 친구가 저한테 무심코 던진 한마디는 아직도 제 뇌리에 뚜렷하게 남아 있습니다. 그 한마디로 인해 저는 인생의 어려움들을 헤쳐 나갈 수 있었습니다.

무슨 이유였는지 정확히 기억이 나지 않지만, 제가 무척 상심해 있을 때였습니다. 아마 살짝 눈물을 비쳤을지도 모르겠습니다. 그 친구가 왜 하필 그때 제 곁에 있었는지도 기억할 수 없지만, 그가 저에게 이렇게 말했습니다. "넌 울지 않는 소년이잖아."

친구가 왜 그런 말을 했는지, 그 말의 의미를 알고 있기나 했는지, 제가 정말 울지 않는 소년이었는지는 아직도 의문입니다. 하지만 그 이후로 저는 정말 웬만해선 울지 않는 소년이 되었습니다. 제가 실제로는 무척 잘 우는 소년이었고, 친구의 말이 실은 저를 놀리는 말이었거나, 혹은 그 말이 친구가 어디에선가 읽은 구절을 무심코 내뱉은 것에 지나지 않았다 하더라도, 저는 아주 오랫동안 그 말의 그물에서 빠져 나오지 못했습니다.

"사내는 눈물을 보여서는 안 된다"라는, 뿌리 깊은 남성 중심적 사고보다 친구의 말은 더 강력한 힘을 지니고 있었습니다. 그 뒤로 저는 눈물이 나려 할 때마다 친구의 말을 떠올렸습니다. 대학 입시에 떨어졌을 때도 그랬고, 아버지와 할아버지가 돌아가셨을 때도 그랬고, 몇몇 사람과 이별할 때도 그랬습니다. 물론 혼자 있을 때 저도 모르게 눈물을 펑펑 쏟은 적은 있지만 다른 사람 앞에서는 되도록 눈물을 감추려 애썼습니다.

중학교를 졸업하고 15년쯤 지났을 때 그 친구를 다시 만났습니다. 그런데 그는 자신이 그 말을 했다는 사실조차 기억하지 못했습니다. 당연한 일이겠죠. 15년 전에 친구에게 했던 말을 기억하면서 사는 사람은 거의 없을 테니까요. 저 혼자서만 그 얼토당토않은 말을 지키려 애썼다는 사실에 화가 나긴 했지만, 그것이 친구의 책임은 아닐 것입니다. 말의 그물을 끊어 내지 못하고 스스로 포로가 된 제 탓이 더 클 것입니다.

『나를 바꾼 그때 그 한마디』라는 책이 있습니다. 만약 누가 저에게 '나를 바꾼 그때 그 한마디'가 무엇이냐고 묻는다면 당연히 저는 그 친구가 제게 들려준 말을 적을 것입니다. 소년이었을 시절, 그 말은 제 눈물의 상당한 양을 걷어 가 버렸습니다. 가끔은 안구 건조증으로 괴로워하는 것마저 그 말 때문이라고 생각할 때도 있습니다. 때로는 말이 마음뿐만 아니라 몸도 바꿔 버립니다. 그나마 '웃지 않는 소년'이라는 말을 듣지 않은 것은 퍽 다행스러운 일입니다. 웃지 않고 울기만 했더라면 제 삶은 더 팍팍했을 것입니다.

　좋은 말만 사람을 바꾸는 것도 아니고, 나쁜 말이라 해서 꼭 삶을 그르치는 것도 아닙니다. 무엇을 어떻게 말하는가 못지않게 중요한 것은 세상의 수많은 말 가운데 무엇을 받아들일 것인가 하는 문제입니다. 때로는 별것도 아닌 사소한 말에서 심오한 진리를 읽어 내고, 가끔은 숨 막힐 듯 무거운 말마저 가볍게 무시할 수 있어야 합니다. 말의 그물에 갇히지 않고, 때로는 그것을 찢고 때로는 꿰매며 넘나드는 것, 그것이야말로 자유롭고 주체적인 삶입니다.

　말뿐만이 아닙니다. 하루를 보내면서 마주치는 수많은 것 가운데서도 우리의 삶을 바꿀 만한 비밀을 품고 있는 것들이 많습니다. 비록 겉으로는 사소하게 보이는 것일지라도 조금만 더 세심하게 들여다보면 결코 사소하지 않다는 사실을 발견할 때가 있습니다. 모더니즘 건축가인 미스 반데어로에(Mies Van Der Rohe)는 이렇게 말했다고 합니다. "신은 사소한 것에 있다[God is in details]." 크고 화려한 것보다 작고 사소한 것에 집중할 때, 다른 사람이 거들떠보지 않는 작고 가벼운 것들에 주목할 때 시적인 것들은 더 가까이 다가옵니다.

미래로부터 오는 먼지

　얼마 전에 텔레비전을 보다가 흥미로운 사실을 알게 되었습니다. 개에게 물리는 것보다 사람에게 물리는 것이 더 위험하다는 것입니다. 광견병에 걸린 개에게 물리면 위험하지만, 광견병에 걸린 개는 많지 않습니다. 그와 달리 사람의 침에는 아무리 열심히 양치질을 한다고 하더라도 수억 마리의 세균이 들어 있습니다. 그러므로 개에게 물리는 경우는 드물고 사람에게 물리는 경우는 더 드물겠지만, 굳이 비교하자면 사람에게 물리는 것이 개에게 물리는 것보다 훨씬 더 위험합니다.

먼지 또한 오랜 시간에 걸쳐 쌓이기 전까지는 눈에 잘 띄지 않습니다. 그러나 자세히 들여다보면 우리 삶에서 먼지가 없는 곳은 드뭅니다. 아무리 열심히 청소를 한다 하더라도 먼지는 다시 쌓입니다. 침에 들어 있는 수억 마리의 세균과 함께 살아가는 것처럼, 셀 수 없을 만큼 많은 먼지와 함께 살아가야 하는 것이 우리의 삶입니다. 켜켜이 쌓인 먼지에는 우리가 살아온 과거의 시간들이 고스란히 퇴적되어 있습니다.

그런데 흥미롭게도 황동규 시인의 「먼지 칸타타」에서 화자는 먼지가 미래로부터도 오는 것 같다고 말합니다. 화자가 그렇게 생각하는 이유는 먼지가 자신의 삶을 구성하고 있다고 생각하기 때문입니다. 화자는 자신이 오랜 시간을 보낸 연구실을 정리하며 곳곳에 쌓인 먼지를 통해 과거를 회상합니다. 화자가 그곳에서 보낸 시간들이 지금의 그를 만들었을 것입니다. 그런데 그 시간들이 쌓여 있는 것이 먼지이므로 화자는 자신이 먼지로 만들어진 것 같다는 생각에 이르게 되죠. 꽤 나이가 들었을 것으로 추측되는 화자는 여전히 자신이 불완전한 존재라고 여깁니다. 화자는 비록 연구실을 떠나지만, 앞으로도 연구실에서 먼지를 뒤집어쓰며 보냈던 삶으로부터 벗어날 수 없으리라는 예감에 사로잡힙니다. 그런 이유 때문에 화자는 먼지가 미래로부터도 오는 것 같다고 말합니다.

대개 먼지는 제거의 대상으로 치부되고, 쓸모없고 가치 없는 것에 대한 비유로 쓰이는 경우가 많습니다. 동양의 고전 문학에서도 먼지를 일컫는 '홍진(紅塵)'은 번거롭고 어지러운 속세를 가리키는 말입니다. 그러나 황동규 시인이 이야기하듯이 먼지는 우리의 일부이기도 합니다. 혜성의 꼬리에 먼지가 있듯이, 인간의 삶에도 항상 먼지가 있습니다. 먼지처럼 사소한 것들이 우리의 삶을 구성하고 있습니다. 그래서 사소한 것들을 자세히 살펴볼수록 우리는 자기 자신에 대해서 더 잘 알 수 있습니다. 심지어 자신의 미래마저 들여다볼 수 있습니다.

시인의 저울로 무게를 재다

윤제림 시인의 「가벼운 안녕」 역시 일상의 사소한 풍경에 주목하고 있습니다. 거리에 뒹구는 검은 비닐봉지가 이 작품의 소재입니다. 비닐봉지는 어디에서나 흔히 볼 수 있고 얼마 지나지 않아 쓰레기통에 들어갈 것이 분명한 사소한 물건입니다. 그런데 화자가 묘사하는 비닐봉지의 움직임이 예사롭지 않습니다. 화자의 눈에 비친 비닐봉지는 마치 의지를 지닌 사물처럼 제 스스로 이런저런 동작들을 시도합니다. 비닐봉지의 움직임은 우습기도 하고 불쌍하기도 하고 귀엽기도 합니다.

화자가 비닐봉지를 살아 있는 물체로 그리고 있는 이유는 그가 비닐봉지의 모습에서 인간의 모습을 읽어 내고 있기 때문입니다. 이 작품에 묘사된 비닐봉지의 움직임은 인간이 살아가는 모습과 별반 다르지

246

않습니다. 제 갈 길을 찾아 바람에 이리저리 뒹구는 비닐봉지처럼, 인간도 항상 자신의 진로에 대해 고민합니다. 때로는 가고 싶지 않은 길로 떠나야 할 때도 있고, 가지 않으려 애를 쓸 때도 있습니다. 세상의 풍파에 떠밀려 넘어질 때도 있고, 머물고 싶지 않은 곳에 붙들려 있을 때도 있습니다. 어떤 때는 슬픔에 짓눌려 납작해지고, 또 어떤 때는 기쁨에 차올라 가슴이 부풀어 오르기도 합니다. 거대한 세상 앞에 선 한 개인은 검은 비닐봉지처럼 가볍고 나약한 존재일 뿐입니다.

화자는 비닐봉지의 움직임에 대한 묘사 뒤에 "가벼운 안녕"이라는 말을 덧붙였습니다. 그런데 왠지 그 말은 가볍지도, 안녕하지도 않은 것처럼 들립니다. 비닐봉지는 세상에서 가장 가벼운 것이고 거대한 세상과 마주한 개인 역시 가벼운 존재에 불과하지만, 그것들의 움직임만은 결코 가볍지 않기 때문입니다. 바람에 흩날리는 비닐봉지의 움직임이 전심전력을 다해 제 길을 찾으려 하는 모양으로 보이는 것처럼, 누군가에게는 하찮게 보이는 삶도 자세히 들여다보면 결코 무시할 수 없는 무게를 지니고 있습니다. 겉으로는 안녕하고 평온하게 보이는 삶도 그 이면을 살펴보면 무수한 고뇌와 번민을 발견할 수 있습니다. 그래서 "가벼운 안녕"이라는 화자의 말은 반어로 읽힙니다. 그것은 결코 가볍지 않은 삶에 보내는 묵직한 인사입니다.

과학자의 저울로 재면 사물의 무게는 항상 일정합니다. 그러나 시인의 저울은 가벼운 것을 무거운 것으로 만들어 내기도 하고, 무거운 것을 가벼운 것으로 만들어 내기도 합니다. 그래서 시를 읽을 때는 무게에 대한 세상의 기준 따위는 밀쳐 두어야 합니다. 자신만의 저울을 갖는 것은 삶을 시적으로 바꾸는 방법 가운데 하나입니다.

박서영 시인의 「업어 준다는 것」은 시인만의 저울을 떠올리게 하는 작품입니다. 이 작품에서는 가벼움이 무거움을 업어 줍니다. 이 작품은 사소하지만 낯선 풍경을 보여 주고 있습니다. 한 노파가 저수지에 빠졌던 염소를 업고 방죽을 걸어갑니다. 안아 주는 것이 누군가에게 가슴을 내주는 일이라면, 업어 주는 것은 등을 내주는 일입니다. 안아 주는 것이 서로 동등한 대상끼리의 만남이라면, 업어 주는 것은 자신보다 약한 존재를 위해 자신을 내주는 일입니다. 제 몸으로 상대의 전부를 감당하려는 의지와 능력이 있을 때에만 업어 줄 수 있습니다. 그래서 업어 준다는 것은 화자의 말대로 상대의 울음과 슬픔과 영혼을 담을 수 있는 커다란 자루가 되는 것과 같습니다. 업어 주기는 인간이 타인에게 행할 수 있는 가장 간단하면서도 지극히 희생적인 행위입니다. 그래서 업어 주기는 사소하지만 결코 사소하지 않습니다.

이 작품에서 흥미로운 점은 염소를 업어 주는 존재가 노파라는 사실입니다. 늙은 여자를 뜻하는 노파는 그리 강인한 존재가 아닙니다. 누군가를 업어 주기보다는 오히려 업히는 것이 더 자연스러운 존재입니다. 그런데도 노파는 기꺼이 염소를 업어 줍니다. 저수지에 빠져 더 묵직해진 염소를 업고도 노파는 힘들어 하기는커녕 자장가까지 흥얼거립니다. 화자는 그렇게 염소를 위해 기꺼이 자신의 등을 내주는 노파를 "한없이 가벼워진 몸"이라고 말합니다. 나이가 들면 체중이 감소한다고 합니다. 염소와 노파는 모두 쇠약하고 삶이 얼마 남지 않은 존재입니다. 화자가 염소를 업고 가는 노파의 모습을 "울음이 불룩한 무덤에 스며드는 것 같다"고 말하는 것은 바로 그러한 이유 때문입니다. 그래서 염소를 업고 가는 노파의 모습은 아름다운 동시에 슬픕니다. 슬퍼서 더욱 아름답습니다.

이 작품을 읽고 나면 남을 위해 자신의 등을 내주는 것이 반드시 강한 자만이 할 수 있는 일은 아니라는 사실을 깨닫게 됩니다. 업어 주기는 자신의 능력보다 남의 마음을 먼저 헤아릴 때 가능합니다. 등을 내주기 전에 마음을 먼저 내주어야 합니다.

업어 주는 것은 꼭 몸으로 해야만 하는 일은 아닙니다. 여러분이 건네는 말들 가운데 어떤 것은 누군가를 업어 줄 수 있는 등이 될 수도 있습니다. 또 그 가운데 어떤 것은 누군가에게 '나를 바꾼 그때 그 한마디'가 될 수도 있습니다. '나를 바꾼 그때 그 한마디'가 많아질수록 세상도 지금보다 더 아름다워질 것입니다.

함께 읽으면 좋은 시

- 김수영, 「어느 날 고궁을 나오면서」 작지 않게 살기 위한 자그마한 몸부림.
- 유하, 「겨우 존재하는 것들」 '겨우'라는 말의 두 가지 의미. 어렵게 힘들여. 기껏해야 고작.
- 황동규, 「즐거운 편지」 사랑은 그쳐도 기다림은 그치지 않는다.

태풍에 쓰러진 나무를 고쳐 심고
각목으로 버팀목을 세웠습니다
산 나무가 죽은 나무에 기대어 섰습니다

그렇듯 얼마간 죽음에 빚진 채 삶은
싹이 트고 다시
잔뿌리를 내립니다

꽃을 피우고 꽃잎 몇 개
뿌려 주기도 하지만
버팀목은 이윽고 삭아 없어지고

큰바람 불어와도 나무는 눕지 않습니다
이제는
사라진 것이 나무를 버티고 있기 때문입니다

내가 허위허위 길 가다가
만져 보면 죽은 아버지가 버팀목으로 만져지고

사라진 이웃들도 만져집니다

언젠가 누군가의 버팀목이 되기 위하여
나는 싹 틔우고 꽃 피우며
살아가는지도 모릅니다

— 복효근, 「버팀목에 대하여」

이타적인 세상에서 살기 위하여

인류가 생각이란 것을 하기 시작한 이래 입에 거품을 물고 달려들어도 결코 끝나지 않은 논쟁들이 있습니다. 그 가운데 하나가 바로 성선설(性善說)과 성악설(性惡說) 간의 다툼입니다. 논쟁은 여전히 진행 중이지만 역사가 진행될수록 우위를 점한 것은 성악설입니다. 사회 진화론을 주장했던 영국의 철학자 허버트 스펜서(Herbert Spencer)는 '적자생존'이라는 말을 고안해 냈습니다. 그는 약자를 돌보는 행위는 불합리할 뿐만 아니라 악이며, 자연은 세상에서 약자를 없애 더 우수한 인간에게 공간을 확보해 주기 위해 온갖 노력을 하고 있다고 주장했습니다.

스펜서의 주장은 수많은 역사적 사건의 배경이 되었습니다. 스펜서의 이론에 경도된 히틀러는 수백만 명의 유대인을 학살했습니다. 인간을 개선시킬 수 있다는 우생학이 탄생해 끔찍한 생체 실험이 자행되었고, 인종 차별과 식민지에 대한 제국의 수탈 또한 정당화되었습니다. 20세기 전반에 벌어졌던 끔찍한 사건들은 대부분 사회진화론과 긴밀하게 얽혀 있습니다.

20세기 후반에도 상황은 마찬가지였습니다. 적자생존은 자본주의 경제를 지탱하는 핵심 논리였습니다. "세상은 1등만을 기억한다"라는 광고 문구는 적자생존의 논리를 단적으로 보여 주는 예입니다. 또 "강한 자가 살아남는 것이 아니라 살아남는 자가 강한 것이다"라는 말 역시 이기적 욕구와 무한 경쟁을 정당화하는 주장이었습니다. 자본주의가 작동하는 곳에서 이기적 본성만을 앞세우는 탐욕은 결코 사라지지 않습니다. 자본주의란 본래 탐욕 없이 성립할 수 없고, 끊임없이 탐욕을 부추기면서 끈질기게 살아남습니다. 그래서 사람들은 적자생존의 논리를 마치 만고불변의 진리인 양 당연한 것으로 받아들입니다.

인간이 본래 이기적이라는 주장에 쐐기를 박은 것은 최근 들어 더욱 기세를 떨치고 있는 사회생물학입니다. 대표적인 학자인 리처드 도킨스(Richard Dawkins)는 인간이라는 존재의 의미를 한마디로 요약했습니다. "우리는 생존 기계다. 즉, 우리는 유전자로 알려진 이기적인 분자들을 보존하기 위해 맹목적으로 프로그래밍된 로봇이다." 그의 주장에 따르면, 우리의 유전자는 격렬한 생존 투쟁에서 살아남았기 때문에 인간에게서 이타적 행동을 기대할 수 없습니다. 이기적 유전자는 개인의 이기적인 행동을 유발하므로 인간이 이기적으로 행동하는 것은 자명한 사실입니다.

반면에 『이타주의자가 지배한다(*Der Sinn Des Gebens*)』의 저자 슈테판 클라인(Stefan Klein)은 이기적인 사람보다 이타적인 사람이 더 잘산다는 사실을 증명하고자 했습니다. 그가 중요하게 여기는 것은 '인간이 이기주의를 넘어선 또 다른 충동을 느끼는가'입니다. 그는 여러 사례를 통해 어떤 상황에서 인간이 공정하고 헌신적으로 행동하는지 보여 줍니다. 그 결과 그는 단기적으로는 자기의 이익만을 앞세워 남을 속이는 쪽이 성공하는 것처럼 보이지만, 장기적으로 보면 자비심

많고 타인의 선의를 믿으며 그들을 용서하는 사람이 더 잘된다는 사실을 밝혀냈습니다.

슈테판 클라인에 따르면, 인류의 역사는 이타주의 혁명으로 시작되었습니다. 아주 오래전부터 우리 조상은 이웃을 위해 봉사하기 시작했습니다. 인류의 초창기, 기후 변화로 식량이 부족해진 세상에서는 협력만이 살길이었습니다. 위기가 닥쳤을 때 협동심이 강한 사람은 그렇지 않은 사람보다 생존에 유리했고, 그 결과 더 많은 자손을 퍼뜨릴 수 있었습니다. 슈테판 클라인은 우리 조상이 논리적인 이성에 앞서 공감하고 협동하는 사회 지능을 개발했을 거라고 추측합니다. 지능, 언어, 문화 등 인간이 다른 영장류보다 우월한 능력들을 갖게 된 이유는 공감과 역지사지의 능력 덕분이라는 것입니다. 그는 그러한 사실을 다음과 같은 짧은 말로 압축합니다. "먼저 가장 친절한 원숭이가 되고 난 뒤에 가장 똑똑한 원숭이가 된 것이다." 그는 인간을 '호모 에코노미쿠스(homo economicus)'가 아닌 '호모 레시프로칸스(homo reciprocans)'라고 정의합니다. 인간은 경제적 이익만을 앞세우는 존재가 아니라 항상 타인과의 상호적 관계를 중시하는 존재이고, 그렇기 때문에 이타적으로 행동하는 것은 인간의 본성 가운데 하나라는 의미입니다.

슈테판 클라인은 인간 안에 이기적 본성뿐만 아니라 이타적 본성 또한 존재한다고 말하지만 현실을 살펴보면 그렇지 않다는 생각이 들 때가 더 많습니다. 그렇다면 어떻게 해야 잠들어 있는 이타적 본능을 일깨울 수 있을까요? 이에 대해 슈테판 클라인은 똑똑한 유대인 재단사의 일화를 들려줍니다. 어느 유대인 재단사가 도시의 광신도들을 추방하려고 했습니다. 그랬더니 광신도들이 매일 아침 그의 가게 앞에 모여 욕설을 퍼부었습니다. 상황이 심각해지자 재단사가 아이디어를 냈습니다. 가게 밖으로 나가 욕을 하는 사람 모두에게 '적으나마 수고한 대가로' 1탈러(Taler)씩을 쥐어 주었습니다. 다음 날, 다시 그들이 모여들어 돈을 요구했습니다. 재단사가 말했습니다. "애석하게도 재정 상황이 허락하지 않는군요. 오늘은 1인당 1헬러(Heller)밖에 못 주겠어요." 사람들은 약간 실망하여 푼돈을 손에 쥐고 욕을 하기 시작했습니다. 그다음 날 다시 그들이 찾아오자, 재단사가 오늘은 1크로이처(Kreuzer)밖에 못 주겠다고 했습니다. 그러자 욕을 하던 무리의 우두머리가 벌컥 화를 냈습니다. "이런 푼돈을 받고 우리 목청을 괴롭힐 수는 없지!" 이들은 두 번 다시 나타나지 않았다고 합니다.

이 일화를 통해 알 수 있는 것은 우리가 다른 사람들을 돈밖에 모르는 이기주의자로 취급하면 그들이 실제로 그렇게 된다는 것입니다. 그렇다면 반대로 이타적인 사람이 늘어나게 하려면 어떻게 해야 할까요? 간단합니다. 자신이 먼저 타인을 이타주의자로 대하면 됩니다.

삶은 죽음에 기대고 있다

복효근 시인의 「버팀목에 대하여」라는 작품은 일상에 대한 세심한 관찰을 바탕으로 하고 있습니다. 어느 날, 태풍이 불어 나무가 쓰러졌습니다. 화자는 나무를 일으켜 세운 뒤 다시 쓰러지는 것을 막기 위해 버팀목을 받쳤습니다. 여기까지는 흔히 볼 수 있는 풍경입니다. 하지만 시인은 흔한 풍경을 조금 더 꼼꼼히 관찰한 끝에 흥미로운 사실을 발견합니다. 그것은 바로 나무를 받치고 있는 버팀목 또한 나무로 만든 각목이라는 사실입니다. 일으켜 세운 나무가 살아 있는 나무라면 각목은 죽은 나무입니다. 시인의 말대로 "산 나무가 죽은 나무에 기대어" 있는 셈입니다.

꼼꼼한 관찰을 통해 발견한 흥미로운 사실을 토대로 시인은 상상력을 발휘합니다. "산 나무가 죽은 나무에 기대어" 서 있는 모습에서 모든 삶 또한 죽음에 기대고 있다는 생각에 이르게 됩니다. 살아 있는 나무는 꽃을 피우고 가지를 뻗으며 더 자랄 테지만, 버팀목인 죽은 나무는 완전한 소멸로 나아갑니다. 결국에는 삭아 없어지고 말죠. 그때쯤이면 버팀목이 없더라도 나무는 태풍에도 쉽게 쓰러지지 않습니다. 버팀목이 그 나무를 더 강하게 만들어 주었기 때문입니다. 시인은 이를 "사라진 것이 나무를 버티고 있기 때문"이라고 말합니다.

나무와 버팀목에 대한 관찰에서 삶과 죽음의 관계에 대한 고찰로 나아간 시인의 상상력은 자신에 대한 성찰로 이어집니다. 사라진 것이 나무를 버티고 있듯이, 자신의 삶 또한 죽은 아버지와 사라진 이웃들에 의해 지탱되고 있다는 사실을 깨닫습니다. 부모 없이 타인에 의지하지 않고 살 수 있는 사람은 없습니다. 그러나 사람들은 종종 이를 망각합니다. 자신 또한 다른 누군가의 버팀목이며, 그렇게 되어야 한다는 것도 잊고는 합니다. 누구나 타인의 도움을 받으며 살아갑니다. 자신도 모르는 사이에 남이 곤경을 당했을 때 버티게 하는 힘이 되어 주기도 합니다. 당연한 사실을 인식하는 일, 이타주의는 바로 거기에서 시작됩니다.

256

「버팀목에 대하여」를 이해했다면, 김신용 시인의 「도장골 시편—부비는 것」 또한 쉽게 이해할 수 있습니다. 각목이 안개로, 버티는 행위가 부비는 행위로 바뀌었을 뿐, 시인이 말하고자 하는 바는 크게 다르지 않습니다.

이 작품은 발상이 흥미롭습니다. 시인은 안개로 인해 나뭇잎에 물방울이 맺히는 것을 안개가 나뭇잎에 몸을 부빈다고 표현합니다. 부비는 것은 사랑의 표현입니다. 부비는 것은 살을 맞대야만 가능하므로 가까운 사이가 아니라면 쉽게 할 수 없습니다. 그것은 상대에게 자신의 모든 것을 내맡기는, 친밀감을 표현하는 몸짓입니다.

안개는 부비는 행위를 통해 소멸을 감수해야 합니다. 버팀목이 언젠가 사라지고 마는 것처럼, 안개도 사랑의 행위 끝에 물방울로 맺히며 소멸합니다. 버티는 것과 부비는 것, 그것은 모두 사랑과 희생을 의미하는 행위입니다. 시인은 이를 "무게가 무게에게 짐 지우지 않는 것"이라는 역설로 표현합니다.

진정한 사랑과 희생은 상대에게 짐이 되지 않는 일입니다. 대가를 기대한다면 진정한 사랑과 희생이라고 말할 수 없습니다. 자신의 전부를 내준 뒤에 말없이 사라지는 것이 진정한 사랑과 희생입니다. 그리고 그러한 사랑과 희생이야말로 또 다른 사랑과 희생을 낳는 원동력이 됩니다.

이타적인 사람은 결코 사라지지 않는다

이제 다시 성악설과 성선설 사이의 논쟁으로 돌아가 보겠습니다. 임영조 시인의 「성선설」은 그 논쟁에 대한 흥미로운 견해를 들려주고 있습니다. 이 작품 역시 관찰에서 시작됩니다. 작품 속에서 목사 시인이 만난 사람은 수십 년간 복역하다 출소한 노인입니다. 오랜 기간 동안 형을 산 것을 보면 매우 중한 범죄를 저지른 사람일 것입니다. 그런데 노인은 그런 사람에게서 예상되는 외모와는 딴판입니다. 피부가 젊은 사람 못지않게 탄력이 있고 깨끗합니다. 그 비결을 물었더니 '건포마찰'이라고 합니다. 건포마찰이란 마른 수건으로 온몸을 문지르는 일을 뜻합니다. 이는 피부를 단련시키고 혈액 순환을 원활하게 한다고 알려져 있습니다.

생이 저물어 갈 때쯤에야 출소할 수 있는 사람이 오직 건강만을 위해 건포마찰에 열심이었을 리는 없습니다. 건강을 위해 할 수 있는 일이 많은데 유독 피부 관리에 신경을 썼다는 것도 이상합니다. 아마도 노인은 피부보다는 몸에 쌓인 때를 벗기는 행동을 통해 자신의 죄를 씻고 싶었을 것입니다. 물론 몸의 때를 벗긴다고 해서 죄가 사라질 수는 없겠지만 그 행위는 마치 '노아의 방주'처럼 노인이 감방이라는 환경에서 새사람으로 거듭나기 위해 할 수 있는 유일한 방법이었습니다. 피부가 좋아진 것은 그러한 노력 끝에 얻은 부수적인 결과일 뿐입니다.

시인은 노인의 말을 통해 인간의 본성은 본래 착했을 것으로 짐작합니다. 마음에 겹겹이 쌓인 허물로 인해 인간은 때로는 이기적으로 행동하고 죄를 저지르기도 하지만, 그 허물의 안쪽에는 눈부시게 하얀 마음이 있다는 것입니다. 이는 이 작품의 제목과도 같이 '성선설'의 기본적인 관점입니다. 물론 유학에서도 인간의 본성에 관해서는 여러 견해가 있습니다. 인간의 본성에는 선이나 악이 결정되어 있지 않다는 성무선무악설(性無善無惡說), 모든 사람의 본성에는 선과 악이 동시에 내재해 있다는 성선악혼효설(性善惡混淆說), 선한 본성을 가진 자와 악한 본성을 가진 자와 중간자의 세 부류가 있다는 성삼품설(性三品說) 등이 있습니다.

인간의 본성에 관한 논쟁은 앞으로도 이어질 것입니다. 그러나 분명한 것은 인간의 내면에는 이기적인 욕망 못지않게 선하게 행동하려는 마음 또한 존재한다는 사실입니다. 둘 중에 어떤 것이 더 큰 비중을 차지하는지, 어떤 것이 더 근본적인지는 여전히 수수께끼이지만, 이타적으로 행동하는 사람은 앞으로도 사라지지 않을 것입니다. 또 그 사람들이 사라진다 해도, 오히려 사라짐을 통해 영원히 남게 될 것입니다. 「버팀목에 대하여」와 「도장골 시편―부빈다는 것」에서 보았듯이, 우리는 그러한 사라짐을 기억할 테니까요.

함께 읽으면 좋은 시

• 문동만, 「그네」 그네를 타면 누구나 흔들린다. 그렇게 하나가 된다.
• 복효근, 「탱자」 상처가 있어야만 향기가 난다.
• 송경동, 「무허가」 세상 전체가 무허가이기를 꿈꾸는 시인이 있다.

애초에 이 가방을 선택한 것이 너의 실수인지도
모르지 너의 무지처럼 무지막지하게 커다랗고
크고 작은 주머니가 주렁주렁 달린 가방

오사카 신사이바시에서 간식으로 산 도라야끼가
두 달 동안 들어 있던 가방
그런데도 찾지 못하고 까맣게 잊어버린
무슨 고래 뱃속 같은 가방

온갖 주머니가 내장처럼 달린 이 가방
생기고 나서 이상한 일들이 계속 일어났지
핸드폰 생기고 전자수첩 생기고
사업자등록증 생기고 명함도 생겼지

매일매일 크고 작은 주머니를 빠짐없이
채워 주기를 바라는 이 가방
넣어도 넣어도 만족할 줄 모르는 이 가방

어느 날 이 가방이 너를 삼켜 버린다 해도
전혀 이상할 건 없으리
이 가방의 커다란 자크는 충분히 이빨이
되고도 남으니

어쩌면 매일 이 가방 속에 뭔가를
채워 넣느라 아등바등 살다 쓰러지느니
차라리 네 한 몸 이 가방 속에 던져
버리는 것이 쉬울지도 모르리

소화되는 데 아무래도 시간이 좀 걸릴 테니
그동안은 쉴 수 있을지도 모르니

—성미정, 「가방 속에서 길을 잃고 너는 쓰네」

생각보다 조금 위대한 사람

'과유불급(過猶不及)'이라는 말이 있습니다. 워낙 흔히 쓰이는 말이라 대부분의 사람이 그 뜻을 알고 있지만, 잘못 알고 있는 사람도 많습니다. 가령 "지나친 것은 모자란 것만 못하다"고 해석하는 경우가 그렇습니다. '과유불급'은 『논어(論語)』에 나오는 말로 "지나친 것은 모자란 것과 같다"고 풀이해야 합니다. 본래 중용(中庸)을 강조하기 위한 말이기 때문입니다. 그런데 "지나친 것은 모자란 것만 못하다"고 풀이하면 모자란 것이 지나친 것보다는 낫다는 뜻이 되므로, 이 말의 본래 의도와는 전혀 다른 해석이 되고 맙니다.

그런데도 잘못된 해석이 널리 통용되고 있는 이유는 겸손을 미덕으로 여기는 한국 문화의 특색 탓인 듯합니다. 예컨대 어느 신문에나 있는 '오늘의 운세'에는 이런 문구가 심심찮게 등장합니다. "과유불급이니 겸손하라." 겸손은 남을 존중하고 자신을 낮추는 태도이므로 여기에 쓰인 '과유불급'에는 넘침보다는 모자람이 낫다는 의미가 담겨 있습니다. 물론 겸손을 강조하는 것이 한국 문화만의 특색이라고 볼 수는 없습니다. 여백을 두는 것이 동양 미술의 특징인 것을 보면 넘침과 모자람 가운데 차라리 모자람을 선택하는 것은 우리나라뿐만 아니라 동양 문화의 고유한 속성으로 보입니다.

"모난 돌이 정 맞는다"라는 속담도 있듯이 모자람보다 넘침을 경계했던 것이 우리 문화의 특색이기는 하지만, 실은 공자의 말대로 모자라는 것이나 넘치는 것이나 부적절하기는 매한가지입니다. 어떤 경우든 형편과 사정에 꼭 맞는 적정량이 있고, 그것을 지키는 일이 최선입니다. 그런데 문제는 어느 정도가 적정량인지를 가늠하기 쉽지 않다는 점입니다. 컵라면을 맛있게 먹기 위한 물의 적정량은 눈금으로 표시되어 있고, 되지도 질지도 않게 밥을 짓기 위해서는 손등에 남실댈 만큼 물을 붓는 것이 적정량입니다. 반면에 세상에는 적정량을 재는 계량컵을 쓸 수 없는 일들이 훨씬 더 많습니다. 옛날 사람들이 넘치는 것을 경계했던 이유도 그 때문입니다. 적정량을 초과해 화를 입는 것보다는 차라리 조금 모자란 선에서 만족하고 멈출 때 뒤탈이 더 적다는 사실을 경험으로 깨우쳤을 것입니다.

그러나 '과유불급'을 오독할 정도로 겸손을 강조한다고 해서 사회의 모든 문제가 해결되진 않습니다. 개인으로서야 조금 모자랄 때 만족하는 것이 처세의 방법일 수는 있겠지만, 여러 사람의 이해가 걸려 있는 일을 그런 식으로 처리할 수는 없습니다. 사람이 모이면 이해관계가 얽히게 마련이어서 누군가는 더 가지게 되고 누군가는 덜 가지게 됩니다. 그래서 사람이 사는 곳에서는 반드시 정치가 필요합니다. 좋은 정치란 신속하고 정확하게 적정량을 찾아 주는 계량컵과 같습니다. 모자라는 곳은 채우고 남는 곳은 덜어서 사회의 모든 구성원에게 적정한 권리와 의무를 부여하는 것이 정치의 역할입니다.

간혹 어떤 이는 적정량 이상을 가지려 할 수도 있습니다. 그것 또한 탓할 일은 아닙니다. 프랑스의 경제학자 장 카스타레드(Jean Castarède)는

『사치와 문명(*Luxe et Civillisations*)』이라는 책에서 "사치야말로 인류를 꿈꾸게 한 욕망의 파편들"이라고 말합니다. 그에 따르면 최초의 인간들은 땅에 정착할 무렵 음식을 섭취하고 안전을 확보하는 것만 추구하지 않고 장신구로 자신을 돋보이게 하거나 희귀한 물건을 얻고자 하는 욕구를 표현함으로써 오늘날 우리가 '꿈'이라고 부르는 삶의 부수적인 부분을 열망했습니다. 사치는 그러한 꿈의 발로이고, 그 꿈이 지금의 문명을 만들었습니다.

물론 사치는 타락과 낭비를 조장해 문명을 퇴보로 이끌 수도 있습니다. 많은 철학자가 사치를 경계하고, 역사적으로 지배자들이 사치를 단속하는 법령을 제정했던 이유도 그 때문이죠. 따라서 사치는 문명을 발전시키는 동력인 동시에 문명을 파멸시키는 요인이 될 수도 있는 이중성이 있습니다. 결국 사치에도 적정량이 있어야 합니다. 그럴 때에만 사치는 경제, 지성, 예술, 도덕 등 모든 면에서 문명의 자극제라는 순기능을 담당할 수 있습니다.

장 카스타레드는 새로운 사치 개념을 제안합니다. 미래의 사치는 "돈을 얼마나 썼는가"가 아니라 "우리는 얼마나 풍요로워졌는가"라는 기준으로 판단되어야 한다고 주장합니다. 그는 사치가 인간이 지니고 있는 잠재성과 위대함을 발견하게 하는 수단 가운데 하나라고 지적하기도 합니다. 그가 제안한 새로운 사치 개념에 따르자면, 사치는 적정량이상을 초과할수록 좋습니다. 새로운 사치의 궁극적인 목표는 개인과 물질이 아닌 사회와 정신을 풍요롭게 하는 것이기 때문입니다.

최근 우리 경제 상황이 악화되고 있다는 소식이 자주 들립니다. 이런 마당에 사치를 이야기하는 것이 생뚱맞게 들릴 수도 있습니다. 그러나 새로운 사치 개념에 입각해 보면, 이럴 때일수록 소유와 사치는 암울한 현실을 견디고 극복하는 수단이 될 수도 있습니다. 이는 경제학에서 말하는, 소비를 진작해야 불황을 이겨 낼 수 있다는 이론과는 다른 것입니다. 그러한 소비는 과유불급의 경계를 넘지 못합니다. 지나치면 또 다른 문제를 발생시키고 결국에는 문명의 퇴보로 이어질 수 있기 때문입니다.

무엇인가를 가지려 하는 것은 결코 나쁜 일이 아닙니다. 지금보다 더 가지려 하는 것도 그리 비난받을 일은 아닙니다. 다만 더 가지려 하는 이유가 무엇인지는 곰곰이 헤아려 보아야 합니다. 그 이유가 무엇인가에 따라서 우리는 더 위대한 사람이 될 수도 있고 그렇지 못할 수도 있으니까요.

욕망의 크기만큼 늘어나는 가방

성미정 시인의 「가방 속에서 길을 잃고 너는 쓰네」를 읽고 있으면 엄청나게 커다란 가방이 떠오릅니다. 그 가방 안에는 여러 물건이 들어 있습니다. 그중에는 외출할 때 꼭 필요한 것들도 있고, 쓸모가 없는데도 버리지 못한 것들도 있습니다.

이 작품에 등장하는 가방에는 일본식 단팥빵인 '도라야키(どら焼き)'가 두 달 동안 들어 있었다고 합니다. 아마도 그 빵은 이미 부패했을 것입니다. 그런데도 가방 주인은 그 빵이 가방에 들어 있는 줄 까맣게 모

르고 있었죠. 가방이 커서 그랬을 리는 없습니다. 제아무리 커다란 가방이더라도 두 달 동안 물건을 찾지 못할 만큼 크진 않을 테니까요. 그러나 아무리 조그마한 가방이더라도 두 달 동안 물건을 찾지 못한다면 그 가방은 엄청나게 큰 가방이라고 말할 수 있습니다. 크기에 대한 감각은 상대적이고, 화자는 그러한 감각으로 느낀 가방이 '고래 뱃속'처럼 크다고 이야기합니다.

가방은 물건을 담기 위한 것입니다. 담을 물건이 있을 때 가방이 필요합니다. 그러나 때로는 그 관계가 역전되기도 합니다. 물건을 담기 위해 가방을 찾는 것이 아니라 가방이 있기 때문에 담을 물건을 찾는 경우도 있죠. 이 작품에 등장하는 가방도 그렇습니다. 화자는 가방이 생기고 나서 이상한 일들이 일어났다고 말합니다. 이상한 일들이란 곧 새로운 물건들이 가방에 쌓여 갔다는 것입니다. 새로운 물건들이 계속 쌓이는 가방, 그래도 결코 완전히 채워지지 않은 가방은 엄청나게 큰 가방입니다.

물론 실제로 그렇게 큰 가방이 있을 리 없고 가방이 계속 커졌을 리도 없습니다. 커져 버린 것은 가방이 아니라 가방 주인의 욕망입니다. "넣어도 넣어도" 만족할 줄 모르는 욕망이 가방의 크기를 고래 뱃속처럼 키웠을 것입니다. 계속 커져 가는 욕망은 결국 자기 자신을 집어삼킵니다. 욕망의 포로가 되어 오로지 가방에 물건을 채워 넣는 데에만 몰두하다 보면 자신의 삶을 돌아볼 여유는 사라지고 타인과의 관계마저 어긋납니다. 시인은 그러한 상황을 사람을 삼켜 버리는 가방의 이미지를 통해 보여 줍니다.

내 것에 집착하다 보면 내 것이 아닌 것에도 욕심을 내게 되고, 결국 내 것이 아닌 것도 내 것같이 느끼게 됩니다. 그러는 사이에 '나'는 사라지고 '내 것'만 남게 됩니다. 단팥빵을 먹을 때의 행복은 사라지고 부패한 단팥빵만 남게 됩니다.

매일 조금씩 위대해지는 삶

성미정 시인의 「가방 속에서 길을 잃고 너는 쓰네」가 점점 커지는 가방에 관해 말하고 있다면, 나태주 시인의 「대숲 아래서」는 점점 작아지는 가방에 관해 말하고 있습니다. 물론 이 작품에는 가방이 등장하지 않습니다. 그러나 화자의 말을 들어 보면 성미정 시인의 시에 등장한 가방이 떠오릅니다.

화자는 대숲 아래에서 '너'를 생각합니다. 화자가 그리워하는 사람은 멀리 있는 모양입니다. 화자는 온통 그 사람 생각뿐입니다. 그 사람을 만나고 싶고 그 사람을 갖고 싶습니다. 그 사람 외에는 달리 갖고 싶은 것이 없습니다. 성미정 시인의 가방과 관련지어 보면 이 작품의 화자가 가방에 담고 싶은 것은 '너'뿐입니다. 그래서 화자의 가방은 작을수록 좋습니다. '너'로도 충분하니까요.

그런데 희한하게도 화자의 작아진 가방 안에 다른 것들이 담기기 시작합니다. 서녘 구름, 동구 밖에서 떠드는 애들의 소리, 밤안개, 달님 같은 것들이 화자의 가방을 채웁니다. 그러한 것들은 화자가 간절히 바라는 '너'의 부재를 더 극명하게 드러냅니다. 이는 화자가 바라는 것이 아니므로 그것들을 소유하는 일은 반대로 '너'가 없다는 사실을 더욱 뼈저리게 느끼게 합니다. 그것들을 모조리 더한다 해도 '너'와 견줄 수는 없습니다.

그러나 화자는 '너'의 부재로 인해 구름이나 달 같은 자연을 소유하면서 깨달음을 얻습니다. 그것은 바로 "모두가 내 것만은 아닌 것"도 아니라는 사실입니다. '너'가 없어서 모두가 내 것이 아니라는 사실을 알게 되었지만, 한편으로는 '너'가 없어서 모두가 내 것만은 아닌 것도 아니라는 사실을 깨닫게 된 거죠. 그러한 깨달음은 화자에게 위로가 됩니다. '내 것'이 아예 없는 것은 아니라는 사실을 알게 되었고, '너'가 없어도 '내 것'이 있다는 사실을, '너'가 없기 때문에 발견하게 되었으니까요.

류시화 시인은 인도 콜카타에서 만난 걸인의 이야기를 들려준 적이 있습니다. 몇 푼을 줄까 망설이는데, 그 걸인은 이렇게 말했다고 합니다. "크게 포기하면 크게 얻는다." 가끔은 내 것을 포기할 때 내 것이 아니던 것도 내 것이 됩니다.

커다란 가방에 물건을 많이 채워 넣는 것은 힘든 일이지만, 작은 가방에 만족하며 사는 것도 쉬운 일이 아닙니다. 우리는 예수나 부처 같은 성인이 아니라 주체할 수 없는 욕망을 지닌 존재니까요. 「대숲 아래서」의 화자처럼 변치 않는 자연에 잠깐 위로 받을 수는 있겠지만, 평생 구름과 달만을 소유한 채 지낼 수 있는 사람은 드물 것입니다.

그렇다면 어떻게 살아야 할까요? 심보선 시인의 「좋은 일들」이라는 작품은 평범한 사람들이 위대한 사람으로 사는 방법을 가르쳐 주고 있습니다. 화자는 죽어 가는 매미를 지켜봐 준 것이 그가 했던 좋은 일 가운데 하나라고 말합니다. 죽어 가는 매미를 지켜보는 일은 그리 어렵지 않습니다. 잠깐의 여유만 있으면 누구나 할 수 있는 사소한 일이죠. 그러나 그렇게 사소한 일에 짬을 내는 사람은 많지 않습니다. 그래서 그것은 사소한 일인 동시에 '조금 위대한' 일이기도 합니다.

사람들은 '위대하다'는 말에서 나라를 구하는 것과 같은 거창한 일을 떠올립니다. 그러나 그런 일을 감당할 만한 사람은 많지 않고 그런 일을 떠맡을 기회가 항상 주어지는 것도 아닙니다. 또 나라를 구하는 것과 같은 일만 위대한 것은 아닙니다. 작고 사소한 것이라도 내 것으로 만들려는 욕망을 잠시 접어 두고 타인을 위해 내준다면 그것은 좋은 일이고 위대한 일입니다. 비록 '조금' 위대한 일에 지나지 않을지라도 그런 일들이 우리를 조금씩 더 좋은 사람으로 만듭니다.

성미정 시인은 「가방 속에서 길을 잃고 너는 쓰네」에서 가방이 고래 뱃속 같다고 말했습니다. 그것은 결코 채워지지 않는 헛헛한 욕망의 비유입니다. 심보선 시인은 「좋은 일들」에서 '흰수염고래'처럼 흘러오는 운명에 대해 말합니다. 흰수염고래는 지구상에서 가장 거대한 동물이라고 합니다. 흰수염고래 같은 운명이란 무엇일까요? 아마도 그것은 너무나 힘이 세서 우리가 어찌할 수 없는 운명이자, 평범한 삶 속에서도 결코 포기할 수 없는 꿈과 같은 것은 아닐까요? 매일 조금씩 위대해지다 보면 평범한 사람도 언젠가는 흰수염고래처럼 커다란 존재가 되어 있을지 모릅니다.

매일 들고 다니는 가방은 우리가 어떤 사람인지를 알려 줍니다. 가방 안에 무엇을 채워 넣느냐에 따라 우리는 위대한 사람이 될 수도 있고, 그렇지 못할 수도 있습니다. 오늘 했던 좋은 일들과 꿈을 담는 가방이라면 더 클수록 좋겠습니다. 잔뜩 사치를 부릴수록 점점 위대한 사람이 될 테니까요.

강변에서
내가 사는 작은 오막살이집까지
이르는 숲길 사이에
어느 하루
마음먹고 나무 계단 하나
만들었습니다.
밟으면 삐걱이는
나무 울음소리가 산 뻐꾸기 울음
소리보다 듣기 좋았습니다
언젠가는 당신이
이 계단을 밟고
내 오막살이집을 찾을 때
있겠지요
설령 그때 내게
나를 열렬히 사랑했던
신이 찾아와
자, 이게 네가 그동안 목마르게 찾았던 그 물건이야
하며 막 봇짐을 푸는 순간이라 해도

난 당신이 내 나무 계단을 밟는 소리

놓치지 않고 들을 수 있습니다

그리고는 신과는 상관없이

강변 숲길을 따라 달려가기 시작할 것입니다.

— 곽재구, 「계단」

사랑이 경제와 만날 때

어느 날, 발신인이 없는 선물을 받은 적이 있습니다. 함께 배달된 카드에는 이렇게 적혀 있었습니다. "늦은 생일 선물이나 이른 크리스마스 선물로 생각하세요. 그것도 아니면 지금까지의 생에 대한 보너스쯤으로 생각하세요."

혼란스러웠습니다. 그 카드 때문이었습니다. '나는 보너스를 받을 정도의 삶을 살아왔는가?'라는 질문에 한참을 시달렸습니다. 누군가 줄곧 내 삶을 지켜보고 있었다는 느낌이 들어 행동하기도 편치 않았습니다. 24시간 동안 삶이 생방송되는 세트에서 사는 인물을 다룬 영화 〈트루먼 쇼〉의 주인공이 된 기분이었습니다. 불쑥 던져진 책 한 권과 CD 한 장 때문에 꿈과 현실의 경계가 자꾸만 흐려졌습니다.

굳이 발신인이 없는 경우가 아니더라도 선물을 받을 때마다 우리는 다른 세상을 경험합니다. 사랑과 경제가 만나는 신비한 순간에 직면하게 됩니다. 나카자와 신이치[中沢新一]라는 인류학자는 『사랑과 경제의 로고스(愛と經濟のロゴス)』라는 책에서 사랑과 경제는 인간의 욕망을 통해 서로 연결되어 있다고 말합니다. 경제와 사랑의 관계를 이해하기 위해서는 먼저 경제가 무엇인지 알아야 합니다. 경제란 인간의 생활에 필요한 재화를 생산·분배·소비하는 모든 활동, 또는 그것을 통해 이루어지는 사회적 관계를 일컫습니다. '물(物)'을 매개로 이루어지는 관계,

즉 경제가 작동하는 방식에는 '교환, 증여, 순수 증여'가 있습니다.

교환은 우리가 살아가는 상품 사회를 지배하고 있는 원리입니다. 상품이 판매자에게서 구매자로 옮겨지면 곧바로 대가가 지불됩니다. 그리고 그 대가는 상품의 가치와 동일한 것으로 간주됩니다. 교환에는 몇 가지 특징이 있습니다. 첫째, 상품에는 그것을 만든 사람이나 전에 소유했던 사람의 인격 또는 감정은 포함되지 않는 것이 원칙입니다. 둘째, 거의 동일한 가치를 가진 것으로 여겨지는 '물'들 사이에 교환이 이루어집니다. 판매자는 자신이 상대방에게 건넨 '물'의 가치를 잘 알고 있으며, 구매자로부터 상당한 가치가 자신에게 돌아오는 일을 당연하게 여깁니다. 셋째, '물'의 가치는 확정되려는 경향이 있습니다. 그 가치는 계산 가능한 것으로 설정되어 있어야 합니다. 이러한 원칙에 의해 작동하는 교환의 원리는 현재 우리가 영위하는 경제 활동의 대부분을 지배하고 있습니다.

반면에 증여는 교환과는 다른 원리로 인간 사이에 '물'을 유통시킵니다. 친한 사람에게 선물하는 경우를 생각해 보면 이해하기 쉽습니다. 선물을 준비할 때, 먼저 우리는 받는 사람이 가장 좋아할 만한 물건이 무엇인지 생각합니다. 그리고 가격표를 뗀 뒤 곱게 포장해서 당사자에게 전달합니다. 선물을 받은 사람도 그 선물의 가격을 묻지 않으며, 교환과는 달리 바로 그에 상응하는 답례를 하지도 않습니다. 조금 시간이 흐른 뒤, 받은 것과 정확히 똑같지는 않지만 비슷한 가치 혹은 그 이상의 가치를 지닌 물건을 선물합니다.

교환에서는 물건의 가치를 정확하게 규정하려는 반면, 증여에서는 가급적 물건의 가치를 모호한 상태로 유지하려고 합니다. 가격표를 떼서 선물의 가치를 모호하게 하려는 것은 우리가 선물을 통해 전달하려는 것이 가격으로 표시되는 가치가 아니기 때문입니다. 증여에서 중요한 점은 가격표로 매겨지는 가치가 아니라 선물을 건네는 이의 마음입니다. 연인에게 보내는 선물에는 사랑이, 친구에게 보내는 선물에는 우정이 담겨 있다고 우리는 믿습니다.

선물에서는 마음이 중요하므로 비싼 것이 항상 좋은 선물은 아닙니다. 오히려 최고의 선물은 가치를 부여할 수 없거나 매우 독특해서 다른 것과 비교하기 어려운 것들입니다. 예컨대 좀처럼 가기 힘든 외국에서 가져온 물건이나 자신의 어머니가 끼던 반지 등이 최고의 선물로 간주됩니다.

나카자와 신이치에 따르면, 인류 최초의 경제는 주로 증여로 이루어져 있었습니다. 교환이 없었던 것은 아니지만 증여가 주류를 이루고 교환은 증여를 보충하는 역할을 담당했습니다. 그러다가 중세를 거쳐 자본주의가 시작되면서 교환의 비중이 확대됩니다. 교환은 물질적 부를 확대함으로써 인간의 삶을 풍요롭게 만들었지만 만만치 않은 병폐를 동반했습니다. 교환에서는 인격이나 감정 같은 것이 서로에게 전달될 여지가 없으므로, 교환이 늘어날수록 사랑이나 우정과 같은 마음의 유통은 차단됩니다. 그래서 자본주의에 충실할수록 물질적으로 풍요로워지는 대신 영혼은 황폐해지죠.

나카자와 신이치는 현재의 경제가 필연적으로 조장할 수밖에 없는 영혼의 황폐화를 극복하기 위해서는 새로운 경제 개념을 창조해야 한다고 강조합니다. 이를 위해 그는 경제라는 말의 어원을 상기시킵니다. 경제라는 단어의 어원이 된 그리스어 '오이코노모스(oikonomos)'에는 사환이나 집사라는 의미가 있습니다. 주인의 살림살이를 도와주거나 관리한다는 의미가 그 안에 담겨 있습니다. 농부나 양치기 등이 오이코노모스와 관련된 직업이었습니다. 나카자와 신이치는 이런 직업들에서 중요한 것은 양이 몇 마리인지를 정확하게 세는 능력이 아니라, 신뢰와 사랑과 배려를 바탕으로 양, 인간, 곡물을 대할 수 있는 능력이었다고 말합니다.

사랑과 경제는 바로 이 지점에서 만나게 됩니다. 경제란 물질을 더 생산하고 물질만을 유통시키는 것이어서는 안 됩니다. 인류가 애초에 경제라는 개념을 통해 의도한 바는 인류의 정신을 풍요롭게 만드는 영혼을 더 활발하게 유통시키는 일이었습니다. 신뢰, 사랑, 배려와 같은 정신적 가치들을 서로 나눔으로써 평화롭고 행복한 세상을 만드는 것이 경제의 목적이었습니다. 그러니 선물은 되도록 많이 받는 것이 좋겠습니다. 받은 것보다 더 많이 선물할 수 있다면 더 좋겠습니다.

그 무엇보다 소중한 선물

곽재구 시인의 「계단」을 읽으면 코미디의 한 장면이 떠오릅니다. 사랑하는 사람의 생일날입니다. 최고의 선물을 주어야겠다고 고민하지만 딱히 생각나는 것이 없습니다. 값비싼 선물을 준비할 여력도 없습니다. 고민 끝에 자신의 몸에 리본을 묶고 말합니다. "내가 선물이야."

우리가 선물을 준비할 때마다 고민하는 이유는 세상의 모든 것이 선물이 될 수 있기 때문입니다. 수많은 것들 가운데 가장 좋은 선물은 무엇일까요? 아마도 받는 사람이 원하는 선물일 것입니다. 값비싸진 않더라도 받는 사람이 간절히 기대하던 것이라면 그것이야말로 최고의 선물입니다. 이 작품에서 화자가 바라는 선물은 무엇일까요? 바로 '당신'이라는 사람입니다. 화자가 공들여 계단을 만든 이유도 '당신'이 오는 소리를 듣기 위해서입니다. 화자가 신이 건네는 선물을 뿌리치는 이유도 그에게는 '당신'이 그 무엇보다 소중한 선물이기 때문입니다.

이 작품에는 선물을 기다리는 마음이 계단을 만드는 행위를 통해 제시되어 있습니다. 요즘에는 제일 반가운 말이 "택배 왔습니다"라는 우스갯소리가 있습니다. 간절히 기대하는 것이 있으면 그 기대의 실현을 알리는 작은 움직임에도 민감해지기 마련입니다. 하루 종일 택배를 기다리는 사람처럼 화자는 계단을 만듭니다. '당신'이 오는 소리를 놓치고 싶지 않기 때문입니다. 화자에게는 그 소리가 어떤 소리보다도 가장 아름답게 들립니다. 선물을 기다리는 사람이라면 누구나 화자와 같은 심정일 것입니다.

앞서 경제가 작동하는 방식 가운데 설명하지 못한 내용이 있습니다. 바로 '순수 증여'입니다. 순수 증여란 증여의 세 가지 요소, 즉 '증여되는 물질, 증여하는 사람, 증여의 대상자' 중에서 어느 하나라도 명확하지 않을 때 발생합니다. 마치 발신인이 없는 선물을 받았을 때의 신비한 느낌이 순수 증여의 경험입니다. 순수 증여를 할 수 있는 존재는 신과 자연뿐입니다. 흔히 신의 선물이나 자연의 선물이라 여기는 것들, 예컨대 지하자원이나 맑은 공기, 멋진 풍경 같은 것들이 순수 증여의 산물입니다.

그런데 이 작품의 화자는 신의 선물보다 '당신'을 선택하겠다고 말합니다. 화자의 말은 선물이란 마음을 전달하는 것이라는 선물의 본질을 상기시킵니다. 제아무리 신의 선물이라도 바라던 것이 아니라면, 그것에 마음이 담겨 있지 않다면, 좋은 선물이 될 수 없습니다. 반면에 남의 눈에는 보잘것없는 것도 주는 이의 마음이 담겨 있다면 얼마든지 훌륭한 선물이 됩니다. 그러니 자기 몸에 리본을 묶어 선물이라고 말하는 코미디의 한 장면은 실은 가장 멋진 선물의 본보기라고 할 수 있습니다. 그것은 자신의 모든 것을 상대에게 내주겠다는 간절한 마음의 표현일 테니까요.

사랑은 교환이 아니라 선물이다

곽재구 시인의 「계단」이 선물을 기다리는 사람의 마음을 잘 표현하고 있다면, 이문재 시인의 「농담」은 선물을 주는 사람의 마음을 잘 드러내고 있습니다. 흔히 우리는 특별한 날에만 선물을 주어야 한다고 생각합니다. 그러나 사랑하는 사람이 생기면 상황은 달라집니다. 사랑하는 사람과는 모든 것을 함께 나누고 싶어집니다. 특히 아름답고 좋은 것과 마주칠 때면 그런 생각은 더욱 간절해집니다. 세상의 좋은 것들은 모두 그 사람을 위한 선물로 보이게 됩니다. 마음이 온통 그 사람에게 쏠려 있기 때문입니다.

그와는 반대로 좋은 것을 보고도 선물하고 싶은 사람이 떠오르지 않는다면, 그것은 사랑하는 사람이 없다는 증거입니다. 이 작품에서 화자가 말하는 것처럼 그는 '진짜 외로운 사람'이거나 정말 강한 사람일 수도 있습니다. 살다 보면 수많은 사람과 인연을 맺게 되지만 어떠한 경우에도 그러한 인연에 연연하지 않을 수 있다면 이미 그것은 인간을 초월한 경지입니다. 어떠한 자극에도 결코 흔들리지 않는다는 것은 강한 정신력의 소유자라는 증거인 동시에, 인간을 초월해 있거나 비인간적이라는 징표이기도 합니다.

이 작품의 마지막 연은 많은 생각을 하게 합니다. 더 아파야만 종소리를 더 멀리 보낼 수 있다는 것은 "아픈 만큼 성숙해진다"는 말을 떠올리게 합니다. 한편으로 그 말은 더 아파야만 더 간절히 찾게 된다는 뜻으로도 읽히기도 합니다. 더 좋은 것을 많이 볼수록, 그럴 때마다 곁에 사랑하는 사람이 없다는 사실을 깨닫게 될수록, 더 애타게 사랑하는 사람을 부르고 찾게 될 것입니다. 어떻게든 그 사람에게 자신의 마음을 전하려 애쓰게 될 것입니다.

그런데 이 작품의 제목이 '농담'이라는 점이 흥미롭습니다. 이 작품을 읽고 제목을 맞춰 보라고 하면 누구도 '농담'을 떠올리지 않을 만큼 내용과는 판이한 제목입니다. 시인이 왜 그런 제목을 붙였는지 정확히 알 수는 없습니다. 이 작품의 제목인 '농담'은 실없이 놀리거나 장난으로 하는 말이라는 뜻의 농담(弄談)보다는 생각이나 표현의 강하고 약한 정도라는 의미의 농담(濃淡)으로 이해하는 것이 좋을 듯합니다. 사랑하는 마음의 정도를 알 수 있는 내용을 담고 있으니까요. 물론 시인은 농담의 두 가지 의미를 의도하고 그런 제목을 붙였을 수도 있습니다. 사랑하는 마

280

음의 정도를 잴 수 있다는 것 자체가 이미 순수한 사랑과는 거리가 먼 것일 수도, 그저 재미삼아 해 보는 일일 수도 있으니까요.

선물과 관련해 읽어 볼 만한 또 다른 작품으로 백석 시인의 「석양」이 있습니다. 이 작품은 함경도 지역의 장날 풍경을 영화의 한 장면처럼 담아낸 작품입니다. '북관'이 바로 함경도를 가리키는 명칭입니다. 심오한 주제를 찾기 위해 눈을 부릅뜨는 것은 이 작품을 감상하는 적절한 방법이 아닙니다. 이 작품에서 눈여겨봐야 할 점은 장터를 지나는 노인들을 유쾌하면서도 신비스럽게 묘사하고 있다는 것입니다.

화자는 그들의 인상을 말, 범, 족제비와 같은 사나운 짐승들로 묘사합니다. 시골 마을에 살면서도 저마다 당시에 유행하는 각종 학실, 즉 '돋보기'를 쓰고 있는 노인들의 모습은 약간 어색하고 우스꽝스럽게 보이기도 합니다. 돋보기의 효과는 거기에 그치지 않습니다. 돋보기의 유리가 석양빛에 번득이는 모습은 노인들의 표정에 생동감을 부여합니다. 투박한 함경도 사투리로 떠들어 대며 빠르게 걷는 그들의 모습은 마치 야생의 짐승들이 인간의 세상에 잠시 다녀가는 것처럼 묘사되고 있습니다. 그 때문에 노인들이 지나치는 시장 또한 왠지 지금의 시장과는 다를 것 같은 느낌이 듭니다. 즉, 이 작품에 나타난 시장은 냉정한 교환의 원리가 지배하는 곳이라기보다는 사나운 짐승들이 먹이를 구해 생명력을 회복하는 야생의 공간을 떠올리게 합니다.

그러한 느낌은 낮과 밤이 교차하는 시간을 배경으로 더욱 강화됩니다. 시인은 노을이 지는 풍경을 "쇠리쇠리한 저녁 해"라고 묘사합니다. '쇠리쇠리하다'는 '눈부시다'라는 뜻의 평안북도 방언인데, 어감이 노인들의 강렬한 인상과 어울려 굳이 사전을 들추지 않더라도 그 의미를 짐작할 수 있습니다. 사실 '쇠리쇠리하다'는 말은 표준어 '눈부시다'와 정확하게 일치하지 않습니다. 이 작품에서 사라지는 노인들을 비추는 저녁노을은 '눈부시다'라는 말 이상의 신비로움을 담고 있기 때문입니다. 사나운 짐승의 얼굴을 하고 사나운 짐승처럼 걷는 노인들은 인간이 아닌 것처럼 묘사되고 있습니다. 노인들은 북적이는 장터를 빠른 걸음으로 지나쳐 신비로운 빛 속으로 사라집니다. 노인들의 모습은 마치 신성한 존재가 인간 세상에 잠시 나타난 모습처럼 낯설고 환상적인 이미지로 묘사되고 있습니다.

이 작품에 나타나 있듯이 본래 시장은 자연의 원초적 생명력을 풍성하게 유통시키는 공간이었습니다. 생존과 소비가 아니라 자연의 선물인 생산물의 맛을 즐기는 축제의 장이었습니다. 그런 시장에서는 모든 사람이 서로에게 선물이었습니다. 상대를 생각하는 마음을 나눌 수 있었으니까요.

사랑은 교환하는 것이 아니라 선물하는 것입니다. 사랑이 커질수록 선물도 늘어나고, 선물이 늘어날수록 사랑도 커집니다. 이 글 또한 제가 여러분에게 보내는 선물이기를 바랍니다.

함께 읽으면 좋은 시

- 김종삼, 「누군가 나에게 물었다」 시인이 대단하고 멋진 사람이라면, 모든 사람은 시인이다.
- 백석, 「허준」 선물 같은 친구의 말, "사람은 모든 것을 다 잃어버리고 넋 하나를 얻는다."
- 전기철, 「아내는 늘 돈이 모자란다」 아내든 남편이든, 사랑이 모자라면 돈도 모자란다.

| 작품 출처 |

1장 시인의 눈으로 깨어나기

• 아침의 노래

김종길, 「경이로운 나날」, 『해거름 이삭줍기』, 현대문학, 2008년

문태준, 「아침을 기리는 노래」, 『우리들의 마지막 얼굴』, 창비, 2015년

박남수, 「아침 이미지 1」, 『박남수 시선』, 지식을만드는지식, 2012년

오세영, 「새해 아침」, 『오세영 시전집』, 랜덤하우스코리아, 2007년

이상국, 「아침 시장」, 『집은 아직 따뜻하다』, 창비, 1998년

정현종, 「아침」, 『광휘의 속삭임』, 문학과지성사, 2008년

• 돈으로 환산할 수 없는 것

김혜순, 「배달의 기수」, 《문화일보》 '추억을 찾아서', 2003년

김동환, 「북청 물장사」, 『김동환 시선』, 지식을만드는지식, 2013년

김희업, 「눈보라 퀵써비스」, 『비의 목록』, 창비, 2014년

박찬일, 「리어카 인생 50년이면」, 『아버지의 형이상학』, 예술가, 2017년

복효근, 「쟁반탑」, 『목련꽃 브라자』, 천년의 시작, 2005년

조현설, 「신문 배달 소년」, 『꽃씨 뿌리는 사람』, 내일을여는책, 1995년

• 시적인 순간들로 빛나는 삶

유하, 「죽도 할머니의 오징어」, 『무림일기』, 문학과지성사, 2012년

오규원, 「버스 정거장에서」, 『오규원 시선』, 지식을만드는지식, 2012년

──── , 「우리 시대의 순수시」, 『오규원 시전집1』, 문학과지성사, 2002년

오탁번, 「시인」, 『시집 보내다』, 문학수첩, 2014년

유하, 「흑연과 다이아몬드」, 『세운상가 키드의 사랑』, 문학과지성사, 1995년

황지우, 「시에게」, 『현장비평가가 뽑은 올해의 좋은 시』, 2004년

• 꽃미남이 되는 법

최두석, 「성에꽃」, 『성에꽃』, 문학과지성사, 1995년

공광규, 「모과 꽃잎 화문석」, 『얼굴 반찬』, 지식을만드는지식, 2014년

노향림, 「꽃들은 경계를 넘어간다」, 『해에게선 깨진 종소리가 난다』, 창비, 2005년

손택수, 「나무의 수사학」, 『나무의 수사학』, 실천문학사, 2010년

장옥관, 「등꽃 그늘 아래」, 『달과 뱀과 짧은 이야기』, 랜덤하우스코리아, 2006년

정호승, 「꽃이 진다고 그대를 잊은 적 없다」, 『나는 희망을 거절한다』, 창비, 2017년

• 날씨, 신과 자연이 내리는 축복

문정희, 「한계령을 위한 연가」, 『한계령을 위한 연가』, 시인생각, 2013년

김광규, 「이른 봄」, 『시간의 부드러운 손』, 문학과지성사, 2007년

———, 「밤눈」, 『좀팽이처럼』, 문학과지성사, 1988년

김근, 「당신의 날씨」, 『당신이 어두운 세수를 할 때』, 문학과지성사, 2014년

황인숙, 「남산, 11월」, 『자명한 산책』, 문학과지성사, 2003년

———, 「아, 해가 나를」, 『꽃사과 꽃이 피었다』, 문학세계사, 2013년

• 책이 향하는 곳

나희덕, 「일곱 살 때의 독서」, 『어두워진다는 것』, 창비, 2001년

기형도, 「흔해빠진 독서」, 『입 속의 검은 잎』, 문학과지성사, 1991년

박현수, 「빛나는 책」, 『시와 표현』, 달샘, 2016년 11월호

유춘희, 「온유한 독서」, 『내가 사랑한 도둑』, 그림같은세상, 2002년

유하, 「자동문 앞에서」, 『무림일기』, 문학과지성사, 2012년

이희중, 「말빛」, 『나는 나를 간질일 수 없다』, 문학동네, 2017년

2장 숨은 얼굴을 찾아서

• 보이면 안 되는 라디오

김수영, 「금성 라디오」, 『김수영 전집 1』, 민음사, 2003년

심재휘, 「라디오를 닮는다」, 『그늘』, 랜덤하우스코리아, 2007년

오탁번, 「마흔아홉의 까마귀」, 『오탁번 시전집』, 태학사, 2003년

장정일, 「라디오와 같이 사랑을 끄고 켤 수 있다면」, 『길안에서의 택시잡기』, 민음사, 1988년

정일근, 「라디오」, 『기다린다는 것에 대하여』, 문학과지성사, 2009년

하재연, 「라디오 데이즈」, 『라디오 데이즈』, 문학과지성사, 2006년

• 둥근 공은 쓰러지지 않는다

장석주, 「축구」, 「절벽」, 세계사, 2007년

　김광규, 「오뉴월」, 「처음 만나던 때」, 문학과지성사, 2003년

　박노해, 「패배 메시지」, 「겨울이 꽃핀다」, 해냄출판사, 1999년

　오탁번, 「똥볼」, 「손님」, 황금알, 2006년

　이근배, 「날개가 없어도 공은 난다」, 「추사를 훔치다」, 문학수첩, 2013년

　정현종, 「떨어져도 튀는 공처럼」, 「떨어져도 튀는 공처럼」, 문학과지성사, 2001년

• 구두에 관한 세 가지 명상

송찬호, 「구두」, 「10년 동안의 빈 의자」, 문학과지성사, 1994년

　고운기, 「익숙해진다는 것」, 「반쯤」, 지식을만드는지식, 2015년

　마종기, 「익숙지 않다」, 「하늘의 맨살」, 문학과지성사, 2010년

　서정주, 「신발」, 「선운사 동백꽃 보러갔더니」, 시인생각, 2012년

　이장욱, 「신발을 신는 일」, 「영원이 아니라서 가능한」, 문학과지성사, 2016년

　허형만, 「뒷굽」, 「불타는 얼음」, 고요아침, 2013년

• 텔레비전을 사랑하는 방법

최금진, 「시청자가 TV를 사랑해야 하는 이유」, 「새들의 역사」, 창비, 2007년

　김중일, 「재의 텔레비전」, 「아무튼 씨 미안해요」, 창비, 2012년

　박남철, 「텔레비전 1」, 「반시대적 고찰」, 세계사, 1999년

　――――, 「텔레비전2」, 「반시대적 고찰」, 세계사, 1999년

　함민복, 「오우가―텔레비전1」, 「자본주의의 약속」, 세계사, 2006년

　황지우, 「새들도 세상을 뜨는구나」, 「새들도 세상을 뜨는구나」, 문학과지성사, 1983년

• 지하철에서의 하루

윤재철, 「이제 바퀴를 보면 브레이크 달고 싶다」, 「거꾸로 가자」, 삶창, 2012년

　김광규, 「상행」, 「우리를 적시는 마지막 꿈」, 문학과지성사, 1979년

　김기택, 「사무원」, 「사무원」, 창비, 1999년

　――――, 「출퇴근길 풍경」, 「사무원」, 창비, 1999년

　김지하, 「서울길」, 「타는 목마름으로」, 아킬라미디어, 2016년

　이흥섭, 「터미널」, 「터미널」, 문학동네, 2011년

3장 아름다움의 표현

• 더 많이 읽고, 더 많이 써야 하는 이유
윤동주, 「쉽게 쓰여진 시」, 『하늘과 바람과 별과 시』, 1948년
 김민정, 「피해라는 이름의 해피」, 『그녀가 처음, 느끼기 시작했다』, 문학과지성사, 2009년
 윤동주, 「별 헤는 밤」, 『하늘과 바람과 별과 시』, 1948년
 정지용, 「말 1」, 『정지용 시집』, 시문학사, 1935년
 ──── . 「말 2」, 『정지용 시집』, 시문학사, 1935년

• 눈에서는 소리가 난다
백석, 「나와 나타샤와 흰 당나귀」, 『정본 백석 시집』, 문학동네, 2007
 김기택, 「눈 녹으니」, 『껌』, 창비, 2009년
 손택수, 「묵죽」, 『호랑이 발자국』, 창비, 2003년
 이시영, 「싸락눈 내리는 저녁」, 『경찰은 그들을 사람으로 보지 않았다』, 창비, 2012년
 이장욱, 「겨울에 대한 질문」, 『생년월일』, 창비, 2011년
 최하림, 「아무 생각 없이 겨울 풍경 그리기」, 『굴참나무 숲에서 아이들이 온다』, 문학과지성사, 1998년

• 웃음의 뒷맛
정일근, 「쌀」, 『오른손잡이의 슬픔』, 고요아침, 2005년
 박목월, 「사투리」, 『박목월 시선』, 지식을만드는지식, 2013년
 이지엽, 「해남에서 온 편지」, 『빨래 두레 밥상』, 고 요아침, 2015년
 정일근, 「어머니의 그륵」, 『사과야 미안하다』, 지식을만드는지식, 2012년
 하종오, 「동승」, 『국경없는 공장』, 삶창, 2007년
 ──── . 「원어」, 『아시아계 한국인들』, 삶창, 2007년

• 함께 나눠 먹는 밥
이수익, 「밥보다 더 큰 슬픔」, 『밥보다 더 큰 슬픔』, 푸른숲, 1998년
 송수권, 「까치밥」, 『남도의 밤 식탁』, 작가, 2012년
 오세영, 「비빔밥」, 『시로 맛을 낸 행복한 우리 한식』, 문학세계사, 2013년
 이건청, 「쌀밥」, 『시로 맛을 낸 행복한 우리 한식』, 문학세계사, 2013년
 이병률, 「김밥」, 『시로 맛을 낸 행복한 우리 한식』, 문학세계사, 2013년
 정끝별, 「까마득한 날에」, 『와락』, 창비, 2008년

• 별보다 별똥이 더 아름답다

정호승, 「내가 사랑하는 사람」, 『외로우니까 사람이다』, 열림원, 1998년

김중식, 「모과」, 『황금빛 모서리』, 문학과지성사, 1999년

─── , 「이탈한 자가 문득」, 『황금빛 모서리』, 문학과지성사, 1999년

송수권, 「지리산 뻐꾹새」, 『시골길 또는 술통』, 종려나무, 2007년

─── , 「통」, 『통』, 서정시학, 2013년

정호승, 「슬픔으로 가는 길」, 『슬픔이 기쁨에게』, 창비, 2014년

4장 지금 혼자인가요

• 명절의 진정한 의미

백석, 「여우난곬족」, 『정본 백석 시집』, 문학동네, 2007년

공광규, 「얼굴 반찬」, 『말똥 한 덩이』, 실천문학사, 2008년

문태준, 「맨발」, 『맨발』, 창비, 2013년

─── , 「평상이 있는 국숫집」, 『가재미』, 문학과지성사, 2006년

백석, 「고야」, 『정본 백석 시집』, 문학동네, 2007년

신경림, 「추석」, 『뿔』, 창비, 2002년

• 슬픔을 극복하는 몇 가지 방법

나희덕, 「너무 늦게 그에게 놀러 간다」, 『어두워진다는 것』, 창비, 2001년

고재종, 「면면함에 대하여」, 『방죽가에서 느릿느릿』, 지식을만드는지식, 2012년

─── , 「백련사 동백숲길에서」, 『방죽가에서 느릿느릿』, 지식을만드는지식, 2012년

김정란, 「사랑, 이웃」, 『스타카토 내 영혼』, 문예중앙, 1999년

─── , 「사랑으로 나는」, 『용연향』, 나남, 2001년

나희덕, 「방석 위의 생」, 『어두워진다는 것』, 창비, 2001년

• 연말은 가족과 함께

서정주, 「바다」, 『화사집』, 문학동네, 2001년

손택수, 「아버지의 등을 밀며」, 『호랑이 발자국』, 창비, 2003년

안도현, 「겨울 강가에서」, 『그리운 여우』, 창비, 1997년

유강희, 「어머니 발톱을 깎으며」, 『현장비평가가 뽑은 올해의 좋은 시(2009)』, 현대문학, 2009년

유홍준, 「포도나무 아버지」, 『나는, 웃는다』, 창비, 2006년

정호승, 「맹인 부부 가수」, 『슬픔이 기쁨에게』, 창비, 2014년

• 좋은 옷이란 무엇인가

이선영, 「헐렁한 옷」, 『평범에 바치다』, 문학과지성사, 1999년

박형준, 「날개옷」, 『생각날 때마다 울었다』, 문학과지성사, 2011년

이정록, 「아름다운 녹」, 『제비꽃 여인숙』, 민음사, 2001년

정일근, 「영혼의 순도」, 『마당으로 출근하는 시인』, 문학사상사, 2003년

정호승, 「뒷모습」, 『밥값』, 창비, 2010년

차주일, 「그림자 갈아입기」, 『냄새의 소유권』, 천년의시작, 2010년

• 오늘도 셀카를 찍은 당신에게

허혜정, 「앨범 속의 방」, 《시와 사람》 2014년 겨울호, 시와사람사

고명수, 「숨은 얼굴」, 《문학과 창작》 2005년 겨울호, 문학아카데미

김수영, 「파밭 가에서」, 『김수영 전집1』, 민음사, 2003년

송재학, 「카메라 옵스큐라 중, 길의 운명」, 『검은색』, 문학과지성사, 2015년

안현미, 「뢴트겐 사진」, 『이별의 재구성』, 창비, 2009년

최정례, 「햇살 스튜디오」, 『레바논 감정』, 문학과지성사, 2006년

5장 마음과 마음이 만나는 순간

• 가벼운 것들의 무게

황동규, 「먼지 칸타타」, 『꽃의 고요』, 문학과지성사, 2006년

김수영, 「어느 날 고궁을 나오면서」, 『김수영 전집 1』, 민음사, 2003년

박서영, 「업어 준다는 것」, 『좋은 구름』, 실천문학사, 2014년

유하, 「겨우 존재하는 것들」, 『세상의 모든 저녁』, 민음사, 2007년

윤제림, 「가벼운 안녕」, 『강가에서』, 지식을만드는지식, 2013년

황동규, 「즐거운 편지」, 『삶을 살아낸다는 건』, 휴먼앤북스, 2010년

• 이타적인 세상에서 살기 위하여

복효근, 「버팀목에 대하여」, 『새에 대한 반성문』, 시와시학사, 2000년

김신용, 「도장골 시편—부빈다는 것」, 『도장골 시편』, 천년의시작, 2007년

문동만, 「그네」, 『그네』, 창비, 2009년

복효근, 「탱자」, 『어느 대나무의 고백』, 문학의전당, 2006년
송경동, 「무허가」, 『사소한 물음들에 답함』, 창비, 2009년
임영조, 「성선설」, 『시인의 모자』, 창비, 2003년

• 생각보다 조금 위대한 사람

성미정, 「가방을 속에서 길을 잃고 너는 쓰네」, 『상상 한 상자』, 랜덤하우스코리아, 2006년
나태주, 「대숲 아래서」, 『대숲 아래서』, 지혜, 2013년
──── , 「풀꽃」, 『풀꽃』, 지혜, 2014년
문성해, 「일식」, 『입술을 건너간 이름』, 창비, 2012년
심보선, 「좋은 일들」, 『눈앞에 없는 사람』, 문학과지성사, 2011년
천양희, 「놓았거나 놓쳤거나」, 『새벽에 생각하다』, 문학과지성사, 2017년

• 사랑이 경제와 만날 때

곽재구, 「계단─연화리 시편 5」, 『꽃보다 먼저 마음을 주었네』, 열림원, 1999년
김종삼, 「누군가 나에게 물었다」, 『누군가 나에게 물었다』, 민음사, 1982년
백석, 「석양」, 『사슴』, 1936년
──── , 「허준」, 『사슴』, 1936년
이문재, 「농담」, 『제국호텔』, 문학동네, 2004년
전기철, 「아내는 늘 돈이 모자라다」, 『로깡땡의 일기』, 황금알, 2009년

우리 앞에 시적인 순간

초판 1쇄 2017년 9월 25일

지은이 | 소래섭
펴낸이 | 송영석

편집장 | 이진숙 · 이혜진
기획편집 | 박신애 · 정다움 · 김단비 · 정기현 · 심슬기
디자인 | 박윤정 · 김현철
마케팅 | 이종우 · 김유종 · 한승민
관리 | 송우석 · 황규성 · 전지연 · 채경민

펴낸곳 | (株)해냄출판사
등록번호 | 제10-229호
등록일자 | 1988년 5월 11일(설립일자 | 1983년 6월 24일)

04042 서울시 마포구 잔다리로 30 해냄빌딩 5·6층
대표전화 | 326-1600 **팩스** | 326-1624
홈페이지 | www.hainaim.com

ISBN 978-89-6574-634-8

이 도서의 국립중앙도서관 출판예정도서목록(CIP)은 서지정보유통지원시스템 홈페이지
(http://seoji.nl.go.kr)와 국가자료공동목록시스템(http://www.nl.go.kr/kolisnet)에서 이용
하실 수 있습니다.(CIP제어번호: CIP2017023033)